傑作ユーモア・ミステリー

パソコン探偵の名推理

新装完全版

内田康夫

JOY NOVELS

実業之日本社

パソコン探偵の名推理　新装完全版／目次

カバーデザイン／杉本　欣右

ルノアールの男

1

「くそったれ！　……」

鴨田英作《かもたえいさく》は、ついうっかり、口ぎたない言葉を吐いてしまった。（まずい――）と思ったがあとの祭である。案の定、『ゼニガタ』は「カタコトカタコト……」とつぶやきはじめる。ブラウン管に一列、文字が並んだ。

『聴取不能　標準語デ　話セ』

ゼニガタのボイスセンサーには、スラングを識別する能力はないらしい。

「おまえは、くそをたれる、と言ったのだ」

『ソレハ　正シクナイ　私ハ　クソガタレナイ』

「クソヲ」もしくは「クソハ」と言うべきところを、「クソガ」と言ってるのはごあいきょうだ。

ゼニガタはひとを小馬鹿にしたような喋《しゃべ》り（？）方をするくせに、日本語のテニヲハの使い方の難しさには手を焼いているらしい。ざまあ見ろなのだ。

しかし、内心とは裏腹に、鴨田はすぐにあやまった。

「わかった、俺のまちがいだった」

『ワカレテ　ヨイ　デハ　行ケ』

（この野郎……）と思うが、口には出せない。

『私ハ　野郎ニハ　ナイ　シイテ言ウナレバニライタメ……』などと、舌を噛《か》みそうなことを言い出すに決っている。どのみち、理屈ではゼニガタにはかないっこないのである。

それにしても、なんて人使いの荒いヤツだ。コーヒー一杯を飲むぐらい、いいじゃないか――。

「そういうわけだから、比呂子《ひろこ》ちゃん、これ、帰ってから飲むよ」

「いいんですよ、所長。その時はその時で、また熱いのをお入れしますから」

「だけどさあ、折角、比呂子ちゃんがいれてくれたコーヒーなのに……」

「カタコトカタコト……」が始まった。

『早ク行クコト　ヨイ』

「うっせえっ！　……」

言うが早いか、とびだした。ゼニガタが『聴取不能　標準語デ……』と打ち出した時には、鴨田は駅へ続く道をドタドタと走っていた。

指定された午後二時ぴたりに〝ルノアール〟の前に着いた。約束どおり、週刊誌を胸に抱えるようにしていると、後ろから肩を叩《たた》かれた。

「鴨田さんですね？」

振り向くと、サングラスの男の顔があった。三十五、六歳か。少しヤクザっぽい印象のがっちりした体軀《たいく》の持ち主だ。鴨田が「そうです」とうなずくと、黙ってルノアールの中へ入っていく。奥のテーブルの上に飲みさしのコーヒーと、煙草、伝票がのっているところをみると、早目にきてテーブルを確保しておいたのかもしれない。

向かい合いに座ると、男は「どうも、ご苦労さんです」と言った。

「すると、あなたがご依頼のお手紙をくださった方なのですね？」

「そうです、私です」

そのとたん、鴨田は吹き出しそうになるのを、あやうく堪《こら》えて、肩で「くっくっ」と笑った。

「何がおかしいのですか？」

「依頼人」は心外そうに、鋭い目——と言っても濃いサングラスをかけていたから本当のところは分らなかったが——で鴨田をにらんだ。

「いや、あなたのことを笑ったのではありませんよ。じつは、ウチの助手の馬鹿が……」

鴨田は「助手の馬鹿」という言葉を、なんとも小気味よく使った。いつもゼニガタのやつにこき使われているような状態に対する、それはせめてものうっぷん晴らし、というものだ。

「ウチの助手の馬鹿が、あなたのこと——つまりその、人物像と言いますか——を予測しましてね、生意気な野郎で、そういうおこがましいことをするイヤな野郎なんです。ところが、それがまるっきり外《はず》れてるもんで、それでついおかしくって……、いや、とんだご無礼をばいたしました」

「ふーん……」

依頼人は興味ありげな顔をした。

「予測したというと、どうやって？　……」

「手紙ですよ。あなたからの手紙の筆跡鑑定をした、というわけです」

「それで、どういう人物像を想定したのですか」

「くだらないことです。お話しするまでもありません」

「まあいいじゃないですか、ぜひお聞きしたいもんですな」

「そんなにおっしゃるなら、お話ししますが。しかし、お怒りになっちゃいけませんよ。じつはこんなようなことを言ったのです。『この手紙の主は、年齢は五十代なかば、定年間近の公務員で、痩《や》せ形、強度の近眼に老眼が混じっている。依頼の趣旨は、おそらく身の危険を予期するほど重大な内容である』と、まあ大体こんなところです。まったく愚《ぐ》にもつかないことでありまして……」

「なるほど、ほとんど外れですな。で、予測というのは、それだけでしたか？」

「いやあ、それがですねえ、まだ何かあるらしいんですがね、聞こうとしたら、あまり先入観を持たないでお会いしたほうがいいだろうなどと、もったいぶったことを言いまして。しかし、実際のところは何も分かっちゃいないんですよ」

「確かにそのようですな……」

依頼人の笑った顔が、しだいにかげりを帯びてきた。話がなにやらよくない方向に向かっているような気配だ。そのくらいのことは鴨田にも分かる。

思ったとおり、依頼人は残念そうに、ひとつ首を振ってから、内ポケットに手をつっこみ、白い封筒を取り出した。

「折角お会いしたのだが、今回の件はなかったことにしていただきましょう」

鴨田は驚いた。

「えっ、それはまた、どういうことですか？」

「理由は言わぬが花でしょう。とにかくそうしていただきます。もちろん料金はお支払いしますよ。ここに十万円あります。これですべて白紙にしていただきます」

テーブルの上で、ぐいと封筒を押し出すと、依頼人はスックと立ち上がった。

2

「十万円もくれたのなら、いいじゃありませんか」

生井《なまい》比呂子は慰め顔で言ってくれた。若い割には人情の機微《きび》に通じたところのある、優しい娘だ。鴨田探偵事務所の殺風景が、比呂子のおかげでどれほど潤《うるお》いのあるものになっているか、計りしれない。

「しかしねえ、比呂子ちゃんよ、たかがキャンセル料にさえ、ポンと十万円も払うお客だぜ、それくらいだもの、もし仕事をやってたらさ、報酬は相当な金額だったかもしれないじゃない」

「でも、仕事の内容も聞いてないんでしょう？　案外、難しい仕事で、手に負えないってこともありますよ」

「それそれ、それなんだよ。どうやらテキはその点を心配して、当事務所への依頼に二の足を踏んだらしい。それというのも、ゼニガタのやつがいい加減な筆跡鑑定なんかやらかすからだ」

鴨田が言ったとたん、それまでじっと耳（？）をすませていたゼニガタが、俄然《がぜん》「カタコトカタコト……」とつぶやきはじめた。気が付きながら、知らんぷりをきめ込んでいると、「ブーブー」言いだした。

「所長、お呼びですよ」

「比呂子ちゃん、そこに『お』をつけることないでしょう。所長はぼくなんだからさ」

「すみません」

比呂子は一応あやまったけれど、本当はゼニガタのほうが鴨田より一枚も二枚も上手だと思っている。なに、鴨田だって強がって見せているだけで、当事務所でリーダーシップをとっているのはゼニガタだということは、口惜《くや》しいけれど百も承知なのだ。

ゼニガタは言ってみれば「パソコン」である。しかしパソコンとかんたんに言うが、ゼニガタはただのパソコンとは、わけが違う。東大ロボット工学研究所のホープ・糸川《いとかわ》、シャープの若き頭脳と言われる安田《やすだ》、ソニーの音声力学の天才・江崎《えざき》、警視庁科学捜査研究所の本多《ほんだ》、等々が寄ってたかって、面白半分、ヒマにあかせて造り上げたオバケなのだ。

彼等と鴨田英作との関係は、中学、高校を通じて、かの一流進学校『現代学園』の同級生であったことによる。

鴨田がなぜ現代学園のような名門に入ることができたかは、永遠の謎とされている。受験番号の誤記かなにかがあったことは確かだ。とにかく、鴨田英作の名は学園創設以来の劣等生として、歴史に刻まれている。

しかし、それにも勝る奇蹟《きせき》は、鴨田が前述の天才連中と在学中はもちろん、卒業後も変わらず親友でいることだ。この奇蹟をもたらしたのは、鴨田のケタ外れの腕力のお蔭《かげ》ということになる。

鴨田は中学の時、すでに百八十センチを越え、高校に進んでからは上背《うわぜい》に加えて、分厚い筋肉が全身をたくましく覆《おお》った。柔道、空手、ボクシング、といろいろやってみたけれど、どれも長続きしない。挫折――ではなくて、正真正銘、骨折してしまうのである。もちろん、対戦相手が、だ。膂力《りょりょく》も度を越すと凶器になるという証拠のようなものだ。結局、鴨田はすべてのクラブから敬遠された。陸上競技部の投擲《とうてき》に誘われて、ちょっとやってみたが、運動神経がまるでだめなことが分かった。とにかく、槍《やり》投げをやれば、放すタイミングを失って、目の前のグラウンドに一メートルも突き刺してしまうのだ。かといって、文芸部だの美術部だのは、最初から、才能のないことが分かりきっている。

ところが、こんな鴨田でも、なんとか無事に務まる部活がひとつだけ、あった。『ハテナクラブ』がそれである。

「ハテナ」とは、つまり「?」のことだ。どういうことをやるのかというと、ちょっと見には何もしやしない。部室に入ると、思い思いの椅子に腰をかけ、ただひたすら、沈思黙考に耽《ふけ》る――それだけだ。定められた時間いっぱい、ひと言も口をきかず、座っている。禅とちがうところは、自由に姿勢を変えても文句が出ないことぐらいなものだろう。これなら俺にもできる――と鴨田は思った。たしかに、外見上はその連中とそれほど変わった様子には見えなかった。ただ異なる点は、ほかの連中が全智全能を傾けて、思索に没頭しているのに対して、鴨田ひとりが、全神経を安らかに休息させていることだけである。

鴨田はハテナクラブがおおいに気に入った。身も心も休まる「活動」の内容が申し分ないし、かりにも全校中のエリート集団と肩を並べて歩けるのはこのうえなく愉快だ。しかも、彼等の中には鴨田が人知れず憧《あこが》れているところのマドンナ――藤岡由美《ふじおかゆみ》がいるのだからこたえられない。もっとも、鴨田の至福に反比例して、部員たちの迷惑は多大なものがあったことはたしかなのだが、しかし、それをも一変させ、彼等をして鴨田を英雄視させるような出来事が起こったのである。

ある日、クラブ活動が終わり、わが天才グループはうち揃《そろ》って下校の途についた。校門のところまできて、鴨田は命から二番目に大切な弁当箱を教室に置き忘れてきたことを思い出し、取りに引き返したから、およそ二百メートルばかり連中より遅れることになった。

校門を出て少し行ったタバコ屋の角を曲がった

ところで、「事件」は起こった。暴走族グループ『目黒エンペラー』の集団が天才グループの五人にいちゃもんをつけたのだ。この悪《ワル》どもは、かねてから藤岡由美に目をつけていたフシがある。あわや、という時になって鴨田が駆けつけた。天才連中は頭脳ばかり異常発育して、体格のほうは虚弱児童がそのまま日陰で育ったようなものだから、『エンペラー』にいたぶられれば、とてものこと無事には済まなかっただろう。

かくて鴨田は後世にのこる大武勇伝の主となる。エンペラーは二十余名の集団だったが、パトカーが駆けつけた時、四人の負傷者を残したまま逃走した。警察は当初、鴨田を加害者と誤認したほどの惨状《さんじょう》だった。

以後、鴨田は天才グループ全員から「命の恩人」と崇《あが》められ、親しまれることになった。鴨田もまた、自ら用心棒を決め込んだというわけだ。

高校を卒業し、天才グループがすべて国立一期校へ進んだのに対して、鴨田は三流マンモス大学に堂々、補欠で入った。

大学を出てから、鴨田はなんと三十二回の転職を経験した。ドロボー以外ならなんでもやった、といっていい。その中で、いくぶん興味をひかれ、自分に合っていそうだなと思ったのは、警備会社と探偵社だった。ただ、両方とも上司と喧嘩して辞《や》めてしまった。どこへ行っても、サラリーマンでいるかぎり、長続きしそうにない。いっそのこと、自分ひとりでフリーの用心棒か探偵社を始めようかと考えていた時、ハテナクラブのOB会が開かれるという通知があった。

ひさびさに再会した天才グループのメンバーは、それぞれに適所を選び、前述のようなエリートとして活躍していた。鴨田はそれが自分のことのように嬉しかった。啄木みたいに「友が皆　われより偉《えら》く……」などと愚痴《ぐち》らないところが鴨田の美点だ。

かつての仲間たちは鴨田の窮状を知り、探偵社を希望していることを聞くやいなや、全員が協力を申し出た。

「何か出来ることがあれば言ってくれ」

「ありがとう。だけど、そう言われても、俺自身どうすりゃいいのか、見当もつかないんだ」

「探偵社というのは、要するに依頼人の話を聴き、事件を解決してやればいいんだろ？　鴨田の腕力をもってすれば、怖いものなしじゃないか」

「あっさり言ってくれるなあ……。そりゃ、浮気な奥さんを尾行したりするような仕事なら、俺の貧しい頭でもできるけどさ、そういう仕事はたいてい名の通った興信所に持ち込まれるだろうし、一匹狼で売出すとなると、何かひとつオリジナリチーがないとねえ……」

（おっ……）と鴨田は自分で驚いた。「オリジナリチー」などという言葉がすんなり喋れたことに、である。それに感心している内に、仲間たちのあいだでは、話がどんどん進んでいった。

「コンピュータを使った探偵社、なんていうのはどうだろう。ほらコンピュータ占いなんていうのが流行《はや》っているそうじゃないか」

「あ、それはいい。名称は『パソコン探偵事務所』――イマいって感じだ」

「データは本多が科捜研から仕入れてくればいい」

「それはヤバいよ。誰か他の人間に利用されたり、システムごとそっくり盗まれでもしたら、えらいことになる」

「また堅いことを言う。だから役人は嫌いだよ。それじゃ、こうしたらどうだ、鴨田の声にだけ反応するようにボイスセンサーを付ける。ウチの音声入力システムはかなりのところまでいっているんだ」

「ああ、それならいい。じゃあ、ついでにアイセンサーも付けて指紋や顔写真の分析もできるようにしてみるよ」

「オーケー、要するに、移動能力がない以外は、オールマイティであるようにしようや」

——こうして、その一年後、お化けパソコン『ゼニガタI号』が誕生し、『鴨田探偵事務所』はめでたくオープンの運びとなったのである。

3

「比呂子ちゃんは帰っていいよ」

鴨田は言った。もう六時に近い。残業手当や夕食代が惜しくて言うのではなく、日が暮れた事務所に二人きりでいる「危険」を鴨田は恐れるのだ。比呂子は充分すぎるほど魅力的だし、ネコに鰹《かつお》節《ぶし》どころか、オオカミに変身しかねない自分を抑《おさ》える自信が鴨田にはなかった。

「では、お先に」と帰る比呂子を見送ってから、鴨田はおもむろにゼニガタと向かい合った。ゼニガタは文字をディスプレイに映し出したまま、ブザーを鳴らし続けている。

『私ノ　筆跡鑑定ニ　対シテ　疑問ノアルカ』

「ああ、あるともよ。大蟻《あり》食いのアルマジロだ」

『聴取不能　標準語デ　話セ』

「分かったよ。つまり、おまえの言った筆跡鑑定はまちがいだったということだ」

『ソレ　オカシナコト　私ノ分析ハ　マチガイナイネ』

「しかし、依頼人はどう見ても三十代だったし、痩せてもいなかったぜ。眼鏡はかけていたが、残念ながらサングラスでね。それとなんだっけ、あ、そうそう公務員だぁ？　とんでもない、あれはどっちかと言や、ザーヤクのたぐいだな」

『ソレハ　ナニカ　痔ノクスリ　カ』

「痔の薬？　ああ、そうじゃないよ、ヤクザ――広域暴力団の組員てことだ」

　ゼニガタは鴨田の自信ありげな口調に、珍しくハッタリがないと分析して、「ハテハテハテハテハテ……」と、弱々しい音を立てて考え込んでしまった。コンピュータ用語で言えば演算中というわけだ。鴨田はゼニガタに気付かれないようにニヤリと笑った。わけ知り顔のゼニガタでも悩むことがあることが分かって、愉快でならない。

「カタコトカタコトカタコトカタコト……」とつぜん、ゼニガタはおそろしいスピードで喋りはじめた。

『緊急事態ノ　発生スルカモネ　私ノ生命ノ心配スル　ヨロシ　敵ノ襲撃ハ　今夜ノ可能性アル　私ハコワイ　ビクビクニ　ナル』

　鴨田はあっけにとられた。なんと、あのゼニガタが脅《おび》えきっているのだ。赤色の非常ランプを点滅させている様子はただごとではない。

「何をそんなに怖がっているんだ？」

『敵ノ襲撃　コワイ　死ヌコト　コワイ』

「どうしておまえが死ぬことになるんだい？」

『鴨田　会ッタ男　依頼人ナイ　ニセモノネ　依頼人ハ　タブン　死ヌコトサレタ』

「死ぬことされた？　……殺されたという意味か？」

『ソノ単語　正シイ　私モ　殺サレタニナル　可能性ノアル』

「まさか！　……」

『マサカ　ナイ　敵ノ襲撃　カナラズ　アル』

「かりにあいつがニセモノだったとしても、おまえさんが殺されることにはならないだろう？」

『ソノ考エ　正シクナイ　私ガ　秘密　知ルコト敵ハ心配　ユエニ　殺ス』

「わかった。それで、どうすればいいんだ？」

『警視庁ノ　本多ニ　頼ム　ヨイ』

退庁時間は過ぎていたけれど、鴨田は科捜研に電話した。本多はまだそこにいた。鴨田から事情を聴くと、よく分からないが、ゼニガタがそう言うのなら、と言って、腕ききの刑事を二人、送り込んでくれることになった。

ゼニガタはその刑事が到着するまで、ランプを点滅させて震えていた。

刑事は綿貫《わたぬき》と芳賀《はが》といった。綿貫は鴨田をしのぐ大男で見るからに腕っぷしは強そうだが、その分、動作は鈍い。芳賀はごく並の体格だが、いかにも俊敏そうな感じだ。

「われわれはただ、鴨田さんの事務所に張り込むように命令されて来たのですが、一体、どういう事情なのでしょう？」

芳賀刑事が訊《き》いた。どうやら本多はゼニガタの件はまだ伏せているらしい。知られては、本多の立場上具合が悪いということなのだろう。もっとも、「コンピュータがそういうので」などと言ったら、どう考えても厄介《やっかい》なことになりそうだ。

「じつは、当事務所を襲撃するという脅迫電話がかかりまして、念のため、来ていただいたようなわけで……」

鴨田のあいまいな説明に刑事は不満そうな顔をした。その程度のことなら所轄署に頼めばいいいと思っている。しかし文句は言わなかった。本多警視どのはいずれ警視総監にでもなろうかという人物だ、逆らってトクすることは何もない。

刑事が来てから三時間経過したが何事も起こらない。(ゼニガタの野郎、ホラを吹きやがって)と、鴨田はジリジリしてきた。

午後十時、青少年の帰宅を促《うなが》す音が聞こえてきた。

その瞬間——鴨田は重大な失策に気付いた。

「しまった!……」

慌《あわ》てて電話にとびつき、ダイアルを回す。

——もしもし、生井です。

比呂子の明るい声がとびだした。

「ああ、無事だったか……」

——あら、所長ですか。どうなさったんですか?

「これからそっちへ向かう。詳《くわ》しいことはあとで説明するから、とにかくきみはそこでじっとしていてくれ。ドアも窓も厳重にロックして、俺以外の人間が来ても絶対に開けるんじゃない。電報だとか警察だとか言っても信用しちゃいけないよ。俺の声を確かめてから開けるように、いいね」

——分かりました。そのとおりにします。

生井比呂子のアパートはモルタル二階建だ。一度だけ車で送って行ったことがあるが、そう頑丈そうなつくりではなかった。ドアを叩き壊して入るつもりならかんたんだろう。しかしテキがそこまで強引《ごういん》にやるとは思えなかった。——いや、思いたくなかった。

「カタコトカタコト……」

ゼニガタがまた、つぶやきだした。鴨田の狼狽ぶりから、情勢の変化を察知したにちがいない。

『何事ガ　アルカ　ドコノ　行クカ』

「生井比呂子のところへ行く。危険なのは彼女の方なんだ」

『ソレハ　正シクナイ　危険ナノハ　私　ナノダ』

「そうじゃないんだ、俺は依頼人に、筆跡鑑定は助手がやったって言っちまったんだ」

『ソレハ　ウソノ　コトネ　筆跡鑑定ハ　私ノシタ　私ハ　助手　ナイネ』

「鈍いやつだなあ、だから彼女が危険だって言ってるんじゃないか」

まだカタコト言っているゼニガタには綿貫刑事を残して、鴨田は何がなんだか分からないでいる芳賀刑事の腕を引っ張るようにして、事務所をとびだした。

比呂子のアパートまでは車で二十分ばかり。鴨田と芳賀が階段を上った時、比呂子の部屋の前に人影が見えた。

「危ない！」

いきなり、芳賀が鴨田を突き飛ばし、自分も廊下に身を伏せた。

消音器つきピストルの発射音と、耳元を掠《かす》める弾丸の音、屋根瓦のはじける音がほとんど同時に聞こえた。

敵は一発を射《う》っただけで反対側へ走り、廊下の手摺《てす》りを乗り越えて地上に飛び下りた。追いかけようとする鴨田を芳賀が制した。

「やめなさい、危険です」

芳賀の手には、いつのまに抜いたのか、拳銃が握られていた。しかし、射つ体勢を整える前に、敵は逃げた。忍者のように素早いやつであった。

鴨田は比呂子の部屋のドアを叩き、大声で叫んだ。

「比呂子ちゃん、無事か！」

ロックの外れる音がして、ドアが開いた。

「所長、大丈夫ですか？」

脅えながらも、こっちの身を案じてくれる優しさに、鴨田は感激した。

「所長がおっしゃったように、『電報です』っていう声が聞こえたんです。それで、どうしようかと思っていたら……」

急に恐ろしさがこみ上げてきたのか、比呂子は絶句して、鴨田の胸にしがみついてきた。鴨田も思わず比呂子の肩に腕を回した。風呂上がりだったとみえ、パジャマの襟元《えりもと》から石鹸《せっけん》の香りが立ちのぼって、心地よく鼻孔をくすぐった。瞬間、鴨田は川崎のお風呂屋さんでアワ踊りをしているような錯覚におちいった。

「もしもし、お取込み中ですが、ちょっと通してください。本庁に連絡します」

芳賀が無粋な声を発して、折角いい感じでいる二人のあいだに割り込むようにして、部屋に入った。

4

襲撃犯人の心当たりといえば、例の『ルノアールの男』しかない。警察の事情聴取には、もちろんそう答えたのだけれど、その謂《いわ》れ因縁を説明するのに、鴨田は冷汗をかいた。ゼニガタのせいだ、なんてことは、おくびにも出せない。

「当事務所のですね、助手がですね、筆跡鑑定の真似ごとをやりまして、それがたまたま図星だったということでしょうねえ」

「そうなんです、あたしって、本当にときどき当たっちゃうんですよねえ」

比呂子は打ち合わせどおり、調子を合わせてくれているが、気掛りなのはゼニガタだ。横で聞いていて、『真似ゴト　ナイ　ホンモノネ　黙ル座ル　ピタリ　当タル』なんてことを言いださないかどうか、気が気ではなかった。

しかし、どういうわけか、ゼニガタは刑事が入り込んでいる間は「いい子」でいてくれた。いや、本当に「いい子」だったのかどうかははっきりしない。鴨田に助手扱いされてからというもの、どうもゼニガタの様子がおかしいのだ。パソコンに感情があるとは思えないが、ツムジを曲げてでもいるかのように、妙に黙りこくって、鴨田がお愛想にどうでもいいような質問をしても、色よい返事をしてくれない。あまり下らない質問が続くと、最後に『プイ』と答えた。「プイッ」と横を向く、という、それのつもりなのだろう。

収穫のない事情聴取に呆《あき》れ果てて、刑事が引き揚げたあと、本多警視どのから電話があった。鴨田にその後の様子を訊いてから、「じつは、由美のおやじさんが亡くなったそうだ」と言った。

「えっ？　藤岡由美さんの、か？」

「ああ、事故死だそうだ。昨夜、ホームから転落して、電車にはねられた。今夜が通夜ということだが、鴨田はどうする、行くか？」

「もちろん行くとも、みんなで行って慰めてあげようよ」

鴨田は暗然とした。由美は幸薄いマドンナなのだ。建設省のエリート官僚との結婚もうまくいってないらしい。下級官吏である父親は、由美の夫の非道を見て見ぬふりをしているし、由美は由美で、父親の立場を考えると、やはり亭主が浮気しようと何しようと、じっと耐えているしかないということなのだろう。そしてその父親が死んだ……。

「ああ、俺が結婚してればなあ……」

電話を切ってから、鴨田は思わず長嘆息をもらした。

「あら、所長、どなたと、ですか？」

比呂子が心配そうな目を、こっちに向けている。

「えっ？ あ、その、いや、きみとね、結婚していれば、昨夜みたいな危ないこともなかっただろうと思ってさ……」

「まあっ、私とだなんて、そんな、いやだわ、いきなりそんな、でも私だって、あら、困るわ、なんてこと言うの、いやあねえ……」

比呂子は真赤になって、身もだえ始めた。可愛いような、怖いような——。オオカミの血が騒ぎだす。鴨田は慌てふためいて、事務所をとびだした。


藤岡由美の家の近くで落ち合って、晩飯をしためてから、全員うち揃って訪問した。鴨田ははじめて訪れたのだけれど、藤岡家は見るからにぱっとしない小さな家で、勤め先と町内会と親族一同の花輪が三つ、わびしげに立っていた。公務員が清貧を貫くとこうなるという、サンプルのようなたたずまいだった。

しかし、由美の美しさは変わっていない。青白い顔が喪服に映えて、むしろ凄惨《せいさん》と言えるほどの美しさを湛《たた》えていた。ハテナクラブの仲間たちを迎えて、さまざまな想いが一度にこみあげてきたのだろう、由美のつぶらな瞳から大粒の涙がこぼれ落ちた。鴨田ももちろん、もらい泣きをした。オイオイ声を出して泣くものだから、さすがの仲間たちも敬遠して、他人のような顔で離れていった。

奥の部屋に仮の祭壇がしつらえてある。鴨田はみんなより遅れて祭壇の前に額《ぬか》ずいた。ハンカチで涙を拭《ふ》き、抹香をつまむ。掌《てのひら》を合わせ、飾られた遺影を仰《あお》ぐ。

(あれ!――――)と、鴨田は首を傾《かし》げた。

(どこかで見たような顔だな――――)

しかし、由美の父親に会ったことはないはずだ。仕事の関係で接触するようなチャンスがあったとも考えられない。鴨田の職業経歴の中に、建設省に出入りするようなマトモな仕事なんてまるっきりなかったし、住んでいる場所も、通勤ルートもまったく重ならないのだ。

「あの、お父さん、現代学園の授業参観にお見えになったこと、ある?」

鴨田は、傍《かたわ》らに控えている由美に、そっと訊いてみた。

「いいえ。父は仕事一途《いちず》な人でしたから、娘の学校のことなんて、構ってくれたこと、ないんです」

「やっぱりねえ……」と、鴨田はいよいよ分からなくなった。もう一度写真を見て考え込む。

(痩せていて、眼鏡をかけていて、五十代なかば、定年間近の公務員――）

「あーっ……」

　すさまじい大声に、鴨田の後ろで焼香の順番を待っていた婆さんがひっくり返った。『ハテナ』の仲間が、「機長、やめてください！」と言わんばかりに飛んできた。

「由美さん、お父さんは、ひょっとすると、近眼の上に老視ではありませんでしたか？」

　降りそそぐ非難のまなざしをものともせず、鴨田は驚いている由美に、訊いた。

「ええ、父は若い頃から強度の近眼で、歳《とし》を取ってからそれに老視が加わって、とても不自由していました。今度の事故もそのためではないかって、警察では言ってましたけど……。でも、それが何か？　……」

「ええ、ちょっと思い付いたことがありましてね。ところで、なんでもいいのですが、お父さんのお書きになった文字を見せていただけませんか」

「文字っていうと、書道の、ですか？」

「いや、日記とか手紙とか、ふだん書いてるようなものがいいんです」

　由美は母親に頼んで、古い手紙の束を持ってきてもらった。長期の出張先から送られたものが多いらしい。鴨田は宛名《あてな》書きをひと目見た瞬間、間違いないと思った。しかし、念のため封書を一通借りると、本多警視の運転する車で、事務所へとんで帰った。

「おい、ゼニガタ、起きろ！」

　真暗な事務所に飛び込むなり、鴨田は怒鳴った。ゼニガタは不満らしく「ガタガタ」鳴って、『私ハイ　ツデモ起　キテルユ　エニ怒　鳴ルコ　トナイ』と寝惚《ねぼ》けたことを言っている。音節の空け方がメチャメチャだ。いつもなら馬鹿にしてやるところだが、この際、ゼニガタの機嫌を損《そこ》ねるのは具合が悪い。鴨田は真面目くさった顔で、いま仕入れてきた手紙をゼニガタのアイセンサーにかけた。

「この手紙の文字だが、どうだろう、この間の手紙の文字と同じじゃないか?」

『ソノ　考エ　ホトンド　正シイ　デモ　少シ違ウネ』

「違うない、思う。でも、どこ、違うか?」

『アンタ　発音　悪イネ　ナマッテルヨ』

「そんなことはいいからさ、どこが違うのか、早く教えてくれ」

『コノ前ノ　ヒト　不幸ナ　年寄ネ　デモ　コノヒト若クテ　トテモ　幸セ』

鴨田は慌てて、手紙を引っ張り出して、文面を読んだ。そしてゲラゲラ笑いだした。

本多が(とうとう、来たか……)という顔で、心配そうに覗《のぞ》き込む。ゼニガタまでが『ドウシタドウシタ　病気　出タカ』と言っている。

「いや、本多よ、これを見てくれ。この手紙は、由美のおやじさんが、おふくろさんに出した、若き日のラブレターだぜ」

5

謎の手紙の主は、なんと、藤岡由美の父親だったのだ。ゼニガタの予想はもののみごとに――いや、不幸にして的中した。だとすると、『ルノアールの男』は偽者で、由美の父親の死は、ただの事故死なんかではない疑いが強くなってきたというわけだ。

「よし、行こう」と、本多は鴨田を連れて、昨夜の事故を扱った所轄署へ向かった。

所轄署では、事故そのものについては、まったく疑問の余地はないと言っている。

「藤岡さんはだいぶ酔ってましてね、なんでも、娘さんの旦那と新宿で飲んだらしい。新宿から小田急線でN駅まで一緒で、藤岡さんはここで乗換えるんですがね、小田急の車内で寝込んじまって、婿さんに起こされたそうです。ふらついているんで、『大丈夫ですか?』と声をかけたら、『大丈夫』と答えたんで、そのまま別れたのだが、あんなことになるのだったら、家まで送るのだった、と婿さんは言ってますがね。それから藤岡さんの方はS線の改札を通ってホームの一番前の方へ歩いて行った。なんでも、藤岡さんが下りる駅は前の方に改札口があるので、いつもそうしているんだそうですよ。酔っていても習慣どおりに行動したということでしょうか。しかし、歩く格好はふらふらしていて、目撃した人はみんな、危なっかしいなって思ったと言っております。あ、目撃者ですか? 五人いますよ。事故のあとちゃんと証言してくれましたし、身元もしっかりしてます。その証言によれば、事故の模様は、ホームの前の方へ行った藤岡さんが、来た電車に乗ろうとホームの端に寄りすぎて、よろけたはずみに、あと十メートルばかりで停車しようとしている電車の前部に落ちかかってはねられたというもので、急停車したため五メートルばかり飛ばされただけで済んだが、全身打撲《だぼく》と内臓破裂で意識不明のまま約二時間後に死亡しました。いや、もちろん、藤岡さんを突き飛ばすことができるほど近くには誰もいませんでしたよ。いくら電灯の明りが暗いからって、五人が五人、誤認するはずはありませんからねえ。あ、これはべつにシャレを言ったわけではありませんですよ」

話を聴くかぎりでは、本人の過失による事故死という印象が強い。手紙の一件がなければ、何の問題にもならないところだろう。それとゼニガタの予測だ。それがある以上、黙って見逃すわけにはいかない。鴨田と本多は再び藤岡家へ行った。夜も更けて、ふだんなら非常識な時間だが、お通夜の晩だ、いくら遅くたって文句は出ない。

由美の亭主というのに話を訊こうと思ったのだが、来ていないという。

「主人は抜けられない仕事がありまして、失礼させていただいております」

由美は消え入らんばかりに言って、ひたすら頭を下げている。仕事だかなんだか知らないけれど、手前の岳父が死んだ時ぐらい抜けてきそうなものじゃないか、と思ったが、由美が気の毒で、とてもそんな邪険《じゃけん》なことは言えなかった。

「お父さんはずいぶん酔っておられたようですが、いつもそんなにお飲みになるのですか?」

「いいえ、父はたいへん用心深いたちで、どんなにすすめられても、ふらふらするほどまで飲むようなことはしませんでした。母もそう言ってますし、それに、父は駅のホームでは決して白線の外側に出ない主義でしたから、どうしてこんなことになったのか、さっぱり見当がつかないのです」

「明日の出棺予定は何時ですか?」

それまで黙っていた本多が訊いた。えらく難しい顔をしている。

「一時です」

「よし、鴨田、もう一度おまえの事務所へ行こう。

ゼニガタに訊いてみるしかない」

車を走らせながら、本多は妙に沈んだ声で、「俺は藤岡由美が好きだったんだ」と言った。鴨田は驚きながら、「なんだ、俺もそうだ」と答えた。

「そうか、おまえもか。考えてみりゃ、みんなの憧れであったわけだよなあ……」

「ああ、そうだとも……。しかし本多、それがどうしたって言うんだ?」

「由美を不幸にするようなことが出来るか、ということだ」

「出来るわけがないじゃねえか。もしそんな野郎がいたら、ただじゃ置かねえぜ」

「その野郎が、俺やおまえでも、か」

「あん? なんのこっちゃ、それは……」

しかし、本多はそれっきり黙りこくって、ハンドル操作に専念しているように見えた。

ゼニガタは鴨田の声を聞いたとたん、『ナントイウ　パソコン　使イノ　荒イ　事務所ナノヨ』と言った。それでも、鴨田の話を聞くと、しばらく「ハテハテハテハテ……」と考えていたが、じきに答えを出したのは、さすがというべきだろう。

『コレ　事故死　ナイヨ　殺人ヨ　犯人ハ　複数タブン　三人ネ』

「やっぱり、そうか……」

本多はうめくように、言った。鴨田には分からない。

「殺人って、しかし、どうやって殺したんだい? 目撃者も大勢いるんだぜ?」

『データ　不足　シャーケド　理論的コト　カンタンネ　目撃者ノ　ヒトリ　犯人　モウヒトリ線路ノ反対　イル　フタリデ　ピアノ線　ヒパル

オトサン　落チル』

「なるほど。しかし、そんなにうまくいくものかな?」

『ウマクイクカテ　ウマクイタノデナイノカ』

「そりゃそうだけどさ。しかし、大の男がだよ、そんな子供だましみたいな手でやられちまうもんかねえ」

『子供　ダイジョブ　小便ネ　オトナ　小便ナイトロイ』

「おい、そりゃ、小便じゃなくて、敏捷《びんしょう》じゃないのか?」

『ソウ　便小ネ　小便ユーノ　コレ　逆《サカ》サコトバヨ　ザーヤクト　同ジネ　ソレカラ　由美ノオトサン　クスリ　飲ンドッタ　ナイカ』

「それなんだ、鴨田」と、本多がゼニガタに代わって、言った。

「由美のおやじさんは、おそらく睡眠薬を飲まされていたと思う。そうでなければ、ピアノ線なんかで落とされるほどふらふらになるはずがない。それで、俺は明日、捜査一課へ行って、司法解剖を実施するよう、働きかけてみるつもりだ」

「そうか、それはいい。いよいよ面白くなってきそうだな……」

そう言いながら、鴨田はふと、重大なことに気が付いた。

「だけど、おい、本多、おやじさんに薬を飲ませたっていうのは、もしかすると、由美さんの亭主ってことになるんじゃないのか?」

「そうだ。だから言ったろう、由美を不幸にする野郎は俺たちだ、とな……」

本多警視は、沈痛な表情で、いまにも泣きそうな鴨田とにらみあった。

6

だが、本多の奔走《ほんそう》にもかかわらず、司法解剖の許可は難航した。鴨田は朝からずっと事務所で待機していたが、時折入る本多からの連絡はあまり思わしいものではなかった。

「すでに事故扱いで処理されたホトケだからねえ、所轄でも気が進まないところへもってきて、遺族が同意しないのだそうだ」

「遺族が？　……」

「ああ、もちろん、由美の亭主がうんと言わないのだろうがね。由美もおふくろさんも、亭主に逆らってまで、というわけにはいかないようだ」

「畜生！　なんとかならんのかねえ、職権で強引にやっちまうとかさ」

「そりゃ、ヤバいよ。第一だな、どうやら、上の方のセンから圧力がかかっている気配もある。殺しの動機は、何か汚職がらみのニオイがしてきたよ。二課に友人がいるから、そっちの方からもつっついてみよう」

「だけど、そんなこと言ってる内に、遺体が灰になっちまったらどうするんだ？」

「そうなる前に、なんとかやってみるしかないな。それまで、鴨田の力で食い止めていてくれ。頼んだぞ、いまや、その力が頼りだ」

激励だか押しつけだか分からないけれど、鴨田はともかく藤岡家へ急行した。時刻は正午をとっくに過ぎ、葬儀はほとんど終わろうとしていた。焼香を終えた弔問客たちが路地の両側に屯《たむろ》して、出棺の時を待っている。鴨田は表通りから路地へ曲がる角に立って、本多が駆けつけるのを、いまかいまかと待った。

だが、本多が来るかわりに、霊柩車《れいきゅうしゃ》がやってきた。路地に尻を向けて、「ビー、ビー」とバックする。藤岡家の玄関付近では、慌《あわただ》しい人の動きが始まった。金ピカの布で覆った棺を数人の男たちが担《かつ》いで、しずしずと歩みだした。霊柩車まではものの十メートル、ああ、万事休す、か……。

鴨田は猛然と突進した。

「待て、待て、待ってくれーい！……」

いままさに霊柩車にたどり着こうという寸前の棺の前に、百八十五センチ、九十三キロの巨漢が立ちはだかった。

「何をする！」

棺を担ぐ先頭の男が、「きっ」とばかりに鴨田をにらんだ。

「あっ、あんた……」

男は思わず、驚きの声を発した。

「ん？　……」

鴨田は相手の驚きの意味が、理解できなかった。男は肩に棺を載《の》せたまま、ポケットからサングラスを取り出すと、慌てた手付きで目を隠そうとした。ところが、それが却《かえ》って逆効果になって、鴨田の記憶は呼び覚まされた。

「あーっ、あーっ、き、貴様、ルノアールの男じゃねえか！」

鴨田の両手は無意識の内に、男の胸倉《むなぐら》を摑《つか》んでいた。

「知らん、私じゃない。ルノアールで十万円を渡したりなんかしてない」

「この野郎、ちゃんと分かってるじゃねえか」

鴨田の強腕に締《し》め上げられて、このままだと、もう一人葬式を出すことになりそうか、と思った時、由美が必死の形相《ぎょうそう》で鴨田にとりすがった。

「鴨田さん、やめてください！　主人に何をなさるんです！」

「ご主人？　……」

鴨田は思わず手を放した。『ルノアールの男』はよろぼいながら、表通りへ逃げてゆく。その行く手に本多と芳賀と、そして海坊主のような綿貫が立ちはだかった。


建設省を舞台にした汚職事件は、幹部クラスを巻き込む大疑獄事件に発展する可能性があるらしい。しかし、鴨田にとっては、そんなことはどうでもよかった。それより、由美の亭主が殺人の片棒を担いでいたというのが、なんともやりきれない。しかも殺す相手が、こともあろうに、自分の嫁さんの父親だというのだから、救いがたい。由美の父親は汚職の泥沼から娘婿を救い出そうとして、その相談を、娘の級友で探偵事務所をやっている鴨田英作にもちかけようとしたのだ。ところが、その手紙の下書きを、たまたま父親の家に金の無心に行った亭主がみつけ、父親がどの程度、秘密を漏《も》らしているのかを探ろうとした。そして鴨田との約束の時間に来られないように、父親の方は上司の命令で拘束しておいて、亭主が『ルノアールの男』として現われた。幸い鴨田には、まだ何も知られていない段階だったのだが、上層部はこのまま放置しておけないと見て、父親の抹殺《まっさつ》に踏み切る一方、危険な眼力の持ち主である「探偵助手」を襲撃したというわけであった。こうして事件は解決したけれど、二重の悲劇に直面した由美の気持を思うと、鴨田はやりきれなかった。

「あーあ、俺、探偵稼業がつくづくいやになった。

やめたいよもう」

　思わずボヤキも出るというものだ。とたんにゼニガタが「カタカタ」言いだした。

『ドシテカ　事件　解決シタ　メデタイノコト　ヤメル　ナイヨ』

「おまえには理解できっこねえだろうな。なんたって、心がねえんだから」

『ココロ　ナイガ　ヒロコ　イルネ』

「なんだい、そりゃ？」

『事務所　ヤメル　ヒロコ　困ル　ゼニガタ　困ル　ヤメナイデ　オネガイ』

「馬鹿、捨てられたオカマみたいな言い方するんじゃないよ。心配するな、やめるわけないだろう。おまえはともかく、比呂子ちゃんのためにな」

　鴨田はそう言うと、コーヒーを運んできてくれた比呂子に最高の笑顔を向けて言った。

「ねえ、比呂子ちゃん、やめないもんねえ」

　ゼニガタは「ケタケタケタケタケタ」と、耳慣れない音を立てて、ディスプレイに文字を並べた。

『アンタモ　スコシ　オカマ　ノケ　アルネ』

ナイスショットは永遠に

1

「自分の振ったクラブで、自分の頭を殴って死んじまった男がいるんだとよ」

本多警視からの電話を切ると、鴨田英作はゼニガタの声紋分析装置に向かって話しかけた。

「それが事実だとすると、おっそろしく間抜けな話だが、現実にそういうことがあり得るかどうか、お前さんに訊《き》いてみてくれとさ」

緊縮財政の警視庁からくる仕事は、ぜんぜん儲《もう》からないのだが、相手が科学捜査研究所の本多警視どのでは断わるわけにはいかない。なにしろ本多は、現代学園・ハテナクラブの仲間として、鴨田探偵事務所のために、犯罪捜査用ネオ・スーパー・パソコン「ゼニガタ」を組み立ててくれた天才グループの一員なのだ。

ゼニガタは鴨田の話が終わるまで待って、「ハテハテハテハテ……」と演算を開始したが、どういうわけか、いつものような軽快さがない。途中でひと休みしたり、「ハーテハテハテ……ハテナ」などと不規則音を立てたりしている。

その内、ブラウン管上に、やけに自信なさそうにオズオズといった感じで文字が現れた。

『クラブ　トハ　乗馬クラブ　カ　ソレトモ　ナイトクラブ　カ？』

「アホとちゃうか？」

鴨田は呆《あき》れ返って、叫んだ。

『聴取不能　標準語デ　話セ』

今度は、憤然《ふんぜん》といった勢いで、いっぺんに文字が出た。

「おまえは馬鹿ではないか、と言ったのだ」

『ゼニガタ　馬鹿ナイ』

「まあ、そんなことはどうでもいいけどさ。だけど、クラブを振ると言ったら、この場合のクラブとは、ゴルフクラブのことに決っているじゃないか」

ゼニガタは沈黙した。いやそうではない。聞こえるか聞こえないかぐらいの音で「ハテハテ……」と考え込んでいるのだ。それにしても、いやに長い。ひょっとすると事件の謎まで一気に解いてしまおうっていうつもりかもしれない。さすがゼニガタだ——と感心した時、ようやく文字が、それも、ほんのちょっぴり、並んだ。

『ゴルフ　トハ　何カ？』

鴨田はあっけにとられた。なんと、ゼニガタはゴルフを知らなかったのだ。鴨田の驚きを察知して、ゼニガタは急いで、弁解の文句をつけ加えた。

『ワガハイノ辞書ニ　ゴルフハ　ナイ』

（何を気取ってやがる——）と鴨田は思ったが、考えてみると、ゼニガタのプログラミングに参加した現代学園・ハテナクラブOBの天才連中の誰ひとりとして、ゴルフに縁のある者はいやしないのだった。

「判ったよ、それじゃ教えてやるから、大人しく聴いてろや」

と言ったものの、じつは鴨田もそれほどゴルフに詳《くわ》しくはない。ルールブックと解説書を見ながら、好奇心旺盛なゼニガタに講義するのは、あまり気の進む話ではなかった。

説明しながら、鴨田はゼニガタの視覚中枢である「アイセンサー」に解説書の写真を見せた。ゼニガタは「カタカタ」という間もなく、ひと目で理解してしまったらしい。

『ヨクワカル　デモ　ナゼシテ　人間ハ　ゴルフヤルカ?』
「へっ?　……」
鴨田は言葉に詰った。なぜ人間がゴルフをやるかなんて――考えだしたら夜も眠れなくなりそうだ。

ニュー丸越コンツェルンの総帥《そうすい》・岡田英樹《おかだひでき》には悪徳虚業家という別名がある。デパート、ホテルなどの経営に乗り出すところまでは、ともかく実業家らしく見えるのだが、出入り業者を泣かせたり、従業員のクビを切ったり、さんざん私財を太らせたあげく、残り滓《かす》のようになった会社を、社員ごとほっぽり出してしまう。岡田のお蔭で泣きを見た者は数知れない。中には自殺や一家心中に追い込まれた人々も少なくないのだ。その岡田が死んだというのだから、誰ひとりとして悲しむ者なんかいなかった。この日を国民の祝日にしようとする動きがあったというのも、まんざら出鱈目《でたらめ》ではないかもしれない。

しかし警察はそういうわけにはいかない。岡田の死に方に不審な点があったからだ。

岡田はその時、ホテル・ニュージャンパーの屋上にある岡田専用のゴルフ練習場にいた。岡田はこの「専用」というのが大好きで、何でも専用のものを持ちたがる。専用の車、専用のヨット、専用のメカケ、専用のトイレ、専用のホモだち、専用の別荘、専用のバー、等々だ。近頃では息子の嫁まで専用にしたという噂《うわさ》もあるし、将来は国政を牛耳《ぎゅうじ》って専用の法律まで作ろうとしているらしい。それに較《くら》べれば、専用の官房長官や専用の法務大臣をデッチ上げるなんていうのなんか、まだまだ可愛いげがあるというものだろう。

岡田は愛用の「黄金のクラブ」を構えて悦に入っていた。生後三ヵ月のパンダの皮で巻いたグリップを除けば、シャフトからヘッドにいたるまで、すべて、金メッキされたクラブである。イリオモテヤマネコの毛皮とトキの羽飾りをあしらった帽子をかぶり、キタキツネの革のシューズを履き、クジラの髭《ひげ》のベルトをしている。こんな具合に自然保護団体の神経を逆撫でするのも、岡田の趣味のひとつだった。

「ようし！　今日はかっとばすぞーっ」

岡田は景気のいい声で叫び、小手をかざして、遥《はる》か十メートル二十五センチ先の丸い標的をにらんだ。そして、やおら足の位置を確かめると、黄金のクラブを振りかざし、みごとに肘《ひじ》の曲がったフォームで、思いきり振った。

次の瞬間、振り抜いたクラブのヘッドが、ヘッドアップした岡田のヘッド――いや、頭を直撃して、岡田は目ン玉を白くしてひっくり返ってしまった。

――と、観ていた連中は言っているのだ。

この時、岡田の周囲には二人の男と三人の女がいた。ホテル・ニュージャンパーの新井《あらい》支配人、岡田の秘書の築山《つきやま》、岡田の妻・貞子《さだこ》、岡田の息子の嫁・由里子《ゆりこ》、岡田の二号でクラブのママの順子《じゅんこ》、という顔触れだ。

彼等は全員、岡田の背後のネットの外から岡田のプレイを見ていたという。もっとも、バックスウィングから、フィニッシュ――つまり、ヘッドにヘッドが衝突する瞬間までの一部始終を見届けたというわけではない。インパクトの瞬間は全員の視線は標的に向いていたのだ。だから、岡田が倒れたのに気付いた時は、てっきり脳溢血《のういっけつ》か何かの発作だと思ったそうだ。それで慌《あわ》てて駆け寄る者、救急車や従業員を呼ぶ者の二手に分かれた。駆け寄ったのは、新井、貞子、順子の三人。秘書の築山と嫁の由里子が助けを求めに走った。

岡田の側頭部にひどい打撲《だぼく》の痕《あと》があるのは、倒れた際にどこかで打ったものと考えられた。これは最初に駆け寄った三人はもちろん、救急隊員でさえそう思ったと言っている。

だが、じつはそうではなく、これこそが唯一の傷――それも致命傷であったのだ。解剖の結果、岡田には病理的な原因による脳内出血はなく、側頭部打撲による脳の損傷が死因と判定された。

「自分の振ったゴルフクラブのヘッドで自分の頭を殴ることが出来るか?」

という、ゴルフ史始まって以来の難問はこうして誕生したというわけだ。

2

半可通《はんかつう》なりに、ようやく説明し終わった。鴨田はゴルフクラブのなんたるかを、

『データ不足　回答不能』

ゼニガタはいとも冷たく突き放した。

「そりゃそうだろうなあ、ゴルフを知らないお前さんにいきなりこんな質問をしたって、答えられるわけがない」

鴨田はゼニガタに同情した。なんでも知っているような顔(?)をしているパソコンにも、意外に抜けたところがあるものだ。

「気にすることはないぜ、俺にだって判らないこ

とはいくらでもあるのだからな」

とたんにゼニガタは「ブー　ブー」と不規則音を立てはじめた。気に染まないデータを入力されると、どこかの回路がショートするらしい。鴨田なんかと比較されちゃかなわないという意味なのだろう。

（いやな野郎だ――）

鴨田はゼニガタに気付かれないように、のっぺりしたブラウン管面《づら》をにらんだ。

「判ったよ、データ集めに行きゃいいんだろう？しかしねえ、自分で振ったゴルフクラブで自分の頭を殴るなんてことができるはずはないんだから、こいつは殺人事件に決っているのだ。まあこの俺が行けば、真相はじきに判るだろうよ」

鴨田が大見得を切った時、それまで黙っていた生井比呂子が言った。

「まあ、それじゃ、岡田社長は殺された疑いがあるんですか？」

「うん、そうらしい。しかも警察でも真相が摑《つか》めなくて、僕のところへ泣きを入れてきたというわけだ。はっはっは、近代警察もたいしたことないねえ……」

「それで、所長はそれをお引き受けになったんですか？」

いじわるウ……、と言わんばかりの目で、比呂子は鴨田をにらんだ。

「あんな人でなしを退治してくれた方を捕まえて、どうしようっていうんですか？」

「いや、いくら評判が悪くたって、噂だけで判断しちゃいけないよ。マスコミの言うことも話半分に聴く必要がある」

「いいえ、あの男は悪人です、決ってます。だいいち、庭の池で鯉《こい》を飼っているじゃありませんか」

「おいおい、庭で鯉を飼うのが悪人というのは、論理が飛躍しすぎるよ」

「いいえ、論理的に言ってそういう結論に達するのです。嘘だと思ったら、ゼニガタさんに訊いてみてください」

ゼニガタに「さん」を付けるのは妙だが、しようがないので、鴨田はゼニガタに訊くことにした。

「庭の池で鯉を飼うやつは悪人かね？」

とたん、ゼニガタはおっそろしい勢いで文字を打ち出した。その音がどうも「バカバカバカバカ」と言っているように聴こえるのは気のせいだろうか。

『ツマラナイ　質問ヲ　スルナ　庭デ　鯉ヲ　飼ウノト　悪人トハ　ベツノ次元ノ　コトナイカ　ナンボ　貧乏人ノ　ヤッカミイウタカテ　アホモ休ミ休ミ　言エ　アンタ　オーバーホール　シタノカ？』

「いや、俺が言ったんじゃないよ。比呂子ちゃんがそう言うんだ」

とたんにゼニガタは「ヘラヘラヘラヘラ……」と、これまで聴いたことのない、変にこびるような音を発した。

『チョト待テ　ソレナラ話チガウネ　モ少シ　考エテミル　ウン　アリウルカモネ……』

（きったねえ――）

鴨田は呆れ返った。パソコンが依怙《えこ》ひいきをするなんて、いまのいままで考えてみたこともなかった。

『ソレ　アリウルノコトネ　スナワチ　都心デ　鯉ヲ飼エルクライノ　池ヲ持ツノ　タブン　イン

チキシテル証拠ヨ　ソーデナイト　オ金タマラナイネ　ヤッパ　比呂子　エライ』

何ぬかしやがる——と思ったが、ゼニガタはともかく、比呂子には逆らえない。

「判ったよ、確かに岡田は悪人かもしれないが、しかし、自分のゴルフクラブで頭を殴れるか、というのは純粋に科学的命題だから、当事務所としても調査依頼に応じなければならない。なんてったって、本多の依頼だしね」

鴨田はこれ以上ケチが付かないうちにとばかり、事務所を飛び出した。

ホテル・ニュージャンパーは十四階建のビルである。いまでこそ都心では超高層ホテルも珍しくないが、このホテルが出来た頃は十四階建でも結構高い方の建物に属していた。

ところで、鴨田英作は百八十五センチ、九十三キロという巨体の割には、こういう華やいだ場所に出入りするのは大の苦手だ。金モールのドアボーイが立っている玄関の前を行きつ戻りつしていると「鴨田さん」と呼ぶ、女性の声がした。

「やあ、由美さん！」

鴨田は地獄で仏——どころか、ホテルの前で美人に会ったような気持だった。

美人は言わずと知れた、かつての現代学園天才グループのマドンナ・藤岡由美である。

「珍しいところで会いましたね、今日はどちらへ？」

「あの、父のお墓がついそこのお寺にありますの」

「ああ……」と鴨田は絶句した。そういえば由美の父親が死んで、もう一ヵ月になる。父親が殺され、亭主がその犯人一味だったという、これ以上の悲劇はないと言ってもいいあの事件のことを思い出すと、胸が締めつけられるような思いがする。

「鴨田さんは、お散歩ですの？」

由美は小首を傾《かし》げるようにして、訊いた。楚々《そそ》とした服装で、化粧もしているかいないか判らない程度のさりげなさが、なんとも可憐《かれん》で男心をそそる風情《ふぜい》だ。

「まさかお散歩というガラじゃないでしょう」

かくかくしかじかと鴨田が説明すると、

「それじゃ、一緒に入りましょう」

「えっ？　……」

鴨田は夢ではないか——と全身隈《くま》なく緊張した。

「そ、それは、ぼ、ぼ、僕はいいのですが、由美さんはまずいのではありませんか？」

「あら……」

いやですわ、と由美は微笑んだ。

「こちらのホテルにはグリルもティールームもありますのよ」

と言って、さっさと先に立ってロビーに入って行った。鴨田はまるで自分の不届きな想像を見透かされたような恥ずかしさで真赤になりながら、巨体を縮めて随《したが》った。

ロビー脇の喫茶室に腰を落ち着け、飲物を注文しておいてから、鴨田だけがフロントへ行った。仕事が済むまで由美は待っていてくれるということになった。由美の視線を背中に感じては、鴨田といえども勇猛果敢にならざるを得ない。

「事故を起こしたゴルフクラブを拝見したいのですが」

と言うと、フロント係はしばらく待たせてから、支配人を呼んできた。支配人はすでに承知していたらしく、すぐにフロント裏の事務室に案内してくれた。

「当ホテルの支配人・新井でございます」

「私は四木ゴルフの技術顧問・鴨田というものです」

鴨田は肩書のない名刺を差し出して、本多が指示したとおりに名乗った。

「じつはこちらの社長さんのゴルフクラブは当社がお納めしたものですので、あのような事故があったことははなはだ遺憾《いかん》でありまして、早急に原因を調査するようにという、これはまた警察からの要望でもあるのです」

鴨田は「警察」のところに力を入れて言った。

「そうですか、それはぜひそうしていただきたいものです。おタクにとっても汚名返上が必要でしょう」

新井支配人はチクリと厭味《いやみ》を言って問題のゴルフクラブを持ってきた。警察の指示で、クラブヘッドの部分は透明なビニールで包んである。最近流行のメタルウッドというやつで、そのメタルの部分からシャフトにいたるまで、すべて金ピカときている。

「ひゃあ、こいつは豪勢なクラブですなあ」

鴨田は思わず声を上げてしまった。

「自分のところで売った製品に驚くとは、あなたも変わった人ですねえ」

「え？　いや、なに、さすがに当社の製品は立派なものだと思いましてね」

鴨田は冷汗をかいた。

よく見ると、ビニールの中のクラブヘッドには明らかに血痕《けっこん》と思われるものが付着している。

「ここが社長さんの頭に当たったのですか」

「そういうことのようですな」

支配人はそっけなく言った。

「しかし、そんなことがあり得るもんですかねえ」

「知りませんよ、そんなことは。ただ、現にあったのだから仕方がないでしょう」

「それはそうですが……」

鴨田はグリップを握ると、解説書の写真を真似てポーズをとってみた。

「あなた、それじゃ野球のグリップじゃないですか。専門家のくせに知らないんですか」

「え、いや、われわれ技術者はプレイするわけじゃありませんからね。製品の強度を調べるにはこの握り方がいいのです」

鴨田は腕をいっぱいに伸ばして、クラブヘッドが自分の頭にぶつかるように努力してみた。しかし、どう工夫してみたところで、腕と首の長さより長いクラブの先に付いているクラブヘッドが、頭に激突するような状況は考えられそうになかった。シャフトが曲がるということもなさそうだ。唯一考えられるのは、振り切った瞬間、グリップが手からすっぽ抜けて、空中に舞ったクラブの先が反転、頭を直撃したという場合だが、力学的に、そのようなことが起こり得るかどうか、鴨田の貧弱な頭脳で考え及ぶはずがない。こういうことはゼニガタに任せるしかないのだ。

「支配人さんは、社長さんの頭にぶつかる瞬間は御覧になってないのですね」

「ええ、ちょうど標的の方に視線を送った瞬間でしたからねえ、いや、私だけじゃない、皆さんそうだったようですよ」

「つまり、衆人環視の中の空白の一瞬というわけですね」

柄《がら》にもなく文学的な表現が出た。

「ところで、これは事故ではなく、殺人事件ではないかという話もありますが」

新井支配人はジロリと鴨田をにらんだ。

「そんなこと、誰が言ってました？」

「警察でそんなふうに聴いたのですがね」

「それはおかしいですなあ、赤坂署の方からは何も言ってきませんがねえ」

「じゃあ、密《ひそ》かに内偵しているのかな。だとするとこんなことをお話しちゃまずいかもしれませんが、なんでも支配人さんを除く他の四人には動機があるとか言ってましたよ」

「ふーん……」

支配人は急に関心を抱いたらしい。

「どうなんですか、警察の言うとおりなのですか？」

「そうですなあ、当たらずといえども遠からずってとこですか。それぞれ社長には恨みを持っていたが……、中でも社長秘書の築山氏なんか自分の細君を寝取られて、だいぶ頭にきてたみたいですからねえ」

「殺すほど憎んでましたか？」

「まあ、そう言えないことはないでしょう。しかし、それはあくまでも動機であって、あの状態では殺したりはできませんよ」

「いや、殺す気になれば、何か方法があるのかもしれませんからね」

「ふーん……、あんた、探偵みたいなことを言いますなあ……」

疑わしそうに見られて、鴨田は早々に退散することにした。ひょっとすると感づかれたかもしれない。

　喫茶室の藤岡由美のところに戻ると、由美はにこやかに笑った顔で、早口に、

「振り返らないで、椅子に座って、何気ない様子で聴いてください」

　と言った。言われたとおり鴨田が座ると、

「鴨田さんがフロントへ行った時からずっと、あなたを見ている男がいます。フロントでは聞き耳を立てていたみたい。これから帰りがけに、さりげなく見てください。右斜め後ろの柱の所で新聞を開いている男です」

　では参りましょうと立ち上がり、笑顔を浮かべたまま、会計の方へ向かった。鴨田はさりげなく柱の方向を見た。なるほど、怪しげな男がいる。こっちが立ったので、慌てて目を伏せた、という感じがした。新聞を逆様に広げているのはお笑いだ。

「どうでした、知ってる人？」

　外へ出るなり、由美は息を弾《はず》ませて訊く。平静を装っていたものの、内心、かなり緊張していたらしい。

「いや、ぜんぜん見たことのない男です」

「警察の人でしょうか」

「刑事にしちゃ、お粗末ですね」

「でも鴨田さんに関心を持っているのは確かですわよ。新聞を逆さに見てましたもの」

　由美もさすがに、見るところは見ている。

「まあ別に心配することはないでしょう。こっちには後ろ暗いところはないのですから。それより、由美さんはいまどうしているんですか？」

「母と二人、ひっそり暮らしてます。事件以来、母はすっかり弱ってしまって、今日のお墓参りも

私一人で済ませたんです。でも、いつまでもこうしているわけにはいきませんから、何か仕事を始めようとは思っているんですけど」

「だったら僕の事務所を手伝ってくれませんか。依頼人によっては、女性探偵の方が具合のいい場合があるんです。たいして割のいい商売じゃないが、時間が適当という取柄《とりえ》はありますから。たとえば、今回の仕事でも、岡田社長の未亡人や息子の嫁、それにクラブのママなんかがいて、どうも僕は苦手なんですよね。由美さんが手伝ってくれれば大助かりなんだがなあ」

「駄目ですよ、私なんかに務まりっこありませんわ」

「そんなことはない。この僕でさえなんとかやってるんですからねえ、天才の由美さんなら眠ってたって務まりますよ。もしお母さんの面倒を見る必要があるなら、自宅にいて、仕事のある時だけ出てくればいい」

鴨田は必死に口説《くど》いた。確かに由美にとっても、条件のいい仕事には違いない。最後には由美も納得して、「お願いします」と頭を下げた。鴨田は天にも昇る心地だったが、それを知った生井比呂子は心中穏《おだ》やかではないらしい。事務所に挨拶に立ち寄った由美の美しさには、圧倒されるものがあったのだ。ゼニガタは黙りこくっていたから、何を考えているのか判らないが、この先、男一人に女二人、それとパソコンを加えた鴨田探偵事務所には、波風が立ちそうな予感もする。しかしともかく藤岡由美の仲間入りは決り、早速、次の日から鴨田と手分けして事件関係者を訪ね、事件の背景を探ることになった。

3

ここであらためて事件現場に居合わせた五人を紹介しておこう。

ホテル・ニュージャンパーの新井支配人
岡田の秘書・築山
岡田の妻・貞子
岡田の息子の嫁・由里子
岡田の二号でクラブのママ・順子

驚いたことに、この五人には、それぞれ何らかの意味で岡田に対する殺しの動機が存在することが判った。もっとも、広い意味では全国民的規模で岡田に殺意を抱いていたと言えなくもないが、自ら手を下してまで、岡田の存在を否定するほどの憎しみを抱いている者と限定すれば、まあこの五人に岡田の息子の孝雄《たかお》を加えた六人ということになる。

新井支配人は自分以外の四人に動機があるという、鴨田の意見を認めるようなことを言っていたが、当人にも結構、殺しの動機はあるのだった。専制君主の岡田と従業員との間に立って、新井は死ぬほどの苦汁を嘗《な》めさせられたらしい。

「新井さんが社長室で土下座させられるのを何度も見ましたよ。背中を土足で踏みにじられたりして、悔《くや》し泣きに泣いていました」

岡田の筆頭秘書・築山はこう言って、それとなく新井支配人に動機のあることを匂わせた。

「しかし、岡田社長を殺すとしたら、一番動機のきついのは、ほかならぬ岡田夫人じゃないんですかねえ、貞子夫人が結婚以来三十年間、耐えに耐えてきた恨みつらみは筆舌に尽《つく》しがたいのじゃないでしょうか。社長は夫人の見ている前でおメカケさんを抱くようなことを平気でする人でしたから。息子さんの孝雄さんだって、お手伝いさんに生ませた子なんですよ」

そのおメカケさんの筆頭、クラブのママ順子もまた、岡田を消したがっていたというのだから、話はややこしい。

「順子さんていうのは気立てのいい人よ。岡田社長に腕ずくで屈伏させられたけれど、前々から愛し合っていた幼馴染《おさなな》《じ》みがいるんですって。でも岡田社長とそういうことになったものだから、ご本人はすっかり諦《あきら》めていたところへ、恋人からすべてを承知の上で結婚の申込みがあったんです。ところが岡田は絶対に別れようとはしない。そればかりか、手を回して、相手の男の人を失業させてしまったんですって」

由美は事情を聴いて義憤《ぎふん》を感じて帰ってきた。

「でもね、その順子さんよりひどいのが、岡田の息子さんのお嫁さん、由里子さんなんですって。純情スターだった由里子さんを、岡田は獣のように……」

あとの言葉を由美は飲み込んだ。

「犯しちゃったんですかア？」

比呂子がすかさず言った。ウヒャーと鴨田は首をすくめた。どうも比呂子にはデリカシーに欠けるところがある。もっとも、そういう率直さこそ若さの証明であり、けがれていないことの証明かもしれない。その証拠に、人妻経験者の由美の方が「ええ、まあ……」と真赤になった。

こうして、事件現場に居合わせた五人が五人とも殺しの動機を持っていることは判ったが、五人の動機は恨みと憎しみによる、いわばネガティブなものであるのに対して、息子の孝雄には、妻を犯された恨み以上に、積極的な動機があった。

「いやあ、ほんと、親父が死んで助かったんだよねえ」

手放しで喜んでいる。

「ケチな親父のお蔭でさ、あっちこっち借金だらけで、弱ってたんだよ。そしたらうまい具合におっ死《ち》んでくれてさあ……」

心証的には、鴨田はこの息子が犯人で、絞首刑にでもしてやりたかった。

しかし、この息子はもちろんのこと、六人の内の誰にも犯行のチャンスがあったとは考えられない。現場には相互に監視する五人の目があったし、しかも被害者の岡田はネットに囲まれた「安全地帯」にいたのだ。もし、これが殺人事件だとすれば、いったい犯人は何者で、犯行の方法はどのようなものだったのだろう。あるいは、本多が問い合わせてきたように、ゴルフクラブそのものが、何か思いもかけぬアクションで岡田を直撃したのだろうか。

鴨田は集まったデータをゼニガタにインプットして、結論を出せと言うのだが、ゼニガタは『データ不足　回答不能』の一点張りで愛想のないことおびただしい。

肝心のゴルフクラブのアクションに対する分析も、ゼニガタは『データ不足』を主張している。いままでのゼニガタを知る鴨田から見ると、信じられないほど、働きがトロい。第一、演算音からして「グズグズグズグズ」というふうに聴こえるのだ。

本多警視からは矢の催促が来るし、鴨田としてもお手挙げの状態になったかに思えた時、突然、一本の電話から事態は動きだした。

その電話があった時、鴨田は別の事件のことで福島県に出張していた。逃げた女房が郡山《こおりやま》にいることを知って、連れ帰ってくれという、だらしない亭主からの依頼の仕事だ。たとえだらしがなかろうと、福島だろうと、十万円の日当のためとあらば、張り切って出掛けて行くのがこの商売だ。そんなことで自己嫌悪に陥《おちい》っていては務まらない。

そういうわけで、電話を受けたのは藤岡由美であった。

「あの、鴨田探偵事務所でしょうか」

女の声だが、妙にくぐもったような声で、年齢を想像しにくかった。むろん、由美は聴いたことのない声である。鴨田所長が留守だと知ると、がっかりした様子だったが、「では伝えてください」と用件を言った。

——今晩十時、ホテル・ニュージャンパーの地下駐車場へ来てください。重要なお話があります。

「あの、どなた様でしょうか?」

由美の問いかけを無視して電話は切れた。

「どこからですか?」

比呂子が先輩らしく訊いた。

「それが、名前を言わないの」

「駄目ですねえ」

電話の相手が駄目なのか、聴き損《そこ》なった由美が駄目なのか、どっちとも受け取れる言い方を比呂子はした。

「どれどれ」と電話を録音したテープを再生する。

鴨田探偵事務所では、かかってきた電話はすべて録音しておくことになっている。

「聴いたことのない声ねえ」

「ハンカチか何かで受話器を覆《おお》っているのじゃないかしら」

「そう、そうね、私もいまそう思ったところなの。由美さんも割とやるわねえ」

五つも年下のくせに、いっぱしの口をきくから、かえって可愛い。由美は笑い出しそうになって、慌ててトイレへ逃げ込んだ。

夕方、鴨田は事務所に電話をかけて、そのことを知った。

「ゼニガタに訊けば誰だか判るかもしれないな」

と言って、しばらく考えてから、

「とにかく行ってみることにしますよ。いま郡山だから、十時までにホテル・ニュージャンパーに行けるでしょう」

二人は適当に帰りなさい、と言って電話を切った。もう勤務時間を過ぎていたが、女性二人は帰ろうとしなかった。

「なんだか判らないけど、妙に気になるの。鴨田さんから連絡があるまで、事務所に残ることにします」

「あら、私が残るから由美さんはお帰りになって」

「いいんです。あなたこそ、デートのお約束でもあるんじゃありません？」

「そんなものあるもんですか、私は所長のために働くのみよ」

「まあ、鴨田さんが聴いたら感激なさるわ、ホホホ……」

「そうだといいんだけど、フフフ……」

笑いながら、比呂子はキラッと光る目で由美をにらんだ。

4

　鴨田は十時二分前にホテル・ニュージャンパーに着いた。時間に正確なのがこの男の特技と言っていい。エレベーターで地下二階の駐車場へ下りる。夜の駐車場はただでさえ物騒な感じがするところへもってきて、知らない女からの電話で呼び出されたせいか、あまり気色のいいものではなかった。薄暗い駐車場の中を見渡しても、人影は見えない。時計はまさに午後十時を示した。エレベーターから男が二人降りた。これが待ち合わせの相手かと身構えたが、二人はすぐにそばに駐《と》めてあった車に乗って走り去った。

　また不気味な静寂が戻った。約束の時間を数分過ぎた時、駐車場の奥まった柱の陰に動くものを見たような気がした。その辺りはとくに暗く、見通しも悪い。

　鴨田は勇気を出して、歩いて行った。暗がりの中に男の姿が見えた。今度ははっきりと鴨田を待ち受ける姿勢を示している。

「鴨田ですが、あなたですか、待ち合わせのお相手は」

　声をかけながら近付いて行ったが、男は口をきこうとしない。不愛想な野郎だ――と、少し不愉快な気持で足を早めた。

　男の手が背後に動いた途端、不意に電気が消えた。遠くに非常口を示す常夜灯が点いているほかは、ほとんど真の闇になった。

　鴨田は立ち止まった。動くのは危険だと直感した。その瞬間、正面から足音がするのと同時に、何者かが体当たりをかけてきた。常夜灯を映して刃物らしいものがキラッと光るのが見えた。鴨田は無我夢中で相手のどこか判らぬところを摑み、腰車に載《の》せてぶん投げた。ドタッとかなり遠くで人間が倒れる音がして、それっきり静かになった。しかし、鴨田はまだ歯向かってくることを予測して、音の方向を向きながら、身構えていた。

予告なしに、いきなり後頭部に「ガン！」ときた。（やられた――）と思う間もなく、鴨田は完全な闇の世界へ沈み込んだ。

由美と比呂子がエレベーターから出た時、駐車場は真暗だった。「あらっ」と踏み出しかけた足を停めたふたりの前に、闇の奥から男が駆け出してきた。小柄な男で、背広姿に時代遅れの中折れ帽子をかぶっている。

男は顔を伏せたまま、由美と比呂子のあいだを駆け抜け、いままさにドアが閉まろうとするエレベーターへ飛び込んだ。ドアが帽子を弾《はじ》きとばし、男は脅《おび》えた顔を振り向けた。

「あっ……」

由美と比呂子は同時に叫んだ。ドアが閉まる一瞬のことだが、そこにいたのは明らかに女性だった。初老といっていい年代の、見知らぬ顔であった。

エレベーターのドアが閉まると、真の闇になった。地下までのエレベーターは一本きりなので、ホテル側に停電のことを知らせようがない。エレベーターは十四階まで上がり、各駅停車でのんびり降りてくる。もしかすると、さっきの「男」が各階のボタンを押したのかもしれない。

闇へ向かって「鴨田さーん」「所長ーっ」と呼

んでみるが、返事はない。いらいらするような長い時間を待って、ようやくやってきたエレベーターに乗り、ロビーのボーイに停電のことを知らせる。設備係と一緒に駐車場へ下りて、懐中電灯を頼りに電源を調べようと奥まった方へ向かい、コンクリートの床に倒れている二人の男を発見した。一人は鴨田英作、もう一人はうつぶせになっていて、顔はよく見えない。

「鴨田さん！」「所長っ！」

由美と比呂子は駆け寄って、ほとんど同時に鴨田の体にしがみついた。

「死んでる！　……」

設備係がひっくり返った。もう一人の方の男は、すでに事切れているらしい。しかし、鴨田は生きていた。

「早く、警察と一一九番を！」

由美は設備係を励まし、連絡に走らせておいてから、鴨田の手に握られているナイフをハンカチでくるみ、そっとバッグに蔵《しま》った。その時になって由美は、死んでいる男が先日ホテルのロビーで鴨田を監視していた男であることに気付いた。男の体の下は血の海だ。そして鴨田の胸の辺《あた》りにはドス黒い返り血がベッタリ付いていた。由美の落ち着いた処置に反して、その光景を見た比呂子はあやうく失神しそうになった。

鴨田の怪我はバットによって撲打《ぼくだ》されたもので、まもなく気が付いたが、一応救急車で運ばれ、精密検査を受けた。普通の人間なら或いは――と思わせるほどだったらしい。

「あんた、不死身だね」

と医者が呆れていた。

殺された男は成田《なりた》某といって、強盗傷害、婦女暴行、恐喝《きょうかつ》等々で前科十六犯のしたたかなやつで、最近では殺人事件の重要参考人として警察が追っていたところだった。殺されて、かえって世のためになったようなものだが、警察としてはメデタシメデタシで済ますわけにもいかない。

成田の死因は鋭利な刃物――おそらく切出しナイフ――による四個所の刺し傷であり、もし鴨田の手にナイフが残っていれば、胸の「返り血」のこともあり、鴨田はきわめて微妙な立場に立たされることになったはずだ。しかし現場には二人の女性によって男装の女が目撃されており、鴨田の後頭部の傷も有利な証拠になっている。「返り血」は犯人とぶつかった時に付いたものと警察は判断したのだ。

警察の事情聴取を終えて、鴨田ら三人は事務所に引き揚げてきた。

「判らないことがひとつあるんだけど、由美さんと比呂子ちゃんは、どうしてあそこへ来てくれたんです？」

鴨田は訊いた。

「ゼニガタが教えてくれたんです」

と比呂子が言った。

「ゼニガタが？　しかし、ゼニガタは僕の声紋にしか反応しないはずだけど？」

「ですからね、この声を聴かせたんです」

比呂子はテープレコーダーをセットして、スイッチを入れた。

――ゼニガタに訊けば……。

という鴨田の声が聴こえた。

「これ、所長が郡山からかけてきた電話なんですよね。これを聴かせたらゼニガタが動きだしてくれたんです。それで、質問を紙に書いてアイセンサーにかけて――つまり筆談ですね。そして謎の女からの電話を聴かせて分析してもらったら、『非常ニ　危険　鴨田ガ　アブナイ』って言うんです。すぐにタクシーで飛んだんですけど、間に合わなくて……、ごめんなさい……」

「あやまることはない、感謝しているよ。それにしても、よくそこに気が付いて助けに来てくれたね。比呂子ちゃんも一人前になったもんだなあ」

「違うんです」

比呂子は悲しそうな顔をした。

「ゼニガタに訊く方法を考えたのは、由美さんの方なんです。私なんかなんの役にも立ちません」

「とんでもない……」

由美が強い口調で否定した。

「私なんか、ただの思い付きだけですよ。ビジネスのことはみんな比呂子さん任せ」

鴨田は中に入って、ウロウロしているしか能がない。どっちを立てても難しいことになりそうな気がする。

「ところで、いったい犯人は何者かねえ」

鴨田は急いで話題を変えた。

「明日になれば判るんじゃないかしら」

と比呂子は言った。

「どうしてさ?」

「ゼニガタが言ったんです。この女の人は自殺するつもりだって」

「ふーん、あいつはなんでも判っちゃうんだねえ。その割にゴルフの問題についちゃ、ちっとも回答をしてくれない。ゼニガタにも不得手なジャンルがあるのかなあ」

言ったとたん、ゼニガタが「ガタガタガタガタガタ」と不平たらしい音を立て始めた。

『ワガハイノ　辞書ニ　不得手ノ　文字ハ　ナイ』

「へえー、じゃあ、ゴルフクラブの謎は解けたっていうのかい？」

『言ウマデ　ナイノコトヨ』

「なんだ、それなら早く教えてくれよ」

『マダ　チョト待テ』

「おかしな男……、いや、パソコンだな、何をもったいぶっているんだい」

『モッタイナイブラナイネ　イロイロ事情アルヨアンタ　単純　ウラヤマシ』

なんて口の悪いパソコンだと思ったが、鴨田はそれ以上ゼニガタと口論するのは止めにした。

「それにしても、いったい誰が犯人なのかなあ。由美さんもその女の顔に見憶えないいんでしょう？」

「ええ」

「岡田未亡人の貞子かな？　……。しかし、ぶん投げた感じでは、僕にとびかかってきたのは男のような感触だったんだがなあ」

「カタカタカタ……」とゼニガタが何か言いだした。

『アンタ　投ゲタノ　タブン　死体ヨ』

「なんだって？」

『犯人　停電スルシテ　アンタニ　死体　ブツケタ　アンタニ　返リ血　ツケルタメネ　シテカラニ　アンタヲ　ナグル　逃ゲル　頭イイネ　結果ワルイデモ　ガンバタネ』

「なんだか犯人に同情してるみたいだな」

『ソーヨ　ドージョー　シテルヨ　カワイソナママサンヨ』

「かわいそうなママさんて……、じゃあ、犯人は順子ママか?」

『アンタ　アホトチャウカ?』

鴨田がぶすっと脹《ふく》れた時、由美が叫んだ。

「判った、ママっていうのは、岡田社長の息子さん――孝雄さんのお母さんじゃない?」

「そうか、孝雄の実の母の、お手伝いをやってる女か!」

ゼニガタが「ナナナナナナ　ナント」と驚きの音を立てた。ゼニガタには由美の言葉は聴き取れていないのだ。

『アンタ　トッゼン　頭スッキリネ　仁丹デモ飲ンダカ?』

「残念でした、いまのは由美さんのアイデアだよ」

『ヤッパシ　ソウカ　ナットク』

「だけど、孝雄の母親がなんだって俺のことを?――」

鴨田の疑問には答えないで、ゼニガタは沈黙した。どうも、依然として奥歯……いや、ICに物のはさまったような態度だ。

5

翌朝、鴨田探偵事務所に思いがけない客があった。岡田孝雄である。やけにションボリしている。

「昨夜、母が自殺しました。あ、母と言いましても……」

「判ってますよ、実のお母さんの方ですね」

「そうですか、さすが名探偵ですね」

孝雄は感心して、溜息《ためいき》をついた。

「それで、亡くなる前に、母は鴨田さんにお詫びに行くようにという遺書を残しておりまして……、あの鴨田さんを呼びつけて殴ったのは母なのだそうです。母はわれわれが成田に脅《おど》されて困っているのを見かねて、成田を殺し、鴨田さんに罪を着せるつもりだったのですが、神様はすべてお見通しだったと書いておりました。それもこれも、みんなわれわれのためにしたことですので、どうぞ許してやってください」

「われわれ……、と言いますと？」

「あ、そのことはまだご存じじゃなかったのですね、じつはアレを仕組んだ張本人はこの私だったのです」

「アレ」と言われても鴨田にはまだピンとこなかったのだが、あまり何も知らないようでは具合が悪いので、判ったような顔で、

「そうでしたか、あなたが仕組んだことでしたか」

「ええ、そうなんです。それで、これから自首して出ようと思い、その前に母の遺言を果たすためにお邪魔しました。では、これで失礼します」

ふかぶかと頭を下げて、立ち上がろうとした時、藤岡由美が声をかけた。

「いけません、自首することはありません」

「えっ？」

「自首しては、お母さんの折角のお気持が無駄になるではありませんか。遺書を警察に届けるだけにして、ほかのことは言う必要はありません。これから先、亡くなられた方の霊を弔《とむら》うことで罪を償《つぐな》えばいいのです。それが皆さんの務めです」

「ありがとうございます……」

孝雄はオイオイと手放しで泣きだした。ドラ息子も母親の真情に触れて、どうやら真人間に立ち返ったらしい。それはいいのだが、鴨田には何が

どうなっているのかさっぱり見当が付かなかった。

岡田孝雄が帰っていったあと、そのことを由美に訊こうと思ったところへ、今度は科学捜査研究所の本多警視どのがやってきた。本多は現代学園時代、マドンナの藤岡由美にイカレていたひとりだから、

「由美さんと一緒に働けるなんて、鴨田も運のいいやつだなあ」

心底うらやましそうに言う。

「その代わり、職権を濫用《らんよう》したら、逮捕するからな」

「へへへ……、妬《ねた》め、妬め」

鴨田は嬉しそうに笑った。

「ところで、今日は何の用事だ?」

「何の用事もないだろう、ゴルフクラブの一件、いまだに返事がないが、どうなっているんだ? ゼニガタがそんなに手間取るわけはないと思うがね」

「そのことなら俺も手を焼いているんだ。ゼニガタのやつは分析は出来ているらしいんだが、なんのかんのと言って、教えようとしないんだよ」

鴨田はここぞとばかり、ボヤいた。

「でも、もう大丈夫だと思いますけど」

由美が言った。

「きっと答えを出してくれますよ、ほら」

言い終わらないうちに、ゼニガタは猛烈な勢いで働き始めた。脇にあるプリンターから印刷された連続用紙がどんどん吐き出されてくる。数字と記号と幾何学模様の氾濫《はんらん》だ。鴨田はもちろん、「天才」の本多や由美が見てもチンプンカンプンらしい。そういう物凄いのがえんえん七、八メートル続いて、ピタリ止まった。最後の二行だけは

鴨田にも理解できた。

『ユエニ　自分デ　振ッタ　ゴルフクラブデ　自分ノ　頭ヲ　殴ルコトハ　可能ナリ』

どうやらそれが結論らしい。本多警視どのは、長ったらしい演算式にサーッと目を通すと、

「うん、これでよし」

満足そうに肯いて帰っていった。

「ふーん、じゃあ、あれは単なる事故死だったのか……」

鴨田はどうも釈然としない。

「バカバカバカバカ……」

ゼニガタが何か言いたそうに、馬鹿にしたような音を立てた。

「なんだよ、何か用か?」

『マワリ　ダレモ　イナイカ?』

「ああ、由美さんと比呂子ちゃんだけだ。みんな身内だ」

『ソレナラ言ウガ　サッキノデータ　ウソッパチノコトネ』

「なんだってエーっ?　でたらめかよ?」

『ダレモ　判ラナイノコトヨ　問題ナイヨ』

「冗談言うなよ、それじゃまるで詐欺《さぎ》じゃないか、非常識なやつだなあ」

『非常識　言ウテ　自分ノクラブデ　自分ノ頭殴レル思ウノ　モット　非常識　ナイカ』

「…………」

あまりのばかばかしさに絶句した鴨田を慰めるように、由美が言った。

「そうでしたの、ゼニガタは優しいんですねえ。何もかも承知の上で、孝雄の母親ひとりが皆の身代わりになった形で、事件にピリオドを打たせようとしているんですのね」

「皆の身代わりって、その皆っていうのは、誰のこと？　……」

「あのォ……、鴨田さんはあの、ほんとにお判りにならないんですの？」

　由美は母性本能をそそられたような顔で、心配そうに言った。

「いや、なに、判ってますがね、当事務所のスタッフがどのくらいの能力を持っているかテストしようというわけですよ。ハハハ……」

　鴨田は笑ったが、どことなくうつろな響きがある。

「なあんだ、そうでしたの。じゃあお答えしますけど、つまり、岡田社長を殺したのは、現場にいた五人の誰かで、それを庇《かば》っている他の四人は全員共犯者じゃないかと思うんですけど」

「え？　え？　ほんと？　……、いや、ほんとに判っちゃったの？　立派だなあ、そう、そうなんですよねえ……。比呂子ちゃん、判っていた？」

　比呂子は悲しそうに、首を振った。（いいんだよ、ぼくにだって判らなかったんだから——）と、鴨田は心の中で慰めた。

「ゼニガタはどうかな、岡田を殺した犯人が誰かなんてこと判ってたのかな」

　鴨田がジロッとゼニガタを見たとたん、

「カッカ　カッカ　カッカ　カッカ……」

　ゼニガタはがぜん、アタマ……いや、集積回路に来たような音を立てはじめた。

『ワカッテタニ　キマッテルワイ』

「じゃあ、言ってみろよ」

『岡田ヲ　ジッサイニ殺シタノハ　ソコニイタ五人ノ中ノ一人ヨ　ゴルフクラブデポカリト　ヤッタ　ダケド全員ガ共犯ネ　ソレヲ　タマタマ　成

田ガ嗅《カ》ギツケテ　皆ヲユスッタネ　皆　ドシタライイカ　困ッタ　ソコニ　鴨ガキタ』

「おい、ちょっと待て。そりゃ、鴨じゃなくて、鴨田の間違いだろ?」

『タイシテ　違イナイネ』

「うっせえっ……」

『ソレデモッテ　ママサン　成田ヲ殺シ　鴨田ヲ犯人ニシヨウトシタ』

「驚いたな、ずいぶんひでえ話じゃないか」

『悪気ナイヨ　ママサン　イイヒトヨ』

「冗談じゃねえぜ、人を殺しといて、いい人もねえもんだ」

『ソレモ　コレモ　母ノ愛ヨ　奈良ノ観音　駿河ノ観音　イウデナイノ　カンニンセーヤ』

「つまんねえことを知ってやがる。じゃあ、まあそれはいいとして。だけど、嘘っぱちのデータを警視庁に渡したのはヤバイんじゃないか?」

『カメヘン　カメヘン　分カラヘンテ　役所ナンテモノハ　書類ガ揃《ソロ》ッテレバ　満足ナノヨ　内容見テモ　分カラヘンネン』

調子のいいことを言う時は、どういうわけか、ゼニガタは上方弁になる。プログラミングに加わったシャープの安田は、もともと大阪の河内《かわち》の出身だから、ゼニガタにもその癖がうつったのかもしれない。困ったものだ。

説明を聴きながら、鴨田は不思議そうにゼニガタを見た。

「由美さんが言うように、こいつにも優しい心なんてものがあるのかねえ……、パソコンのくせにさあ……」

聴こえているのかいないのか、ゼニガタは知らんぷりを決め込んでいる。

サラ金地獄に愛を見た

1

「おじさん、名探偵の鴨田さん？」

いきなり後ろから声をかけられて、二日酔いの頭に深層雪崩《なだれ》を発生したほどのショックを鴨田は感じた。しかし、ここですぐに振り返っては、ものの欲しそうでいけない。名探偵ともなれば、つねに難事件にのめりこんでいるものなのだ。鴨田は思索的なトロンとした瞳を宙に向けながら歩きつづけ、マンホールのふたに蹴《け》つまずいた。

「なんだ、違うのか……」

声の主は、がっかりしたように言って、その場を立ち去ろうとする。

「あ、きみ、待ちなさい」

鴨田は膝小僧の泥をはたくのも忘れて、叫んだ。

「ぼく、鴨田。その、名探偵の……」

「ほんと？」

まだあどけない少年の顔が、疑わしそうな目をこっちに向けている。

「ほんとだとも、ほら、名刺をあげるよ」

「鴨田探偵事務所所長・鴨田英作……、ふーん、じゃあ、本人なんだね」

「そうとも、で、何か用かい？」

少年はまた疑いの目で鴨田を見た。

「ほんとに、おじさん、名探偵なの？」

「ああ、おれ自身はそんなふうには考えていないが、世間では皆そう言ってるようだな。小説現代のグラビアなんかでも紹介されて、じつに弱っているよ。ファファファ……」

鴨田は妙な笑い方をした。

「だけど、変だな」

「どうしてさ」

「だって、『何か用か』って、用があるから呼んだのに決ってるじゃないか」

「ん？　そりゃまあそうだが、それは決り文句みたいなものでね。……だけど、そんなに疑うなら話を聴いてやらないよ」

鴨田が少し気を悪くして、巨体を反《そ》らせると、少年は急に泣きだした。場所は街の真中だ、たちまち人だかりがする。「いいおとなが子供を苛《いじ》めて、いやあねえ」「変質者じゃないかしら」「そういえば図体ばかり大きくて、愚鈍そうな体型ね」「しーっ、聴こえるわよ、ほらこっちを見た」「あら、わりかしいい男じゃないの」「ほんと、鼻も大きいわねえ」「ヤーネ、見かけ倒しかもよ」

「そんなことは、ない！」

思わず鴨田は叫んでしまった。巨漢の一喝《かつ》で、くもの子を散らすように逃げだしたのは男ばかり。女どもはむしろ、目を輝かせて接近してきたのは理解に苦しむ。

とにかく、話を聴くことにして、鴨田は少年を近くの喫茶店に連れ込んだ。しかし、涙ぐむ少年を従えた大男——という図は、どう見ても誘拐魔かポン引きとしか思えない。

「ママを助けてほしいんです」

少年は一転して、しおらしく頭を下げた。もっとも、オーダーを取りに来た女の子に、フルーツパフェと紅茶とアイスクリームを注文した抜目のなさには、油断がならない。

「いくつだい？」

「歳？　三十二、だけど五つは若く見えるってみんな言うよ。それに未亡人なんだ。おじさん、興味あるでしょ」

「ばか、いくつかってのは、お前のことだ」

「ほんとかな、まあいいや、ぼくは十歳、五年生だよ」

「それで、何をしているんだい」

「やだなあ、決ってるじゃん、小学生だよ」

「ばか、ママは何をやってるのかって、訊《き》いてるんだ」

とたんに、少年はしおれ返った。

「サラ金……」

「そうか、サラ金か……。まったく困った社会問題だな。サラ金が原因で自殺する者があとを絶たないらしい。じゃあ、お前のママも自殺しようとしているのか」

「そうじゃないんだ、殺されるんだ」

「殺される？　穏《おだ》やかじゃないな。しかし、殺すというのは脅《おど》しだろう。死んでしまえば金を払わなくって済むんだから、殺しはしないさ」

「何を言ってるのさ、だから殺すんじゃないか。分からないひとだなあ」

「そっちこそ分からないやつだな。せっかくの金づるを消すようなことをするわけがないじゃないか」

「金づるっていったって、どうせもう貸しゃあしないさ」

「それはそうかもしれないが、業者としては、いままでの金を取り戻さなきゃならないじゃないか」

「そうだろう？　だからさ、だから殺したくなるんだろ。ママを殺してしまえば、借金を払わなくて済むと思ってるんだから」

「なぬ？　……」

鴨田はようやく気が付いた。

「なんだ、お前のママは金を貸してるほう、つまり、サラ金業者なのか」

「そうだよ『ボロミス』っていうローン会社の社長なんだ」

「なんじゃい、それを早く言わんか」

鴨田は「ふーっ」と溜息をついた。『ボロミス』といえば、この辺《あた》り一帯をマーケットエリアにしている、小規模のサラリーマン金融業者である。そこの社長が女性だとは知らなかったが、女性でも、サラ金をやっているからには、かなりあくどい商法を駆使しているのだろう。客の中には、逆上のあまり、脅迫めいたことを口ばしる人間も出てくるに違いない。

「そりゃ、きみ、警察の仕事だな。警察に電話して、処理してもらったほうがいい。電話の脅しなら、逆探知もしてくれるだろうし」

「それが、駄目なんだよ」

少年は悲しそうな目をした。

「ママが警察に知らせちゃいけないって言うんだ。よく分からないけど、何か後ろ暗いことがあるんじゃないかと思う」

「ふーん、なるほどねえ……」

鴨田はあらためて、まじまじと少年の顔を見た。確かに彼の言うとおり、母親の金貸し業には、警察には知られたくない、違法性があるのかもしれない。

「きみみたいな子供に心配をかけるなんて、悪いお母さんだなあ」

「ママの悪口を言わないでくれよ」

少年は顔色を変えて叫んだ。店中の人間が、こっちを見た。

「分かった、分かった、おれが悪かったよ」

「じゃあ、相談に乗ってくれるんだね」

「ああ、頼まれると、いやとは言えないタチでね」

「よかった、お礼はたっぷりするって、ママが言ってたよ」

「ばか、おれは金でなんか動かない男だ」

「ごめん、ママにそう言っておく」

「いや、そんなことを言う必要はないさ」

鴨田は慌《あわ》てて言った。

2

「そりゃ、あなた、多少は法に触れることもやってますわよ」

少年の母親——上村秋子《かみむらあきこ》——はそう言って婉然《えんぜん》と笑った。なるほど、三十二には見えない。まだ娘のような若さがある。だが、口のききかたや仕種《しぐさ》には、したたかなものが感じられた。そのアンバランスと、『未亡人』らしいお色気が、不思議な魅力を醸《かも》し出している。

事務所は駅前ビルの五階にある。ドアを入ると、せいぜい十坪ほどのちっぽけなオフィスが、銀行のようなカウンターで仕切られていて、その向うに上村秋子のほか男女二人ずつの社員がいる。オフィスの奥にはこれまた小さな応接室がある。鴨田はそこで上村秋子の話を聴くことになった。応接室は壁もドアも防音が完璧にできているのか、秋子はかなりきわどいことを大胆に喋《しゃべ》った。

「それでは、恨《うら》みを抱く人も少なくないでしょうねえ」

「そうですわねえ、ないとは言えませんわ。でもね先生、それは逆恨《さかうら》みというものじゃございません？　だって、そうじゃありませんか。お借りになるときは、ほんとうに助かったような顔をなさるんですから、返す時も気持よく返していただきたいわ。借りたものを返すのは当たり前のことでしょう？　それをなんですか、まるでサラ金業者だけが悪いような言い方をして、マスコミなんか、目の敵みたいに攻撃するんですからねえ。自殺なんかする人がいると、それこそ、私たちが殺したような書き方ですよ。もとはといえば、安直に借金をしたご当人の責任でしょうに。それも、ギャンブルや遊ぶ金に使うっていうんですもの、同情の余地はないはずなのに、マスコミは絶対に死者にムチ打つことはしないんですよね。自分だけいい子になって、ずるいんだから、もう。お蔭で、ウチのサラ金業者や従業員は小さくなってますよ。ウチの息子——夏夫《なつお》——だって、学校で、『鬼の子、鬼の子』って苛められるんですよ。そんな馬鹿なことがあっていいんですか？」

タテ板にパチンコ玉をぶちまけたような、猛烈な舌鋒《ぜっぽう》だ。鴨田はただオロオロと頭を前後に動かして、『依頼主』に賛意を表明するしか能がなかった。

「ええ、お説はよく分かりました」

秋子が息つぐ瞬間を捉《とら》えて、鴨田は言葉を割り込ませた。

「ところで、本題に入りまして、殺されるとかいうふうにうかがったのですが……」

「そうなんですのよ、あなた。電話で何度もしつこく言ってくるんです。いえね、相手の見当はだいたいついているの。小川若雄《おがわわかお》っていうお客の父親なんです。息子が借金で首が回らないもんで、父親がしゃしゃり出たってわけね。子供の喧嘩に親が出るって言いますけど、いい歳《とし》をして、息子も息子なら親も親だわ。電話をかけてきて、こっちの話もろくすっぽ聴きもしないで、『お前なんか、殺してやる』って、その一点張りですよ。『殺すんなら殺してみなさい』って言ってやったんですけどね、どうやら本気みたいなの。昨日になって、短刀を送ってきたんですよ」

秋子はテーブルの上の紙包みを開いて、白鞘《しらさや》の短刀を取り出した。柄《つか》を持ってグイと引くと、ギラリ、玉散る刃が現れた。

「ほ、本物、ですか」

鴨田は図体の割に、このテの物に弱い。秋子の手元を覗《のぞ》き込んだだけで、背中に汗が出た。

「本物よ。刃渡り九寸五分の菊一文字ね」

秋子は短刀を窓の明りにかざして、うっとり見《み》惚《と》れている。女性は血に対して、免疫を持っているというのは本当らしい、と鴨田は感心した。

「しかし、本気で殺す気なら、短刀は持参するはずではないでしょうか」

「いいえ、これはいやがらせの一つですよ。でも、いやがらせもここまでエスカレートすると本気としか思えませんわ。ですからね、夏夫が心配して、警察に届けようっていうから、それはだめよって言ったんです。そしたらあなたをお連れして……。なんでも、名探偵の先生なんですってねえ。ほんとに、あの子の優しいところは父親そっくり。あなたの前ですけれど、あれの父親というのが、それはそれは優しいひとでしてね、わたくしをこよなく愛してくれましたの。ええ、もちろん毎晩でしてよ。『片時もきみを離したくないんだ』なんて……。でも、そういう優しいひとに限って若死してしまうんですのね。あら、そういえば、あなたもなんだかお優しそうだわ。亡くなった主人そっくり」

（こりゃ、亭主も若死するはずだぜ――）

鴨田は秋子のからみつくような視線を外《はず》して、慌てて言った。

「そうしますと、夏夫君の依頼はお母さんの意思とは無関係なんですね。では、あらためて、正式にボディーガードをご依頼なさるかどうか、あなたに決めていただきたいのですが」

「あーら、それでしたらもう決めておりましてよ。ボディーガードでもボディーチェックでも、タップリしていただきたいわ」

「ゴクリ」と、鴨田の唾《つば》を飲み込む音がひびいた。

3

「所長、なんだか、ずいぶんいいことがあったみたいですね」

生井比呂子は、入ってきた鴨田を見て、うさんくさそうな顔をした。

「そうかなあ、べつに何もないけどねえ」

鴨田は椅子にそっくり返ると、「どうだろう、昼飯にうな重でも御馳走《ごちそう》しようか」と言った。

比呂子はさっきから興味深そうに鴨田を見ている、もうひとりの所員・藤岡由美と顔を見合わせた。

「ねえ由美さん、どう思います？」

由美は微笑を浮べて、

「比呂子さんの質問の意味は二つあると考えてい

いかしら。つまり、一つは、うな重を御馳走になっていいものかどうか。もう一つは鴨田さんの精神状態はどのようなものか——という……」

「ううん、一つでいいの。うな重は決りですもの」

　ゼニガタのデータファイルには由美と比呂子の声紋もすでに記憶されていて、彼女たちの声紋にも反応するようになっていた。

「ＯＫ、じゃあ、ゼニガタさんに訊いてみましょう。いい?」

　ゼニガタは由美の美声をキャッチするやいなや「ウヒウヒウヒ」と妙な音を立ててＳＴＡＮＤＢＹの状態であることを知らせた。

　鴨田の時はそうはいかない。「頼むよ」と三度ばかり言わせて、ようやく「ヤレヤレヤレ」と消極的な音で作動しはじめるのだ。

「まず、ドアの開け方ね。初速が通常時の三倍、開放角度が九十度、ドアクローザーのストッパーが働くのを、強引に引き戻しながら入ってきた歩速は通常時の五倍。ほとんど全力疾走に匹敵するわ。そして、デスクまでの歩数はなんと五歩半。しかも、一直線。ふだん比呂子さんの机と、私の机に立ち寄って声をかけていくのに較べると、十二歩半も少ないのよ。それから、頬の弛緩《しかん》度が概算で三十パーセント。鼻の下の伸張度が五十パーセント。目尻の垂角《すいかく》は二十五度。呼吸は毎分三十二回。脈拍はゼニガタさんがキャッチするとして、『うな重』って言った時の音声は六度は高かったわね。そんなところでどう？　鴨田さんに何が起こったか、分かるかしら」

「モチモチモチモチ」

　ゼニガタは嬉々として働きはじめた。たちまち演算が完了して、ブラウン管に文字が並ぶ。

『鴨田ガ　事件ノ　依頼ヲ　受ケタ　依頼人ハ女性　ソレモ　カナリノ美人　鴨田ハヤル気マンマン　タダシ　仕事デ　ナイホウデ　マンマン　チンチンガ　マンマン』

「まあ、いやらしい！」

比呂子の金切り声で、ゼニガタの画像が乱れた。もし、とっさに安全装置が作動しなければ、ＩＣ回路がショートしていたかもしれない。日頃、冷静な由美でさえ、真赤になってうつむいている。

「所長っ、これは本当なんですか？」

比呂子は鴨田の胸倉を摑《つか》んで、百八十五センチの大男を前後に揺すった。もっとも、実際には鴨田は微動だにせず、比呂子のほうがくっついたり離れたりしているのだが……。

「じょ、冗談じゃないよ、僕はそんなこと考えていないよ。そりゃ、たしかに意欲はマンマンだけどさ、それはあくまで仕事上のことで、チンチンがマンマンだなんて……、ゼニガタが故障したか、それとも由美さんのデータのインプットにエラーがあったに違いないよ。ねえ、由美さん、なんとか言ってくださいよ。あり得ませんよ、チンチンがマンマンだなんて……」

「ええ、ええ、私が間違えたんですわ……」

由美は消え入るような声で言った。由美のデリカシーでは、これ以上この論争を続けることに、到底、耐えられっこない。

『ソンナコト　ナイネ　由美サン　正シイ　鴨田ハ　チンチンガ　マンマ……』

ゼニガタがまだ続けたいらしいのを、由美は慌てて〔ＯＶＥＲ〕の緊急ボタンを押して沈黙させた。

「あら、どうしたのかしら。面白そうだったのに？」

比呂子は不満そうだ。

「まあいいじゃありませんの。それより鴨田さん、依頼された仕事というのはどういう内容ですの？」

「うーん……」

鴨田は少しためらった。この仕事は自分一人で処理したかったのだ。それこそ、やる気マンマンだったのである。しかし、バレてしまってはやむを得ない。しぶしぶながら、二人と一台に、依頼の趣旨を話してきかせた。

「そういうわけだからね、とりあえず、明日から、上村秋子さんのボディーガードをはじめようと思っています」

「だめよ、だめだめ……」

比呂子が早口でまくしたてる。

「ボディーガードって、いつもぴったり密着して歩くんでしょう？　そんなのいやーン」

「そんなこと言ったって、これは仕事なんだからねえ。わがまま言ってたら、メシの食い上げだよ」

「それでもいいわ、うな重も諦めるから」

「いや、うな重の問題じゃないんだがねえ」

「それじゃ、こうしたらどうかしら」

由美が助け舟を出した。

「私がボディーガードにつくというのは」

「とんでもない、そんな危険なことを由美さんにさせるわけにはいきませんよ」

「あら、いい考えじゃないの」

比呂子が鴨田の弱気を励ますように言う。恋のライバルである由美が危険に晒《さら》されることなら、いくらでも我慢できるのだ。

「そうですわ、比呂子さんの言うとおり。相手が女性ですもの、ボディーガードも女性のほうがいいにきまってます。それとも、鴨田さんには、どうしても彼女に密着したい、特別な理由でもおありなんですの？」

「いや、そんなものありませんよ。僕はただ純粋に、由美さんの身を心配しているだけです。しかし、そんなふうに、痛くもないチンチ……、いや、その腹を探られるんじゃ、あえて反対はしませんせん」

鴨田はぶんむくれて、荒々しい足取りで、事務所を出ていった。

「所長、うな重はどうなるんですか？」

比呂子の声に、返事はなかった。

4

藤岡由美が上村秋子のボディーガードについてから、三日たった。脅迫電話はいぜんとしてやまない。

「大丈夫よ、ただのいやがらせなんだから」

死んだ亭主が残してくれた財産を元手に、女だてらにサラ金を始めただけあって、秋子はまったく気の強い女だ。社員がハラハラするのを尻目に、由美ひとりを連れて、どこへでも出歩く。夜は夜で、遅くまで残業だ。みんなが帰ったあとのオフィスに、女二人きりでいるのは、さすがに心細い。秋子は脅迫めいたことをされて、かえって意地を張ってそうしているようなところもあるらしい。

四日目の夜も、秋子はひとり応接室に閉じ籠《こも》って、なにやら調べ物に熱中している様子だった。室の外からでは分からないが、外部に電話をかけている気配は感じられる。恐らく貸した金の催促《さいそく》をしているのだろう。まったく秋子の取立ての厳しさといったら、そばで見ている由美のほうが身の縮む思いをするほどだ。しかしそれで商売が順調かといえば、必ずしもそうではないらしい。

「この頃は、お客の方がしたたかなのが多くて、コゲ付きがあとを絶たないの。はじめから返せっこないって分かっていて、平気で借りるんですものねえ。だからって、選り好みしてたら、過当競争に取り残されちゃうし。正直言うと、もうこの商売やめたいの。夏夫はいじめられるしねえ。でも、いまやめたら、貸してるお金が返ってこないかもしれないでしょう。もう泥沼みたいなものね。借りてる方も、貸してる方も、そこから抜け出せなくなるのがサラ金地獄なのよ」

アルコールが入った時など、そんなふうに愚痴ることもあった。そうしてみると、秋子の強気も、生きるための精一杯の頑張りなのかもしれない。

午後九時を過ぎて、由美がそろそろ秋子に帰宅を促《うなが》そうと思った時、ドアが開いて、小柄で風采《ふうさい》の上がらない老人が入ってきた。ひと目で酔っているのが分かるほど、顔が赤かった。足下も頼りない。

老人は真直ぐ由美に向かって歩いてきて、カウンターの向こうから手を差し出した。

「返してくれ、俺が悪かった」

一瞬、何のことか分からなかったが、由美はすぐに、これが例の脅迫老人で、短刀を返せと言ってるのだと気付いた。

「では、もうああいう脅しはやらないのですね？」

「ああ、もうしないよ」

老人は幼児のように、ペコリと頭を下げた。よく見ると憎めない、人の善さそうな顔をしている。目許《めもと》がいかにも悲しげで、由美までが、やりきれない想いがしてくる。

「ちょっとお待ちになって」

由美は壁際のロッカーから短刀を取り出して、

「はい、これね」と振り返った。その目の前に、老人が大きく迫っていた。いつのまにかカウンターを乗り越えたらしい。由美は無意識のうちに身構えた。老人は両手を前に突き出すようにして、ゆっくり近付いてくる。不思議に、表情は穏《おだ》やかだった。それが由美を油断させた。気が付いた時には、老人の手が由美の首にかかっていた。

「やめなさい、やめないと、短刀で刺しますわよ」

ロッカーに背中を押し付けられながら、由美はかすれた声で叫んだ。

「だめだよ、それじゃ、鞘《さや》を取らなきゃ」

老人は首を締める手に力を加えつつ、他人事のような、のんびりした声で言った。

（鞘――）と思いながら、由美は息が詰るのを感じていた。応接室にいる上村秋子がこの騒ぎに気付いてくれるのを念じたが、声を立てることもできない状態だった。鴨田や比呂子や母親の顔が走馬灯のように脳裏《のうり》をよぎる。（ああ、これで私の人生も終わりか）と思ったとたん、窒息《ちっそく》するより以前に、恐怖のあまり失神した。

「藤岡さん、しっかりして！　……」

遥《はる》か遠くからの呼び声が、しだいに近付いてきて、まるで水の中から浮き上がるように意識が戻った。目の上に上村秋子の顔が覗き込んでいる。一瞬、間があって、すぐに記憶が蘇《よみがえ》った。

「上村さん、大変！」

身を起こそうとして、床に手をついた時、ヌルッと不快な感触とともに手が滑《すべ》った。見ると、そこにあの老人が倒れていて、辺り一面、血の海だ。その中に自分の手を突っ込んでいることに気付いて、由美はギョッとなった。

「た、た、短刀は？……」

「…………」

秋子は答えない。その視線の先を辿《たど》って、由美はもう一度失神しそうになった。むこう向きに横転している老人の胸の辺りに、白鞘の短刀の柄《つか》が見えている。

「じゃ、じゃ、じゃあ、私がこの人を？……」

由美は悲鳴を上げた。

サイレンの音が近付いてくる。

5

「正当防衛か過剰防衛か、それが問題だ」

本多警視は芥川比呂志《あくたがわひろし》のハムレットみたいな、沈痛な顔で言った。現代学園天才グループの「ハテナクラブ」ＯＢきっての真面目人間が、学園のＯＧきってのマドンナ・藤岡由美の身を案じているのだから、その「沈痛」ぶりは凄絶《せいぜつ》な美しささえ感じさせる。これが鴨田の場合だと「チン痛」は十日前のご乱行のオミヤゲということになるのだ。

しかし、それでも、鴨田をはじめ比呂子はもちろん、あのでしゃばりなゼニガタすら、完全に沈黙して、事態の重大さを噛《か》みしめている。

由美に殺意がなかったことは言うまでもない。だが、一方の老人の側に殺意があったかどうかも、不明だ。老人は「返してくれ」と言いつつ、由美の首に手をかけ、締めようとした。それが殺す目的をもってしたことか、それとも酔いにまかせた、ただのいたずらだったのか、はっきりしない。はっきりしているのは、由美が持っていた短刀が老人の心臓を突き刺して、即死に至らしめたこと――である。それが、由美の必死の抵抗によるものか、それとも単なるはずみでそうなったのかは、いまとなっては由美自身にも分からなかった。

「気がついた時には、あの人は死んでいたのです」

警察での事情聴取に、由美はそう答えている。

そうとしか答えようがないのだ。本多警視は由美の供述をメモしてきて、鴨田たちに伝えた。そうして、最後の締《し》め括《くく》りが、「正当防衛か過剰防衛か……」という結論だったのである。

沈痛な時が流れた。本多警視はふと眉《まゆ》を上げて、「ゼニガタはどう考えるかな」と言った。

「そう言えばこいつ、やけにおとなしいな」

鴨田も不思議そうにゼニガタを見た。

「あまりのショックにどこかの回路がイカレちまったか？」

「ウッセ　ウッセ　ウッセ……」

とたんに、ゼニガタは機嫌の悪い音をたてはじめた。右肩上がりの文字を出したところをみると、よほど腹を立てているらしい。

『ロクナ　データ　モ　入レナイ　デ　答エラレル　ワケガ　ナイ』

「何言ってんだ、事件の内容は話したじゃないか。俺の知ってることはそれだけだ」

『ソンナ　モンデハ　由美　タスカラナイ　モット　マジメニ　ヤレ』

「真面目になったって、これ以上どうしろって言うんだ?」

『データ不足　ト　イウノガ　ワカラヌカ』

「だから、どういうデータがあればいいのか訊いているんじゃないか」

『モチロン　犯人　ノ　データ　ダ』

「犯人のデータって由美さんのことなら何でも知っているんじゃないのか?」

『バカバカバカバカ　死ネ　ナンデ　由美ガ犯人ゴワスカ　犯人　イウタラ　死ンダ　老人　オヘンカ　ベランメー』

ゼニガタは怒り狂ったあまり、語彙《ごい》の選択系統回路が完全に混乱している。

「まあ、そう興奮するな、つまり死んだ老人のデータが不足しているっていうんだな。それで、老人の何が知りたいんだ?」

『老人　ガ　オフィス　ニ　入ッテキタ　時ノ　ドアノ　開閉速度　開放角度　歩速　呼吸速度等々　知リタイ　ツマリ　由美ガ　観察シタ　スベテノコト　知リタイ　鴨田ノ顔　見タクナイ』

「ちぇっ、ひと言多いやつだな。しかし、本多警視どのよ、ゼニガタがああ言うんだ、ひとつ、もう一度由美さんに会って、訊いてみてくれないか」

かわいそうに、由美はまだ警察に勾留《こうりゅう》されたままだ。接触できるのは、本多警視よりほかにいない。本多は獄中のマドンナを見るにしのびないのだが、そうも言っておれなかった。

本多の質問に対して、由美は目を閉じて、懸命に記憶を呼び覚ました。取れたデータを持ち帰って、ゼニガタにインプットする。本多と鴨田、それに比呂子の三人が固唾《かたず》を飲んで見守る中で、ゼニガタは不本意そうに、ディスプレイを打ち出した。

『老人　ニ　殺意　ハ　ナカッタ』

「そんな……」

比呂子が悲鳴のような声を出した。

「じゃあ、正当防衛は成立しないんですか」

「うーん……」と、本多警視も腕組みをしたまま、即答はできない。

「冗談じゃねえよ。由美さんが傷害致死だなんて。このオンボロパソコンめ、とんでもないことをぬかしやがる」

鴨田の悪態に、珍しくゼニガタは黙っている。ゼニガタなりに辛《つら》いのだろう。代わりに本多が宥《なだ》めるように言った。

「しかし鴨田よ、ゼニガタが言うことは、あくまでも客観論として認めなければならないのが、われわれの約束ごとだ。ここはひとつ冷静に事実を見詰めることだな。それに、ゼニガタにも何か妙案があるかもしれないじゃないか」

「ふん、どんなもんかな、おいゼニガタ、なにか打開策があるのか」

『ヒトツダケ　データ　不足　シテイル』

「ちぇっ、この上まだデータ不足かよ。いったい何のデータが欲しいんだ?」

『短刀ノ　指紋　ハ　誰ノ　モノカ』

「この野郎、記憶素子《そし》までおかしくなったのか? 短刀の指紋は由美さんのものだったって、はっきり言ったじゃないか」

『ソレハ　柄ノ　指紋ノ　コトネ　ゼニガタ知リタイノハ　鞘ノ　指紋ノ　コト』

「鞘の指紋？　……」

鴨田は本多と顔を見合わせた。

「そんなもの、何の役に立つんだ？」

「とにかくゼニガタが望むのだから、鑑識に問い合わせてみるよ」

本多警視はすぐに電話に向かった。その結果、意外な事実が分かったのである。

「短刀の鞘には、由美さんの指紋と一緒に、老人の指紋が付いていて、しかも、由美さんの指紋の上から、老人が鞘を摑《つか》んでいるらしい」

「どういうこっちゃ、それ？」

「つまり、最後に鞘を摑んだのは老人だったということになるのかなあ……」

人間どもが首を捻《ひね》った時、ゼニガタは「ハテハテハテハテハテハテハテ」と、大変な勢いでなにやら演算を開始した。

6

演算のあげく、ゼニガタのディスプレイに映し出された文章は、まったく予想外のものだった。

『上村秋子ト　老人ノ　関係ヲ　調べヨ』

「どういうこっちゃ？」

またしても鴨田は意表を衝《つ》かれた。老人はボロミスの客・小川若雄の父親で、息子の借金を見かねて、諸悪の根源であるサラ金経営者を抹殺しようとしていた人物だ。

「つまりは、そういう関係だろうが」

『鴨田ハ　単純　苦労ガ　ナイ』

「この野郎、また喧嘩を売る気か？」

「まあまあ……」

本多が割って入った。

「ゼニガタが言うんだから、何か意味があるに違いない。とにかく警察の手で二人の関係を洗ってみよう」

警察は例によって、税金の無駄遣《づか》いとも思える人海戦術で、上村秋子と老人の周辺に徹底した聞き込み作戦を展開した。その結果、意外な事実が浮かび上がったのである。なんと、秋子と老人は、以前から人目を避けるようにして、喫茶店などでしばしば接触していた形跡があるのだ。

「それじゃあ、老人は社長の上村秋子と間違えて由美さんを襲ったのではなかったのか」

鴨田はあっけにとられた。しかし、鴨田の報告を聴いたゼニガタは、それほど意外には思わなかった（?）らしい。いや、パソコンの気持なんか分かるはずがないだろう、などと思うのはシロウトの浅はかさというものだ。パソコンもゼニガタぐらいになると、演算音などによって反応を示すのは、この〝名推理〟をお読みになった方ならご存知のはずである。この場合、ゼニガタは「ヨシヨシヨシヨシ」という音で満足感を示した。その音と共にブラウン管に文字が並ぶ。

『犯人ハ　相手ガ　誰デモ　ヨカッタノダ』

落着き払ったゼニガタとは対照的に、鴨田は目をパチクリしている。

「誰でもいいって、もし俺がボディーガードをやっていたら、俺でもよかったのか?」

『ソウダ　タトエバ　デクノ坊　デモ　ハチノ頭デモヨカッタ　ノダ』

「いやな物にたとえやがる。しかし、もし相手がおれだったら、ただじゃ済まないぜ。反対に殺しちまうかもしれない」

『ナニ　言ッテルカ　老人ハ　殺サレタデハナイカ』

「ん？　……、いや、そりゃそうだけれどさ、あれは弾《はず》みのようなものだから、実際には由美さんが殺されていたはずなのだ」

『分カラナイ　男ダナ　老人ニハ　殺意ハナカッタ　ト　言ッテイルノニ』

「それがどうも分からない。それじゃ、老人はいったい、何をしに来たんだ？」

『決ッテイル　デハナイカ　殺サレニ　来タノダ』

「殺されに来た？？？？」

こうなるともう、鴨田の思考キャパシティは遥かに超えている。比呂子にはさらに無理だ。頼みの本多警視どのは警視庁に詰めている。悔《くや》しいけれど、ゼニガタに教えを乞うほかはない。

「殺されに来た、とは、いったいどういうことだ？」

『老人ニ　殺意ハ　ナイ　ソレナノニ　老人ハ由美ヲ　襲ッタ　モシ　ホントウニ　殺ス気ナラ短刀ヲ　受ケ取ッテ　カラ　刺シ殺シタ　ハズダ由美ニ　短刀ヲ　持タセテ　カラ　襲ッタ　ノハ殺シテ　モライタカッタ　タメダ　〔A－B＝X〕トイウ　単純ナ　計算　ダガ　分カル　カナ　分カラネエダローナ　ガチョーン』

ゼニガタは古くさいギャグを意味もなく使って、鴨田を馬鹿にした。こういうくだらないプログラミングをやらかしたのは、「ハテナクラブ」ＯＢきってのひょうきん者・安田のヤツに決っている。学生時代から名古屋人の悪口を言ったりして人を笑わせるのが得意だったが、社会に出てからも品の悪さは直らなかったらしい。

「分かったよ、しかし、老人はなんだって、殺されになんか来たんだろう？」

『理由ハ　二ツ　考エラレル
　1　自分デ　死ネナイ　タメ
　2　自分デ　死ンデモ　意味ナイ　タメ』
「1のほうは分かるが、2はどういう意味だい？」

『スコシ　頭　使ッタラ　ドウダ　使ワナイト　ダメニ　ナル　ヘンナ　トコロ　バカリ　使ウナ』

「うっせえ、俺がどこを使おうと、余計なお世話だ。そんないやみを言うなら、もうお前なんかに訊いてやらないよ」

『ソウカ　ウレシイ　ジャアナ』

　ゼニガタの演算音が、ピタッと止んだ。しまった、と思ったが、あとの祭だ。ままよ、とばかり、鴨田は勾留中の藤岡由美にアタックすることにした。ふだんなら門前払いされるところだが、警察も美しい容疑者をいつまでも監禁していると、署内の風紀が乱れるし、事件の真相はというと、さっぱりわけが分からないしで、いいかげん手を焼いているものだから、何か解決の端緒《たんしょ》でも摑めれば——と、すんなり面会を許可してくれた。

「そう、ゼニガタさんはそう言ってるのですか……」

　由美は美しい瞳を宙に向けて、しばし、思案に耽《ふけ》った。

「たしかに、あのご老人は、いま考えると私に殺させようとしていたみたいですわ。短刀を鞘ごと持っていると、『鞘を抜かなければ駄目だ』って、教えてくれましたもの」

「そ、そんなことを言ったのですか」

「ええ、ですから、やっぱり私が殺したことには間違いありませんわね」

「ち、ちがうんですよ、それが……」

鴨田は慌てて、鞘には老人の指紋が付いていたということを告げた。

「つまり、鞘を抜いたのは、由美さんではなく、あの老人だったのです。由美さんは鞘を抜く間もなく、失神してしまったのですよ」

「でも、指紋だけでは、その事実を立証できませんわね。ご老人は、私から短刀を取り上げようとして鞘を持ったのかもしれませんでしょう？　少なくとも警察はそう考えます」

「うーん、たしかに、あのボンクラ共にはその程度の考えしか浮かばないでしょうな」

鴨田は自分のボンクラを棚に上げて、罵《ののし》った。


「ところで、ゼニガタは、老人が殺されに来た理由は、『自分で死んでも意味がない』ためだなんて言ってるんですがね、由美さんはそれは、どういうことだか分かりますか？」

「ええ、それは、自殺したのでは、慰謝《いしゃ》料や生命保険がもらえないから、という意味だと思いますけど、間違っていますかしら」

「えっ？　いや、そう、そのとおりなんですよ。僕にもすぐピンときましたがね、ゼニガタのやつ、なかなかいいことを言いますね」

鴨田は「へへへへ」と無気力に笑った。

「しかし、老人の狙いがそこにあったとしても、それをどうやって証明するかが問題だな」

鴨田が考え込むと、由美は「ひとつだけ方法がありますわ」と言って、監視の警察官を横目で見ながら、鴨田の耳にささやいた。

7

「ママ、ぼく今日、パソコンと話したんだ」

　上村夏夫は母親の帰りを待ちかねていたように、目を輝かせて言った。

「すごいんだ、ぼくの声の声紋というのを登録してくれて、パソコンがちゃんとぼくの質問に答えたりするんだ。探偵のおじさんには愛想わるいんだけど、ぼくにはなぜか、とても親切で、なんでも教えてくれるんだ」

「そう、それはよかったわねえ」

　そう言ったものの、秋子は息子のはしゃぎかたが、むしろ気にかかった。父親が死んで以来、夏夫のこんな手放しの喜びようは見たことがない。

「パソコンといってもね、ただのパソコンじゃなくて、ネオ・スーパー・パソコンっていって、人間でいうと、ノーベル賞を取る人ぐらいの頭脳なんだ。だけどね、そのパソコンが言うには、ぼくの未来のほうが、ずっと優秀なんだって。『二十年後ノ　キミハ　私ヨリ　三・二倍　スグレテイル　ダロウ』って予言してくれたんだ。それはね、パパとママの血を引いてるからなんだって。だから、ママには感謝しなきゃだめだって。どんな苦労しても、いじめられても、ママの苦労を思えばなんでもない。まっすぐ、正しく、大きな未来を目指《めざ》せって、なんだか、先生のお説教みたいだったけどさ、パソコンに教えられると、いやな感じがしないんだよね。ぼく、もう明日から弱音を吐かないよ。『鬼の子』って言われたって平気だ。だってさ、ママはぼくのために一所懸命になってくれているんだもん、サラ金だってなんだって、ちっとも恥ずかしくなんかないさ。だれかがママをいじめに来たら、ぼくが守ってあげるからね。ぼくも大きくなったら、あのパソコンみたいに賢くて、鴨田さんみたいに勇気のある名探偵になるんだ。……あれ？　ママ、どうしたの？　泣いてるの？　ぼく、何か悪いこと言った？……」

＊　＊　＊

鴨田英作に付き添われて、上村秋子が警察に出頭したのは、次の日の朝のことである。

「小川さんのお父さんは、自殺なさったのです」

秋子は鴨田に打ち明けたことを、あらためて捜査員に話した。

「小川若雄さんにお貸ししたお金は、もうかれこれ七百万を超えています。どうしてそんなに貸したのかって仰言《おっしゃ》られると、お答えのしようもないのですけれど、この業界は猛烈な過当競争で、ウチみたいな小規模の店では、危険を承知の上で貸さなければ、商売ができなくなってきているのです。それに、小川さんは、事業がうまくいってる時は、その程度のお金はなんでもない人だったのです。それが、お父さんが保証人になった、ある人の借金の焦《こ》げついたのをきっかけに、事業のほうも行き詰まって、ニッチもサッチもいかなくなってしまったのです。借金はウチばかりでなく、総額で二千万近くになるそうです。お父さんはその責任を感じて、私のところにかならず借金を返済できるようにするから、ぜひ協力して欲しいと仰言って……」

小川老人の申し出というのは、自分の身を犠牲にして、生命保険の金を借金の返済に充当するというものだった。

「そんな恐しいこと——と思いました。でも、会社のほうも、振出している手形が落とせない可能性が出てきたもので、ついつい誘惑に乗ってしまったのです」

老人は、まず、ボロミスに脅迫電話をかけることから準備工作を始めた。そして、短刀を送り、「復讐」の実行を予告する。

「社員は警察に知らせたほうがいいと言うのですけど、私は『こんないたずら』と、一笑に付して、警察の介入を喰い止めました。でも、息子の夏夫が心配して連れてきた鴨田さんまで断るわけにはいかず、ボディーガードについてもらうことにしたのです。体ばかり大きくて、なんとなく頼りなさそうで、この人なら……と思っていましたら、なぜか、女性の方が見えたので、ますます計画はうまくいきそうでした。

そしてあの晩、社員は皆帰って、私と藤岡由美さんだけが残っているところに、ご老人がやってきました。私は応接室に閉じ籠っていて、現場に居合わせない手筈になっていました。物音に気付いたふりを装って室から出てみると、藤岡さんは床に倒れ、ご老人がひざまずいて、藤岡さんが握る短刀を、藤岡さんの手の上からご自分の手でしっかり固定して、いままさにご自分の胸に突き刺そうとしているところでした。私の気配を察すると、こちらを見て、にっこり笑ってから、真直ぐ上を向いた短刀の上に倒れ伏していったのです。最後の力を振り絞って、藤岡さんの手から短刀を引き離すと、ゴロンと転がりましたが、その時には胸から血が噴き出すのが見えました」

そのときの情景を思い出して、秋子はブルブルと震えた。

＊　　＊　　＊

「計画はうまくいったのにねえ、黙っていることができなかったというのは、やっぱり夏夫ちゃんの純真な気持に打たれたということなのかしら、いまどき、そんなメロドラマみたいなの、流行《はや》らないような気がするけど」

生井比呂子はそう言って首を傾げる。鴨田も同感だった。

「まったくだよなあ、僕も由美さんにそういう提案をされたときは、うまくいきっこないと思ったんだ。なにしろあのガキ……、いや、すれっからしみたいな子だろ？　精神訓話なんか、チャンチャラおかしいってタイプだもんね」

「そうですね、わたくしたちがそういうお話をしたのでは、きっと相手にしなかったかもしれませんわ」

由美は微笑を浮べて、言った。

「おとなは……、いえ、人間はずるいもの、汚いものという先入観で聴けば、どんなにりっぱな言葉も虚飾に満ちた、空疎《くうそ》なものでしかありませんもの。でも、ゼニガタには邪心がない――、そう信じて、夏夫ちゃんは素直な気持で受け入れることができたのだと思います。それがそのまま、お母さんにも伝わったからこそ、感動的な結果が生まれたのでしょうね」

「へぇーっ、ゼニガタに邪心がないなんて、えらく錯覚したもんだなあ」

鴨田が横目で見たとたん、ゼニガタは「カッカカッカ　カッカ……」と心外そうな音とともに文章を打ち出した。

『ゼニガタ　相手　シダイデ　変ワル　子供　ニハ　純真ニ　鴨田　ニハ　下品ニ　由美サンニハ美シク　目　ニハ　目　歯ニハ　歯　ダ』

「あら、あたしの場合はどうなの？」

比呂子が不服そうに訊いた。ゼニガタは急に、むせたような奇妙な音を立てて、モニターの画面が、めちゃめちゃに乱れた。

嗚呼《ああ》ゼニガタに涙あり

1

鴨田がゼニガタの異状に気付いたのは、秀平《しゅうへい》堂《どう》の連続怪死事件を調べている時だった。

秀平堂というのは麹町《こうじまち》に本店のある和菓子の老舗《しにせ》だ。本店の八階建ビルは自前のもので、一階は店舗、二階に事務所、三階から上は他の会社に貸している。それだけでも大変な財産だが、さらにその裏手には千五百坪にもおよぶ敷地の、豪勢な邸がある。住宅地としては日本中でもっとも高価な土地の千五百坪だ。鴨田あたりの感覚では、まるで別世界みたいなものだが、その秀平堂から事件捜査の依頼がきた。

先月の二十日、秀平堂の会長である秀山平太郎《ひでやまへいたろう》の、四人いる息子の四男が首を吊《つ》って死に、今月の五日には、三人いる娘の三女が風呂場で足を滑《すべ》らせ、後頭部を打って死んだ。警察の調べでは、いずれも他殺の疑いはないということだが、当主の平太郎が内々に鴨田探偵事務所に調査を依頼してきた。平太郎はすでに高齢であり、死期の近いことを予想して遺言状を書いてある。とにかく莫《ばく》大《だい》な財産なのだ。等分に分けたとしても、一人当たりの相続額は億単位になることは間違いない。そして、一人でも相続者が減れば、それだけ分け前が増えることも確かだ。人間、欲にかられると何を仕出かすか分からない――という哲学の、平太郎は持ち主でもあった。

そこで、鴨田は七人の子供――といっても上は五十代から下は三十代前半という中年ばかりだが――のデータを調べ上げるところから始めて、一週間がかりで纏《まと》め上げたデータをゼニガタにインプットした。これでいきなり犯人の名前が出るわけではないが、ゼニガタのことだ、何か不足のものがあれば、それなりに要求するはずであった。

じっさい、インプットしてまもなく、ゼニガタは軽快な演算音とともにその結果をブラウン管上にたたき出した。

『犯行ノ　可能性ノアル　者ハ　ツギノ5名ノウチノ　1名ダ　ソレハ』

(もう分かったのか——)と、鴨田ががぜん注目したとたん、とつぜん、『イロハニホ』と打ち出して、それっきり、沈黙した。

「なんだ?　これは?　……」

鴨田は面食らった。五人——というのだから、その五人を示す記号のつもりだろうか、とも考えた。

「ねえ、ゼニガタさんよ、もうちょっと分かりやすくお願いしたいもんですな」

鴨田はわざと馬鹿丁寧《ていねい》に言った。もしかすると、ゼニガタが人間の智恵を試すために、ナゾナゾを仕掛けたのかもしれない——と思ったからだ。

『意味不明　ナンノ　コッチャ』

ゼニガタが逆に訊《き》いている。

「申し訳ないが、記号でなく、ちゃんとした名前で教えてもらえればありがたいと言ってるんだがねえ」

『当然ノ　コトヨ　ゼニガタ　言ッタコト　記号ナイ　名前ネ』

「名前?　イロハニホが、か?」

『イロハニホ　ソレ　何ノコトカ?』

「おい、ふざけるのはいい加減にしてさ、マジで答えてくれよ」

『ダカラ　ゼニガタ　マジデ　答エテイル　ナイ

カ』

「イロハニホがマジなのかよ」

『イロハニホ？　ソレ　何ノコトネ』

「いい加減にしろって言ってるだろ。自分の言ったことじゃないか」

『イロハニホ　ガ　カ？　ゼニガタ　ソンナコト言ウワケ　ナイ　鴨田　トウトウ　目ニキタカ』

「目どころか、頭にきたよ。とぼけていないで、容疑者の名前をちゃんと言ってくれ」

　いつまで押し問答していてもはじまらないので、鴨田は改めて訊き直した。

『イイトモ　ソレデハ　言ロハニホ……』

　今度はゼニガタ自身、気がついたようだ。

（おや？　――）という感じで、作動を停止した。ブラウン管はノッペリした無表情だが、ゼニガタがとまどっているのは、鴨田にもよく分かる。

「それみろ、いままたイロハニホって言ったじゃないか」

『ドウモ　ソウラシイ　コレハ何カ？』

「何か――って訊かれたって、俺に分かるはずがないだろう」

『ソンナ　ツメタイコトハ　言ワナ１２３４５……』

「容疑者が五人いるってことはよく分かったよ。だから、早いとこ、その名前を教えてくれと言ってるんだ」

『イマ　言オウト　思ッテ　イタチノヘ　ドウシテ　コウナルトノウズ潮　瀬戸内海』

「ななな……、なんだそりゃ？　……」

　鴨田は呆《あき》れて、舌を嚙《か》みそうになった。

「いったいどうしたんだ？」

『分カランラン　コンナハズバンド　イッタイド

ウシタナオロシ　ダメオヤジ　コダクサン　カネオクレ　ハハキトク……』

もう支離滅裂だ。ただ、やたら五音節の言葉を脈絡もなく並べているのは、五名という容疑者の数だけは抑《おさ》えているつもりなのかもしれない。

これはただごとではない――と、鴨田もさすがに判断しないわけにはいかなかった。スーパー・パソコン「ゼニガタ」の存在なくして、鴨田探偵事務所は成り立たない。ゼニガタが変調をきたしたら、もうお手上げなのだ。

鴨田はともかく、ゼニガタの生みの親のひとりである、科学捜査研究所の本多警視どのに、「ゼニガタの様子がおかしい、すぐに来てくれ」と電話をかけた。よほどオロオロした声を出していたのだろう。本多は公務をほっぽり出して飛んで来た。

「ひょっとすると、記憶素子《そし》がおかしいのかもしれん。鴨田、ゼニガタの記憶力を試してみてくれないか」

「どうすりゃいいんだ」

「そうだな、名作のイントロでも暗唱させてみるか」

「OK。それじゃ、まず吾輩《わがはい》は猫であるをやらせてみよう」

ゼニガタのパワースイッチを入れて、「吾輩は猫であるを暗唱してみろ」と言った。ゼニガタはすぐに「カタカタカタカタ」と文字を打ち出した。

『吾輩ハ猫デアルマジロ　名前ハマダナイヤガラドコデ生マレタカノサト……』

「だめだな、じゃあ、今度は雪国だ」

『国境ノ長イトンカラリン　抜ケルンルンルンルン雪国ダッタンジン……』

「ひどいな。これは……」

本多は沈痛な面持ちになった。

「だろう？　どうなっちゃったんだ」

「僕にも分からん。ソニーの江崎に診《み》てもらうよりしようがないだろう」

もともと本多はゼニガタの捜査能力を生むソフト関係を担当したのだ。機械的なこと、つまりハードに関しては、世界的発明の『大王道《ダイオード》』を完成した江崎が中心人物であった。その江崎はアメリカにいる。

「来てくれるかな」

鴨田は心細い声を出した。

2

二十九歳の若さでノーベル物理学賞の候補に上ったソニーの江崎博士は、鴨田の急報に快く応じてくれた。ただし、帰国できるのは一週間後だという。それまでの間はなんとか世間の目をごまかしていかなければならない。「ゼニガタ故障」の噂《うわさ》が流れでもしたら大変なことになる。ゼニガタのような優れた犯罪捜査用スーパー・パソコンがあるからこそ、「この程度の政治、この程度の国民」で済んでいるのであって、その歯止めがなくなれば、わが国は犯罪王国と化してしまうかもしれないのだ。

鴨田は女流探偵の藤岡由美と助手の生井比呂子に、ゼニガタの不調が外部に漏《も》れないよう、くれぐれも念を押した。

「そうですか、ゼニガタさんは病気ですの」

由美は心配そうに言った。この心優しい女流探偵はゼニガタを人間なみに扱う。

「早くよくなるといいですわねえ」

「まったくですよ。事件は山積しているんですから、こんな時サボられちゃ、たまったもんじゃない」

鴨田は、事務所の士気を奮《ふる》い起《た》たせようとして、わざと冷たいことを言った。とたんに比呂子が目を剝《む》いた。

「まあ、所長、なんてひどいことを言うんですか。所長がそんな風にこき使うから、ゼニガタは具合が悪くなったんです。ゼニガタにだって、バカンスや生理休暇をあげるべきですよ」

「あ、あのねえ比呂子ちゃん、ゼニガタが女性だとは思えないんだけど」

「あら、男にだって生理はあるんでしょう？　鼻血ドバッていうの、あれそうじゃないんですか？　男の人がマスクしているの、あれ、みんなそうなんでしょ？」

鴨田は唖然《あぜん》とした。どうやら比呂子は、あのマスクの中にナプキンかタンポンが詰っているとでも思っているらしい。まったく、この娘ときたひには、耳学問ばかりで変な知識を仕入れているから、ときどき妙なことを言い出す。

「鴨田さん、比呂子ちゃんの言うとおりですわ」

由美までが同調して、言った。

「ゼニガタさんにいま必要なのは、優しい愛情なのかもしれません」

「冗談じゃないですよ。ゼニガタに必要なのは新しいICとオーバーホールぐらいのもんですよ」

「そういう非人間的な扱いが、どれほどゼニガタさんを傷つけているか知れないではありませんか」

「参ったなあ、ゼニガタは非人間そのものだと思うんだけどねえ」

　鴨田が不服を唱えた時、ノックもなしにドアが開いた。秀平堂の平太郎会長が、付き添いの執事《しつじ》に腕を支えられて、ヨタヨタしながら入ってきた。

「どうなっているんじゃ、まだ犯人は分からんのか！」

　入ってくるなり、精一杯の大声で言った。

「これはこれは、会長さん自らお越しとは、いったい、どうなさったのですか」

「何を呑気《のんき》なことを言っとるんじゃ。また一人死んだのじゃよ」

「な、な、なんと……」

　死んだのは三男で、ビルから真逆様《まっさかさま》に墜落《ついらく》死したという。他殺か自殺か事故死か、いまのところ分からないそうだ。

「殺されたのに違いない」

　平太郎は言い張った。

「警察の間抜けどもは何も分かっとらんのじゃ。あとは、あんたのところのパソコン探偵が頼みの綱じゃ。早速、回答を聴かせてもらいたいもんだな」

「まったく光栄ですし、警察が間抜けである点は同感ですが、こちらもいろいろ事情がありまして、そう簡単にはいきません」

「どんな事情があるか知らんが、わしがあんたと契約した報酬に勝る事情があるとは思えんがな。それとも、おタクのパソコン探偵にはそれだけの能力がないとでも言うのかね。そういうことなら、すぐにでも解約して、契約金の払い戻しをしてもらってもいいのだがな」

「とんでもない。ウチのパソコンの能力には問題ありません。げんに、犯人の見当はついているのですから」

「ほう、さすがじゃな。で、それは何者なのかね？」

「残念ながら、まだ特定するところまではいっていませんが、五人の中の一人であることは分かっているのです」

「ふむ、それでもたいしたもんじゃ。しこうして、その五人とは？」

「それは……」

「うん、それは？」

「さあ、それは……」

「さあ、さあ、さあ、さあ……。馬鹿者、歌舞伎を気取っている場合か」

「その五人とは、イロハニホ」

「な、なんと？」

「ですから、その、イロハニホ」

「うーん、なるほど、よう分かった。わしにも言えんというわけじゃな。よかろう、それでこそ信用ある探偵事務所ということも言える。とにかく頼りにしとるからな、一日も早く事件を解決してくれ。といっても、いつまでも待つわけにはいかんな。そこで期限をつけて、報酬のカットダウンをするという取り決めをしたい。つまりじゃな、向う十日間以内に解決した場合には、約束した額の二倍を支払う。ただし、解決しなかった場合は、オーバーした分、一日につき一割ずつの減額をするということでどうじゃ」

「そりゃ殺生《せっしょう》な……」

「ん？　するとなにか、あんたは解決できそうにないとでも言うのかね？」

「い、いえ、そんなことはありません」

「ならいいではないか。あんたの事務所は儲《もう》かる、わしは安心できる、めでたしめでたしじゃ」

平太郎会長は満足そうに肯《うなず》きながら帰っていったけれど、鴨田は不安でならない。

「おいゼニガタよ、せめてその五人の名前だけでも言えないものかねえ」

情けない声で愚痴《ぐち》をこぼした。その哀れっぽい調子がゼニガタのボイスセンサーを刺激したのか、ゼニガタは「カタカタカタ」と動きだした。ブラウン管に元気なく文字が浮かび出た。

『ナントカ　ヤッテミル』

「そうか、頼むよ。とにかく問題の五人が誰なのか、それだけでも出してみてくれ」

「カタカタカタカタ……」と、心なしか演算音にも力感がとぼしい。それでも、ゼニガタなりに必死で頑張っているのだろう、やがて文字が並んだ。

『犯人ハ　秀山家ノ　兄弟姉妹　イロハニホ……』

「またかよ」

鴨田は頭を抱えた。

3

「うーん、これはかなりの重症だな」

江崎博士は難しい顔をして腕を組んだ。江崎はまるでガスの塊《かたま》りみたいな体軀《たいく》をしている。いや、事実、慢性の便秘で、いつもガスが充満しているのだそうだ。その代わり頭脳の方も充満しているところが、そんじょそこらの便秘とは大いに異なる。

この江崎とウドの大木の鴨田英作とが、かの「現代学園」で同期。しかも、病的天才集団である「ハテナクラブ」の仲間だとは、到底信じがたい。

「どうかねえ、二、三日で治《なお》りそうかな」

　鴨田はただひたすらの江崎頼みで、できることといったら、泣きべそをかいて見せるくらいのものだ。なにしろ、約束の十日は、あと三日を残すのみとなったのだ。しかも、平太郎会長が来てから後の一週間の内に、秀山家ではさらに二人の犠牲者が出ていた。次女、次男の順で死んでいる。

　平太郎氏はあまりのショックでついにダウンしてしまったという。この分では十日目にはご本人があの世行き――なんてことにもなりかねない。そうなったら、カットダウンどころか、報酬そのものが支払われるかどうか、怪しいものだ。そうなる前に、なんとかゼニガタが回復してくれることを願うのみであった。

「これは明らかに言語障害だな」

　江崎は重々しく言った。

「言語障害?」

「ああ。といっても、人間の場合にたとえれば、の話だがね」

「つまりそれはどういうことだい!」

「人間の場合は、脳血栓《のうけっせん》などで脳細胞が破壊され、言語機能に変調をきたすことがある。聴き取りの能力も思考能力も正常なのだが、意思を伝達しようとして言葉を発すると、自分の意思とは異なる語彙が飛び出してしまうのだ。たとえば、『お早うございます』というつもりが『いろはにほへと』とか『12345』とかいう単純な語彙で発音されるといった具合にね」

「驚いたなあ、まさにそいつだよ。しかし、どうしてそんな言葉が飛び出すんだい?」

「現在までの科学では、まだ完全に解明されたというところまではいっていないが、破壊された細胞の記憶していた語彙を、他の細胞が無理やり補《ほ》塡《てん》して送り出してしまうのではないかと考えられている。そのために、ごく基本的な、関連性のない言葉で喋《しゃべ》る結果になるわけだな」

「それはしかし、人間の場合の話だろ？　パソコンでそういう現象が生じるというのはどういうわけだ？」

「人間の脳細胞にあたるものは、コンピュータではＩＣだ。そのＩＣのどこかに損傷があるのかもしれないな。それは多分、電気的なショックか何かによって生じたものだと思うがね。コンピュータってやつは、静電気の刺激を受けただけで変調をきたすことがある。もっとも、それだからこそ、静電気防止には万全の備《そな》えを施《ほどこ》してあるはずなのだが……」

「じゃあ、ゼニガタはその静電気ってやつにやられたのか？」

「いや、そんなことは考えられないな。ゼニガタはただのコンピュータとは基本的に違うからね。外部からインプットされる信号を自己選択する能力を備えている。自分を破壊するような危険な信号は、バリアスクリーンによってカットしてしまうのだ。かりに、テロリストか何かが、レーザー光線で破壊信号を打ち込むようなことがあったとしても大丈夫なように設計してあるのだ」

「なんだかよく分からないが、要するに、ゼニガタは簡単には壊れないってことか？」

「まず絶対に、と言っていいくらいだな」

「しかし、そのゼニガタがこうなっちゃったんだよ。それはどう説明してくれるんだい」

「一つだけ考えられることといえば、非常に酷使した結果、ゼニガタの内部にストレスが溜《たま》って、自己破壊行動に走ったということかもしれない。人間で言うと精神分裂病にあたる。しかし、これとても可能性があるという程度で、ゼニガタにかぎってそんなことが現実に起こるとは考えにくいがね」

「考えにくくてもなんでも、可能性はあるってことか……」

鴨田は思い当たることがあるものだから、浮かぬ顔になった。

「ほら、ごらんなさい」と比呂子が言った。

「所長はゼニガタをこき使いすぎたんです。あたしや由美さんがいくら優しくしたって、追いつかなかったんですよ」

「そう言ってくれるなよ。僕だって、何も好き好《この》んでゼニガタを酷使したわけじゃないんだから。すべては正義のため、市民の平和のためなんだ」

「あらそうかしら。このあいだ、いまのペースで積立貯金をしていくと、あと何年でマンションが買えるか、なんて相談していたじゃありませんか。あれも正義のため、平和のためなんですか?」

「いや、あれはつまり、その、未来の嫁さんとの幸福な暮らしを準備するためだからさ。つまり、広い意味での平和目的と言えるのじゃないかな」

「まあ、そうだったんですか」

比呂子の頬はたちまちバラ色に染まった。

「そんなふうに優しい気持からしたことでしたら、あたしもう、許しちゃう。でも、そんなに立派なマンションでなくてもいいのに」

(困るんだよなあ――)

鴨田はいよいよ情けない顔になって、チラッと藤岡由美の表情を窺《うかが》った。頭のいい由美のことだから、まさかとは思うが、比呂子の言うことを真《ま》に受けて、誤解でもされたら大変だ。マンションは由美さんのためのものですよ——と大声で叫びたいのを、やっとの思いで堪えていた。

由美はといえば、鴨田と比呂子の遣《や》り取りなどには知らん顔で、軟らかいセーム革でゼニガタを優しく拭いてやっている。その手付きがどことなく川崎のお風呂屋さんの女店員に似ていたので、鴨田はドキッとして、思わず顔が赤くなった。

「鴨田、これはもしかすると、心理学の分野かもしれないな。シャープの安田に頼んでみたらどうだ」

江崎に不意を衝《つ》かれて、鴨田は慌《あわ》てた。

「そうね、それがいいかも12345」

「?」「?」「?」

江崎と由美と比呂子の目が、いっせいに鴨田のキョトンとした顔に注《そそ》がれた。

「何をふざけているんだ、鴨田」

「ん? 俺、いま何か変なこと言ったか?」

「言ったじゃないか、12345って」

「そうか、やっぱり言ったのか。なんだか妙なことを口走ったような気がしたんだ」

「まさか、おまえさんまで脳細胞がおかしくなったんじゃないだろうな」

「冗談言うなよ。俺はしっかりしたもんさ」

「しかし、12345っていうのは、無意識に言っちまったんだろう? やっぱりどこかおかしいよ。おい鴨田、おまえ、ご乱行のお土産《みやげ》がとうとう出たんじゃないのか?」

「うん、それは言えるかも……、何を言やがる、人聞きの悪いこと言うなよ。これも過労によってストレスが溜ったんだろうさ」

「そうかなあ、ストレスだって、溜る相手を選ぶと思うけどなあ」

「よく言うよ」

鴨田は大いに腐《くさ》ったが、しかし、じつはこの突然の鴨田の変調が、ゼニガタの「病根」をつきとめる、重要なヒントになっていたのである。

4

とうとう、鴨田探偵事務所に科学捜査研究所の本多警視、ソニーの江崎博士に加えて、ロボット心理学の偉才・シャープの安田清明《きよあき》博士までやってきた。世界の明日を担《にな》う日本の頭脳が三人も集結したわけだ。

安田博士は、「高度に発達したロボットはすでにして生命体であると認識し、ロボットの演算機能はある瞬間から心理学的考察によって分析されるべきものである」という理論を発表して、一躍《いちやく》、世界の脚光を浴びることになった逸材だ。

その安田はさまざまな機械を鴨田の事務所に持ち込んだ。四台のビデオカメラをゼニガタの前後左右に据えて、ゼニガタの置かれた物理的、心理的環境を記録する一方、ゼニガタ本体には十数種類のデータを探知することができるセンサーの電極をセットした。まるで、人間の脳波検査と生体反応検査をオーバーにした感じだ。そして、そこから抽出《ちゅうしゅつ》したデータは二台の十二チャンネルのプロッターによって記録される仕組みだ。

こうなると、さしものゼニガタも、リハビリテーションを受ける患者と変わりがない。鴨田でさえ見ていて、そぞろ哀れを催《もよお》したくらいだから、由美や比呂子は痛々しくて、正視に堪《た》えなかった。

安田は精神分析医よろしく、ゼニガタに向かってさまざまな質問を休みなく発した。それに対するゼニガタの答えは、大抵の場合は正常なのだが、時としてとんでもないことを口走る。

「何か不満なことでもあるのかね？」

『イイエ』

「疲労を感じるかね？」

『イイエ』

「夜、眠れないことがあるかね？」

『イイエ』

「隣のピアノが気になるかね？」

『イイエ』

「鴨田所長が嫌いなのかね？」

『トキドキ　嫌イ　デモ　トキドキ　好キ』

「比呂子ちゃんは嫌いかね？」

『イイエ』


「由美さんは嫌いかね？」

『イロハニホヘト　１２３』

（始まったな——）と、安田は鴨田を振り返って目配せした。

「日本の首都はどこか知っているか？」

『ソレハ　東京都江戸川区東江戸川三丁目』

「なんだそりゃ、俺の本籍地じゃないか」

鴨田は思わず言って、安田に苦い顔をされた。

「日本国憲法の前文を暗唱してみろ」

『朕《チン》思フニ　我カ　皇祖皇宗　国ヲ　ハジムルコト　公園ニ　得ヲ　田釣ルコト　侵攻ナリ……』

「もういいよ」

安田はいよいよ渋い顔になった。

「おい、本多、どうしてこんな古くさいデータなんか入れたんだ？」

「いや、僕はそんなものは入れた覚えはないぞ」

「しかし、現に入っているじゃないか」

「いや、これは恐らく誰のせいでもないだろうよ」

江崎が口をはさんだ。

「ゼニガタ自身がいつの間にか学習したとしか考えられないな。その証拠に、音《おん》は合っているが、文字が出鱈目《でたらめ》だ。一種の耳学問だと思うよ」

「そうかな。それにしても、憲法と言っているのに、教育勅語《ちょくご》が出てくるというところに問題がある」

安田は言って、ジロッと本多を見た。

「おい本多、これは体制側の意思を意図的に導入した結果じゃないのだろうな。われわれは、ゼニガタは思想的にはまったくの白紙であるようにセットしたはずだぞ」

「冗談言うなよ、僕がそんなルール違反をするわけがないじゃないか。いま江崎も言ったとおり、これはゼニガタ自身の学習だよ」

天才同士がにらみ合い、険悪な状態になったとたん、ゼニガタが文字を打ち出した。

『喧嘩　ヨクナイ　暴力　ヨクナイ　ココハ　学校　ナイヨ』

こういうところを見るかぎり、ゼニガタの機能は正常に作動しているとしか思えないのだが、肝心なことを言わなければならない時にかぎって、突拍子もないことを口走ってしまう。

たとえば、いぜんとして秀平堂の連続怪死事件の犯人は指摘できないままだ。『犯人ハ……』までではディスプレイに文字が並ぶのだが、すぐ『イロハニホ　12345』が始まって、あとは例によって目茶苦茶になる。

そして、十日の期限が残すところ、あと一日

——という日に、また一人犠牲者が出た。平太郎氏の長女が、乗っていた車のブレーキが利かなくなって、箱根の崖から転落、死亡したというのだ。

「おい、本多、江崎、安田、早くなんとかしてくれないと、えらいことになるよ。秀平堂はもちろんだが、わが鴨田探偵事務所もいまや悲劇的状況にあるといっていいんだ。あらゆる事件捜査の依頼をすべて断って、この事件一本に絞っているんだからな。事件が解決されなければ、報酬がなくなってしまうし、それ以上に信用がガタ落ちになる。第一、ゼニガタがこんな状態じゃ、事務所そのものが成り立っていかないよ」

鴨田の悲鳴のような声を聴いても、三人の天才は腕組みをして考え込むだけだ。鴨田はヤケッパチでゼニガタを罵《ののし》った。

「この役立たず!」

「まあ、なんてひどいことを言うの。鴨田さん、あんまりですわ」

由美が目に涙を浮かべて、鴨田の胸倉《むなぐら》に取り付いた。

「さあ、いまの言葉をすぐに撤回《てっかい》なさい」

「は、はい、もちろんイロハニホ……」

「あっ」「あっ」「あっ」

三人の天才は互いに顔を見合わせた。

「もしや」「もしや」「もしや」

岸壁の母が三人揃《そろ》ったような声を上げて、分析装置にしがみつき、もう一度データの読み直しを始めた。

5

結論が出たのは、その夜遅く——いや、もう翌日の朝が明け初《そ》める時間であった。由美と比呂子はもちろん昨夜の内に引き揚げた。事務所には汗の臭《にお》いをプンプンさせた、むくつけき四人の男がいるばかりである。

「驚くべきことだな……」

安田博士は大きな溜息《ためいき》とともに言った。ほかの二人も信じられない顔をしている。鴨田はしかし、さっぱり分からない。

「何が驚くべきことなんだ？」

「いや、ゼニガタの変調の原因が分かった」

「そうか、ついに分かったのか。で、原因は何だった？　治るのか？」

「むろん治るが、多少の荒療治が必要だ。それでも構わないか？」

「もちろん構うもんか。手術でも分解でもやってくれ。俺は他人の痛いのは三年我慢できる体質なんだ」

「いや、痛い目に遭《あ》うのは鴨田、おまえの方だよ」

「え？　俺が？　どうしてさ、俺は別にどこも悪くないぜ」

「確かに、具合の悪いのはゼニガタだが、その原因を取り除くと、鴨田も痛い目に遭う結果になるのだ」

「そこのところがどうもよく分からないな。いったいゼニガタの変調の原因というのは何なんだ？」

「端的にいえばストレスだが、そのストレスがよってきたる原因は、つまりその、恋だ」

「コイ……というと、広島カープが優勝できなかったことか？　そんなんでストレスが溜るのだったら、阪神ファンの俺なんか、とうの昔におかしくなってるよ」

「その鯉《こい》じゃなくて、恋愛の恋の方だ」

「レンアイ……か、昔、どこかで聴いたような単語だが、ええと、何だったたっけ。デパートで売っていたかな?」

「アホか、おまえは、恋愛は恋愛、いとしいとしと言う心だ」

「な、な、なに? じゃあ、あの恋愛か? 馬鹿言うな、ゼニガタが恋愛なんかするわけないじゃないか」

「常識から言うとそのとおりだ、だからわれわれにもなかなか分からなかった。だがしかし、事実そうなのだから仕方がない。疑うのならこれを見てみろ」

安田は数字と記号で埋め尽《つ》くされた記録用紙を、鴨田の前に積み重ねた。

「こんなものを見たって分かるわけないじゃないか」

「まあそう言わないでよく見てくれ。ほら、ここところとここ、数値が異常に動いているだろう。これがいわばゼニガタのICに起きた、一種の発作のようなものだ。つまり、簡単に言うと、電子的波形のデザインに乱れが生じている部分だ」

「ちっとも簡単じゃないよ」

「まあいいから最後まで聴け。とにかく、これが、ブラウン管上にあらぬメッセージを口走らせる元凶と思ってもらっていい。ゼニガタの場合、外因によってそういう現象は生じないはずだから、ゼニガタの内部要因がそのショックを作り出していると考えられる。ところで、このショックが生まれるタイミングが、じつはこの事務所内のある状況とピッタリ一致することが分かったのだ」

安田は四台のカメラを駆使《くし》して撮影したビデオテープを、一本に編集して映し出してみせた。

「いいか、ゼニガタがショックを感じる場所と、画面上の動きを合わせて見るのだ」

画面はまず朝の風景から始まった。「おはよう」と言って比呂子が入ってくる。ゼニガタは何か言ったのかもしれないが、カメラはディスプレイを写していないので、画面を読み取ることはできない。少なくとも、内部的な乱れはなかった。

しばらく遅れて由美が入ってきた。とたんにゼニガタのICが描く波形は異常に乱れ、由美が「おはようございます」と言った時はさらに乱れた。そうして、由美がセーム革を手にしてゼニガタのボディーを丁寧に拭《ぬぐ》いはじめると、波形は乱れに乱れ、ほとんどボッキ状態と言っていいほどまで高い数値を示したのだ。

「ここだ」と、安田は冷めた声で言った。「この瞬間にゼニガタのICに異常なデータが入力されたのだ。つまり、人間でいえば細胞破壊と同じことだ。ただしゼニガタの場合には人間と違って自己抑制が働くから、死ぬの生きるのという騒ぎにはならないがね」

鴨田は開いた口を無理に塞《ふさ》いで、訊いた。

「するとなにか、ゼニガタは由美さんに恋するあまり、ICがおかしくなったというわけか?」

「そういうことだな。ことにあのセーム革は刺激がきつすぎた」

「分かる分かる」と鴨田は納得した。鴨田だって、アンナことをされたら、間違いなく昇天するに決っている。

「しかし、それで異常の原因は分かったが、どうすればいいんだ? やっぱりオーバーホールをするのか」

「いや、原因を取り除かなければ、いくらオーバーホールしてみたって駄目だ」

「原因――というと、由美さんをどうかするのか?」

「そうだ、彼女にこの事務所を辞めてもらうしかないだろう。鴨田には気の毒だがな」

口とは裏腹に、安田はちっとも気の毒そうな顔でなく、言った。本多警視も江崎博士も嬉しそうな顔をしている。ハテナクラブのマドンナであった藤岡由美を、鴨田みたいな助平男の傍に置いておくのは、まさに猫に鰹節みたいなものなのだ。

(そうか、俺が痛い目に遭うというのはこのことだったのか――)

　鴨田は唇を噛んで、三人のライバルをにらんだ。その怒りはゼニガタに向けられた。

「このトンチキ野郎、パソコンのくせに妙な色気なんか出しやがるから、こんなことになるんだ。おまえが由美さんを追い出したも同然だぞ」

「ワナワナワナワナワナ」とゼニガタは震え上がって、大急ぎで文字を映し出した。

『ソレダケハ　ヤメテ　チョーダイ』

「何をディスプレイしやがる。いまさら財津《ざいつ》一郎《いちろう》みたいな能書き並べたって遅いや」

『コレカラ　ＩＣヲ　入レカエテ　マジメニ勤メアゲルカラ　許シテチョーダイ　由美サンヲヤメサセナイデ』

　こんなしおらしいゼニガタを見るのは、鴨田は初めてだった。ゼニガタの由美に寄せる想いには、身につまされるものがある。同病相哀れむというべきか。これが見捨てておかりょうか、しっかりせよと抱き起こし――の心境になった。

「そうか、分かったよゼニガタ。いいんだ、由美さんは辞めさせない。おまえが心身症になろうと、精神分裂を起こそうと、俺はおまえをほっぽり出したりはしないよ。俺もおまえも枯れススキ、つれて逃げようヤギリの渡し――、落ちこぼれ同士、手をつないで歩こうよ、なあ」

とたんにゼニガタは、「ブーブー」鳴りながら文字を打ち出した。

『ゼニガタ　落チコボレ　ナイヨ　アンタト一緒ニサレルノ　迷惑ネ』

「この野郎、せっかく、ひとが優しくしてやってるのに、つけ上がりやがって。そんな生意気言うなら、秀平堂の殺人鬼をアゲてみせたらどうだ。今日は十日の期限、ギリギリの日なんだからな」

『犯人ハ　モウ　分カッテル　ナイカ』

ゼニガタは無表情に、言った。

「何をぬかすか、またイロハニホとでも言うつもりだろう。しかしな、今日という今日は五人の中の一人――じゃどうしようもないんだぞ」

『アタリ前田ノ　クラッカー』

「こいつ、俺に受けようと思って古いギャグなんか言いやがって」

「いや、待て鴨田。どうやらゼニガタは正常に戻ったらしいぞ」

安田がいきり立つ鴨田を制した。

「由美さんが辞めさせられるという危機的状況が、極度の緊張を生んだ結果、かえってストレスがプラスに作用したのだろう」

「なんだか知らないが、それじゃ、ゼニガタの言うことはまともだってことか?」

「そうらしい」

「すると、秀平堂事件の犯人が分かったというのは、本当のことか。そいつはいったい誰なんだ?」

鴨田がゼニガタに問いかけ、ゼニガタが答えようとした時、ドアが開いて、幽霊のような顔をした老人が入ってきた。いわずと知れた、平太郎会長である。

6

平太郎老人はまるで骸骨《がいこつ》同然に痩せ衰えていた。落ち窪《くぼ》んだ穴の中に、眼光だけが妙にギラギラしているのはすこぶる薄気味悪い。

老人のすさまじい変貌ぶりに驚き見とれたために、一瞬、気付かなかったが、老人の両側には男女が付き添っていた。男はいつもの執事《しつじ》だが、女はどうやら看護婦らしい。さらにその後ろから黒カバンを提げてついてくるのは、いつか秀山邸で出会った主治医に違いない。してみると、老人の命脈はあといくばくもないのかもしれない。

「今日が約束の期限ですね」

鴨田は老人の機先を制するつもりで、言った。まだ一抹の不安はあるけれど、ゼニガタが「犯人は分かった」といったのを信用するしかない。

「ご注文どおり、犯人はつきとめましたよ」

「なぬ……」

老人は目を剝いて鴨田を見た。

(おっかねえ——)

鴨田は慌てて目を伏せた。

「それでは、早速、コンピュータで犯人の名前を打ち出してご覧にいれましょう」

「まあ、待ちなさい」

老人はソファーにへたり込むように座り、やおら周りを見回した。

「この人たちを部屋の外に出してもらいましょうかな。わしはあんたと二人だけで話がしたいのじゃ」

本多、江崎、安田の三人と老人の付き添い三人が部屋から出て行くのを待って、老人は力なく言った。

「犯人が分かったというのは本当かね?」

「ええ、コンピュータがそういうのですから、間違いありません。すぐに出してお見せしましょう」

「そうじゃな……」

老人はしばし悩んでいたが、やがて、観念したように、弱々しい声で「そうしてもらいましょうか」と言った。

鴨田はゼニガタのボタンを押した、押さなくてもゼニガタは作動するのだが、こういうアクションがないと、もっともらしい印象を与えないのだ。ゼニガタも芝居気たっぷりに大袈裟《おおげさ》な音を発してプリンターを動かした。このぶんなら、どうやらゼニガタは完全に回復したらしい。

プリンターから吐き出された用紙には、中央にたった一行、『秀山平一郎《ヘイイチロウ》』と印刷されてあった。平太郎老人の長男である。

「フャ、フャ、フャ……」と、老人は奇妙な笑い方をした。顔中、すだれみたいに横じわを寄せている。笑い泣きか、泣き笑いか、目の底から溢《あふ》れ出た涙が、しわを伝って頰の脇に幾筋も流れた。

やがて老人は切れぎれに言葉を発した。

「あんたんところの、パソコン探偵とかいうのも、口ほどにもないな。そんな、でたらめな、調査結果しか、出せんとは、な」

「でたらめではない、と思いますけど」

　鴨田は自信がないから、いう言葉に力がない。

「でたらめでないとすれば、間違いじゃよ。犯人は息子ではない」

「しかし、わが鴨田探偵事務所としては、いいかげんな結論は出さないつもりですが」

「そうかもしれん。じゃが、弘法も筆の誤りということもある。だからといって、あんたを責めるわけではない。難しい調査であったろうからして、間違うのも無理はないのじゃよ。調査費用も支払わんわけではない。しかし、間違いはあくまでも間違いじゃ」

「そう仰言《おっしゃ》るのは、何か根拠があってのことでしょうねえ」

「もちろんじゃ、根拠もなしにこんなことを言うはずもなかろうて」

「と、いうことは、つまり、会長さんは、真犯人をご存じなのでしょうか？」

「うむ、知っておる」

「それは、いったい、誰ですか？」

「わし、じゃよ」

「は？」

「わしじゃ、このわし、秀山平太郎じゃよ」

　鴨田は思わず息が喉につかえて「げっ」と言った。

「あなたが？　まさか、どうして？　……」

「理由は単純じゃ。財産を七つにも分けるのが惜しくなったということじゃよ。いや、ケチだけで言っとるわけではない。そんなことをすれば、二百年続いた秀平堂が崩壊してしまうからじゃ」

「しかし、だからって、何も自分の子供を殺すことはないじゃありませんか」

「そうかな、ほかに方法でもあるなら教えてもらいたいもんじゃ。話し合いでうまく収まるのなら、わしだって、何もこんなむごい真似をすることはなかった。じゃが、人間は所詮、強欲な生き物じゃからして、自分の取り分はガッチリ取らんと気が済まんもんじゃ。そういうわけで、親のいうことを聞けないようなやつは、潔く清算してしまうしかないのじゃ。それに、事故死には、三倍の保険金も下りるからな」

老人はまたしても「フャ、フャ、フャ」と笑い、急に咳込んだ。

「済まん、水、水をくれ」

鴨田が水を汲んできてやると、カプセル入りの薬を飲んだ。

「さて、これで事件の真相は分かったじゃろうが、わしの言ったことは、すべてそのパソコンが記録しているのじゃろ？　それを持って警察に訴えるがいい。それから、あんたんところへの支払いは、さっき銀行に振り込んでおいた。いや、ご苦労さんでした」

話し終わると、平太郎老人はソファーに背をもたせかけて、目を閉じた。血の気はないが、安らいだ表情は微笑さえ浮かべている。

鴨田はしばし呆然として、老人の顔に見入っていたが、やがて気を取り直して、質問を発した。

「会長さん、しかし、そのお体で、どうやって完全犯罪ができたのです？」

老人は答えなかった。しばらく待ってからもう一度同じ質問をしようとして、鴨田はハッと気がついた。老人の胸はもはや呼吸を止めていたのだ。

7

平太郎老人の死因は「服毒死」であった。発作止めの薬かと思ったカプセルに毒薬が仕込んであったのだ。すぐに医者を呼び、救急車で病院へ運んだが、すでに死亡していた。

「いやな幕切れだったなあ……」

警察の事情聴取やら何やらでてんやわんやにごった返したあと、事務所は妙にひっそりと静まり返った。三人の天才と、事件後に出勤してきた由美と比呂子を前にして、鴨田は憂鬱そうにつぶやいた。

「でも、約束の十日間の期限内に片付いたんだし、ちゃんとお金ももらえたんですから、まあまあじゃありません?」

比呂子は事件の結末はどうでも、勘定さえ合えばいいつもりでいるらしい。

「しかしねえ、今回は当事務所はじまって以来の、完全な敗北だからねえ。いくらゼニガタが変調をきたしていたせいだからといっても、ミスはミスとして認めないわけにはいかないよ」

鴨田が皮肉たっぷりに言って、ジロリとゼニガタを見やったとたん、ゼニガタは「カッカ　カッカ……」と動きだした。

『何イウカ　ゼニガタ　ミス　シナイヨ　ゼニガタノ辞書ニ　敗北ハ　ナイ』

「そんなこと言ったって、犯人の名前を間違えていたじゃないか」

『間違イナイヨ　犯人ハ　秀山平一郎ネ』

「生意気いうな。ずっと変調だったくせに」

『ダケド　犯人ハ　変調前ニ　分カットッタナイ

鴨田はゼニガタを見返ってボヤいた。

「それなら、さっき老人が生きている時に、どうして教えなかったんだ?」

『アノ老人ガ、ソウ　望ンデ　イタカラヨ　黙ッテ　死ナセテアゲル　コレ　武士ノ　ナサケネ』

「偉いわ、ゼニガタさんは……」

由美が感にたえぬ――と言わんばかりの声を出した。ゼニガタのブラウン管がピンクに染まった。

『ソ　ソ　ソレホドデモ』

「いいえ、立派です、感心しちゃいました。ほんとにご苦労さま」

由美はセーム革を手に、ゼニガタに近付いて、まさにゼニガタのボディを撫でようとした。

「あっ、だめ、それ、やめて!」

四人の男がいっせいに叫んだ。

カ』

「馬鹿があんなこと言ってやがる。その時は五人の内の一人って言ったんじゃないか」

『バカは　ドッチカ　五人カラ　四人ヒク　残リ何人カ?』

(あっ――)と鴨田はようやく気がついた。

「そうか、五人の容疑者の内、四人が死んじまったのか」

「そういうことのようだな」と本多警視が沈痛な面持ちで言った。

「おそらく、平一郎は精神に異常をきたしているのだろう。平太郎老人は最後にそのことを知って、自分が罪を背負って死んでいったのだ。たった一人残った長男までが死刑にされるようなことにでもなると、秀平堂は断絶してしまうからね」

「そうだったのか……」

事件はカモを狙ってる

1

虫の知らせというものはあるのかもしれない。

その朝、鴨田英作が事務所に遅れて出勤したのは、ただ単に二日酔のせいばかりではなく、持って生まれた、神秘的、霊感的、超自然的予知能力によるものである、と少なくとも鴨田は信じた。

昼近くなってから、鴨田がきわめてデリケートな状態の頭をいたわりつつ、事務所のドアを開けた瞬間、生井比呂子の甲高《かんだか》い声が襲いかかってきた。

「初潮！」

そう聴こえたのだが、それは、やはり前夜の種族保存本能の行使にまつわる記憶があとを引いているためなのであって、冷静に考えてみると、比呂子は「所長」と言ったに相違ない。

「あ、ちょっと待って。何も言わないで」

鴨田は目がくらみ、足がもつれ、やっとの思いでソファーに座り込んだ。

「比呂子ちゃん、悪いけど、濃いコーヒーをいれてちょうだい」

比呂子は言われたとおりに押し黙って、その代わり食器の音をガチャガチャと高鳴らせて、まるでゾル状の泥みたいに濃密なコーヒーをいれてきた。

「どうもありがドボ……」

口にいれたコーヒーにのどを塞《ふさ》がれて、ようやく、鴨田の混濁した頭でも、比呂子の悪意が感じ取れた。

「デボゴジャン！　……」

ねとねとのコーヒーをゴボゴボいわせながら、

鴨田は怒鳴った。「比呂子ちゃん」と言ったつもりだが、そうは聴き取れなかったらしい。その証拠に、比呂子はさっきと同じように、デスクにふんぞり返って、鴨田をにらみつけている。

「な、なんだい、これは?」

やっとの思いで、鴨田は口がきけた。

「濃いコーヒーをいれてくれって仰言《おっしゃ》ったでしょう」

「そりゃ仰言ったけどさ、常識ってものがあるだろ? なんでもいれりゃいいってもんじゃないよ」

「あら、そうでしょうか。所長もずいぶんあっちこっちでおいれになってるみたいですけど」

「ぼくが? コーヒーを、かい?」

「おとぼけはやめてください、いやらしいんだからもう」

「なんのこっちゃ?」

「わあーっ……」

比呂子はとつぜん、机につっぷすと、猛烈ないきおいで泣きだした。

「所長を見そこないましたよーっ」

「ど、どうしたんだ、ぼくが何をしたっていうんだ?」

「近寄らないで、さわらないで、抱きしめないで……」

拒否しているのか、期待しているのか、どっちとも解釈できる悲鳴に、鴨田がうろたえていると、別の声がまたしても「初潮」、いや「所長!」と叱った。

「何をなさるんです?」

振り返ると、ドアを背に、藤岡由美が眉をひそめて立っている。この美しい女流探偵が怒った顔を、鴨田は初めて見た。その気分は決して悪いものじゃない。あぶなく「もっと叱って……」と言いそうになって、慌てた。

「ご、誤解ですよ、ぼくは何もしてません」

「ほんとうでしょうか?」

由美は冷やかに、眉をそびやかした。

「ずいぶんあちこちでご発展のご様子ではございませんか。ゆうべは渋谷のアムールでしたとか……」

「えっ、どうしてそれを? まさか、ぼくの素行《そこう》調査をやったわけじゃないでしょうね」

「ばかばかしい。探偵を探偵したってしょうがありませんでしょう? 警察です、警察から出頭命令が来ているのです」

「警察?」

鴨田はいよいよ驚いた。

「警察がどうして、出頭命令なんかを?」

「さあ、売春防止法違反容疑か、そうでなければ殺人の容疑がかけられているのではないでしょうか」

「殺人? ぼくが? 誰を?」

「まあ、じゃあ、ほんとうに何も御存じないんですの?」

由美は呆れて、穴の開くほど鴨田の顔をみつめた。

由美と比呂子の話によると、鴨田はコールガール殺しの容疑をかけられているらしい。

「けさ、私が出勤してきたら、ドアの前に人相の悪い男が二人、つっ立っていたんです」

比呂子のヒステリー症状はいくぶん収まったが、しかし、鴨田に対する不信の念はいまだ冷めやらず、といった様子で、口調がどことなくよそよそしい。

「いきなり手帳を出して、鴨田英作さんはいるかねって訊くんです。まだ来てないって言うと、事務所の中を見せてくれって、疑ってるんですよね。自宅の方へ行ったけど、留守のようだったとかで……。いったい所長はどこに泊まられたんですか?」

比呂子は恨《うら》めしそうに鴨田を見て、

「アムールを昨夜の十二時頃出たのは分かっているのだが、そのあとの行動が知りたいとか言ってましたよ」

「ちょうどその時、私が出勤してきたのです」

と由美が口を添えた。

「話を聴いてみると、なんでも、けさがた、渋谷のアムールというホテルで……」

「ラブホテルですよ」と比呂子が注釈を加える。とたんに由美は赤くなって、言葉がもつれた。

「そ、そこで、女性の死体が発見されたのだそうです」

「下半身ハダカだったんですってねえ」

「え、ええ、それで、現場に彼女のハダカが落ちていて、その中に鴨田さんの名刺が……、あら、いえ、そうじゃなくて、名刺の中にハンドバッグ……、いえ、ハンドバッグの中に名刺が入っていたというのです」

元人妻のくせに、由美はまったく純情そのものだ。しどろもどろに説明して、大きく吐息《といき》をついた。鴨田はすんでのこと、女のハダカに自分の名刺が入っている情景を想像してしまうところであった。

「なるほど、それで呼び出しがかかったってわけですか」

「ほんとに所長はやったんですか？」

比呂子が詰問した。

「えっ？　やったって、そりゃ、ぼくだって男だしさ、それにだいぶ酔ってたからねえ、誘われればいやとは言えない……。しかし、ほんとにやったかどうかとなると、記憶がはっきり……」

「いや—んばか、エッチ、そうじゃありませんよ。所長が殺したのかって訊いてるんでしょう」

「まさか……、よせよ、ぼくが殺すわけないじゃないか」

「でも、警察はそうは考えていないようですわよ。それに、ホテルの従業員も、鴨田さんの連れの女性が殺されたと言っているのだそうです」

由美が冷たいアルトで言う。

「ぼくの連れが？」

「ええ、鴨田さんが先にお帰りになって……、たしか、十二時頃だったそうですね」

「ああ、十二時ですよ。その、彼女が時計を気にしていて、十二時までに帰ってくれって言うもんだから、なんだかやけに慌しくて、ろくすっぽ、その、なにもしないうちに……、それに、こっちは酔っぱらっていたし、何がなんだか分からない状態で、部屋の外に押し出されちまったんですよ」

「まあっ、じゃあ、所長は何もしなかったんですか？」

比呂子が生き返ったような顔をした。

「清いままだったんですね？」

「清いかどうかは知らないけど、どうも、カネだけふんだくられて、うまいことごまかされたらしい」

「お幾らでしたの？」

由美は興味深そうに、訊いた。

「あとで財布の中を見たら、三万円消えてましたよ」

「へえーっ、三万円も？」

あたしなら……、と言いたそうな声を比呂子が発した。

「そのおカネは、いつお支払いになったんですの？」

由美は比呂子の発言を封じ込めるように、早口で言った。

「さあ、はっきり憶えていないけど、ふつうは部屋に入ってから渡すもんだから」

「目的を達したあと、ではないのですか？」

顔を赤らめながら、言う。

「そういう場合もあるでしょうねえ。しかし昨夜のことは、さっぱり思い出せないんですよ」

「ホテルに入る前に渡した可能性もあるのでしょうか」

「いや、それはないですね。しかし、どうしてそんなことを訊くんです？」

「刑事さんに聴いたんですけど、その女性の方は、おカネはほとんど持っていなかったのだそうです。いまのお話が本当だとすると、少しおかしいと思いません？」

「うーん、そりゃちょっと変ですねえ」

「もしかすると、鴨田さんは犯人に仕立てられたのかもしれませんよ。少なくとも警察は鴨田さんが犯人だと信じているようです」

「冗談じゃない、殺人犯にされてたまるもんですか」

「でも、お酒の上の犯行なら、心神耗弱《こうじゃく》で情状酌量《しゃくりょう》してくれますから」

「ひどいことを言うなあ」

「でも、冗談でなく、警察はまもなく鴨田さんを連行しに来ます。その前に事情をうかがっておかないと、私たちも手の打ちようがありませんから、昨夜のことを全部話してみてください。そうそう、ゼニガタにも聴いてもらっておいたほうがいいですわね」

「えっ、ゼニガタのやつにまで話すの？」

鴨田がボヤいたとたん、ゼニガタは「カタカタカタカタ」と動きはじめた。ブラウン管上にメッセージが現れる。

『サッキカラ　聴イテイルヨ　ドスケベ』

犯罪捜査に酷使され、世の中の裏側ばかり見せつけられているせいか、このネオ・スーパー・パソコン「ゼニガタ」は、ますますガラが悪くなっていくようだ。

2

昨夜のことは、鴨田はほとんど何も憶えていない。

「そうだなあ、ここを出て、渋谷の〝吉野屋〟で牛ドンの大盛を二杯食べて、テレビゲームを二時間やって……」

「所長はいつもそんなセコい生活をしているんですか？」

比呂子が悲しそうに言った。

「やはり、そろそろお嫁さんを貰った方がいいんじゃないかしら、若いお嫁さんを……」

若い――を強調しているのは、もちろん、由美の存在を意識してのことだ。

「いや、そんなにセコいとは思わないけどねえ。たまには釣堀でコイを釣ったりすることもあるんだ。ほら、ちっちゃな屋内プールみたいなやつで、水がバスクリン色してるのがあるだろ？　あれなんだけどさ、けっこう難しくてね……」

「そんなことを言ってる場合ではありませんでしょうに。その先をどうぞ」

由美に叱られて、鴨田にまたしても快感が走った。

「それから酒屋で一杯ひっかけてから、バーを二軒ひやかして、その辺までは憶えているんだけど」

「問題の女性とはどこで会ったのですか？」

「それは二軒目のバーで、カウンターで隣合って、その、誘われたもんで、つい……」

「その時はだいぶお酔いになっていたのですか？」

「ああ、そういえば、彼女と会ってから急に酔いが回ったような気がするなあ」

たしかにそうなのだ。二軒目のバーは前に一度行ったことはあるが、馴染《なじみ》の店ではなかった。女っ気の少ない、純粋に酒だけを楽しむような雰囲気が好きで、機会があったら行ってみようと思っていた。その店で三杯目の水割にかかった時だったろうか、隣の席に女が座った。

「どんな女性でしたの？」

「うーん、それがよく思い出せないなあ。薄暗い店でしてね、それに、なんとなく顔を隠しているみたいだったから」

「美人かどうかも分かりませんの？」

「そりゃ、かなり美人っぽい感じだったと思うけど……、いや、由美さんや比呂子ちゃんほどじゃないですがね」

「そんなお世辞はいいですから、何か特徴を思い出してください」

「特徴ねえ……、そうねえ、特徴といえば、いい香りをさせていたことぐらいかなあ」

「いい香りって、香水の匂いですの？」

「でしょうね」

「なんていう香水か、お分かりになります？」

「えっ、そんなもの、分かるわけがありませんよ。香水の名前といえば、シャネルの5番ぐらいしか知らないんだから」

「私の匂いとは違います？」

由美は鴨田に体を寄せた。

「えっ、由美さんの匂いですか？　うわー、たまらないなあ、んーん……」

鴨田は由美の襟足《えりあし》に鼻を突っ込んだ。

「ふざけてる場合ではないでしょうに。まじめになさらないなら、死刑になっても知りませんから」

「分かりましたよ。違います、由美さんのは上品ですねえ、彼女のやつはもっと強烈だったと思いますよ」

「私のはどうかしら？」

比呂子が負けじとすり寄って来た。

「どれどれ、うーん、なんだかパラゾールみたいな匂いだなあ、これなら虫が付かなくっていいかもしれない」

「あ、そうか、今日から衣替えしたんだわ。じゃあ、ちょっと脱いでみますから」

「いや、それにはおよばないよ」

鴨田はドギマギして、逃げ腰になった。

「ゼニガタに訊いてみたらどうかしら？」

由美が言い出した。

「ゼニガタに？　まさか、ゼニガタなんかに香水の種類がかぎ分けられっこないでしょう」

そう言ったとたん、「ブーブー」という不満そうな音が鳴りだした。

「分かったよ、おまえさんにも香水がかぎ分けられるっていうんだな？」

「モチモチモチモチ……」という音とともに文字がたたき出される。

『香リノ　データハ　ジバンシー　カラ　玉ノ肌石鹸《せっけん》マデ　スベテ　ソロッテイル』

「ほんとかねえ、だけど、どうすりゃいいんだい？」

『ゼニガタノ　襟足ノトコロニ　香リ出スカラソレデ　判断シロ』

「ゼニガタに襟足なんてあるのかい？」

『ココダ　ココダ』

なるほど、ディスプレイ装置の付け根あたりが、ボーッとピンクの光を発している。

「分かった、それじゃ香りを出してみせろよ」

『チョト待テ　イマ　化学式ヲ　セット　シテイルトコロダ』

しばらく「ガタガタ」やっていたが、

『READY　マズ　ジバンシー　カラ　イッテミルカ』

「どれどれ……、ん？　なんだこりゃ？」

鴨田は思わず飛びすさった。

「これはなんだ、ニンニクと腐ったタマゴみたいな臭いじゃないか、なにがジバンシーなもんか」

『ソンナ　ハズハ　ナイ　鴨田ノ鼻　オカシイノト　違ウカ？』

「冗談いうな、由美さんも比呂子ちゃんも、部屋の外へ逃げ出しちまったよ」
『ナニ？　ソレハオカシイ　チョト　調べテミル
アア　ワカッタ　元素記号ヲ　ERRORシタダ
ケダ　Nト　Sヲ　入レタノデ　アンモニア　ト
硫化水素ガ　発生シタ　ボーコー炎モ　筆オロシ
ノ　アヤマリカラネ』
「ばか、それを言うなら、弘法も筆のあやまりだろ」

『ソウトモ　言ウ』

ゼニガタは負け惜しみを言いながらも、つぎつぎに香りのサンプルを出してみせる。このテストをやってみて、鴨田は、自分が図体に似合わず、意外に鼻がきくことを発見した。香りのデリケートな相違を、かなりの程度かぎ分けることができるのだ。

小一時間かかって、どうにかこうにか似たような系統のサンプルを三種類、選び出すことに成功した。

『タイヘン　ケッコウ』

ゼニガタは珍しく、満足そうな音でディスプレイを打ち出した。

『デハ　コノ中カラ　一種類ヲ　選ビ出ス』

「そういうけど、これはみんな同じみたいで判別できそうにないよ」

『ダイジョウブ　ソコニアル　ブースターヲ　使エ』

「これかい？」

鴨田はゼニガタの傍《かたわ》らにある、小さな黒い箱のような物を叩いた。

『ソウダ　アマリ　タタクナ　精密ナ機械ナノダ』

「何の役に立つんだい？」

『香リヲ　十倍　楽シム　方法ダ　香リノ　特徴ガ　増幅サレル』

ゼニガタの説明どおり、ブースターを接続すると、なるほど、微妙な香りの差が強調されて、判別が容易になった。

「これだ、これだ、二番目のやつだ！」

鴨田は思わず叫んだ。たしかに、あの女が使っていた香水のものと同じ匂いが発散してくる。

『コレカ　PF・DM・91115　ダナ　デハスグニ　照合　シテミル』

ゼニガタはしばらく演算してから、

『分カッタ　コレハ　ジツニ　珍シイ　ブランドダ　フィンランドノ　製品デ　ルメスワラフトイウ　高級品ダ』

「ふーん、ほんとかなあ、そんな高級品を使っているような女には見えなかったけど」

『疑ッテイル　ヒマハ　ナイ　マモナク　オ迎エガ　来ル』

「お迎えだなんて、ご臨終みたいな言い方はしないでくれよ」

『コトニヨルト　ソウナル　カモネ』

「やなこと言うなよ。しかし、俺がパクられたら、あとはどうなるんだ？」

『鴨田ハ　ゼニガタヲ　過小評価　シテイルノダ　ゼニガタノ　データファイル　ニハ　由美ト　比呂子ノ　声紋モ　スデニ　記憶サレテイル　鴨田イナクテモ　ヤッテイケル』

「そう言われると、なんだか長島監督みたいな心境になってくるな」

その時、人相の悪い、一見して刑事と分かる男が二人、入ってきた。

「どうやら来たらしい。それじゃ、あとのことはくれぐれも頼んだよ」

『マカシトキ　泥舟ニ　乗ッタ気デ　イロ』

「なんだか、心細くなってきたなあ」

刑事が近付いてきた。型どおりに手帳を示して、

「渋谷署のものですが、鴨田さんですね」

「分かってますよ、訊きたいことがあるから、ちょっと署まで来てくれ、でしょ？」

「なるほど、逃れられぬところと観念したんだね。殊勝な心掛けだ、おカミにもご慈悲というものがあるからな。いさぎよくお縄をちょうだいするがいい」

テレビの大岡越前の見過ぎとみえ、おっそろしく時代がかったことを言う。

「冗談じゃないよ、任意出頭なんだろ？　お縄なんかちょうだいしてたまるもんか」

鴨田は憤然として、二人の刑事を従えるような勢いで、事務所を出て行った。

3

渋谷署の待遇はあまり上等なものとはいえなかった。鴨田を連行に来た部長刑事は、ひどいアバタ面で、そのスジの連中から、「鬼のアバ刑」と恐れられているそうだ。早トチリでパクッては、いためつけ、無理やり吐かせて、調書をでっち上げるのが得意で、石抱き、水責め、逆さ吊りなんかは朝めし前――だということを、鴨田はあとで知ってゾッとした。鴨田がどうにか五体満足でいられたのは、ひとえに、それまでの、鴨田探偵事務所の功績によるところが大きかったのである。

しかし、渋谷署の鴨田に対する嫌疑は決定的なものであった。なにしろ、鴨田の連れ込んだコー

ルガールが、鴨田が帰ったあとで死体になっていたのだから、逃れようがない。

鴨田はうろ憶えだが、警察の調べたところによると、鴨田とその女の行動は次のようなものであったらしい。

午後十一時頃、アムールに鴨田と女が入った。どこのラブホテルでもそうだが、入口の受付はあまり顔を見られないように、ごく小さな窓になっているから、お客の印象ははっきりしないものだ。しかし、鴨田の場合には百八十五センチ、九十三キロの図体を隠しようがない。

――それに、だいぶ酔っているみたいでしたから、危ないなと思って、しばらく見送っていたもんで……。

とホテルの従業員が言っていたそうだ。

――お部屋へ入ってから少し経って、ドタンバタンて物音がしてましたけど、まもなく静かになって、それから男のお客さんだけが出てきて、先に帰るからと仰言って、料金を清算して行かれたのです。

「その物音は、あんたが女を殺している時の音だったんだな」

アバ刑はギョロ目を三角にして、鴨田をにらんだ。

「冗談じゃないですよ、ぼくは殺してなんかいませんよ」

「犯人は皆そう言うよ。それじゃ、なんだってドタバタやっていたんだ?」

「そりゃ、彼女がですね、いざとなったらいうことをきかないんで、させろさせないで騒いでいたんじゃないですか。しかし、そのへんのことは、よく憶えてないんですよ」

「それみろ、暴行しようとして殺したんじゃないか。下半身を剝《む》き出しにしたのが、なによりの証拠だ」

「ばかばかしい、下半身をハダカにして、なにもしないで帰る馬鹿がどこにいます？」

「相手が死んじまったんで、びっくりして、縮こまっちゃったんだろう、だらしのないやつだ」

「何を言ってるんです、ぼくは十二時に彼女に追い出されているんですよ」

「やっぱりそうだ、追い出されそうになったので、頭にきて殺《や》っちまったんだな」

「殺ってないったら」

「嘘をつけ、あんた、女に十二時に追い出されたって言うが、検視の結果、被害者の死亡時刻は十時半から十一時の間だったんだ。すでに死んじまった女が、どうやってあんたを追い出すことができるっていうんだ？」

「ウッソー！」

「そんな、おカマみたいな声を出してもごまかされんぞ。しかし、正直に白状すれば、面倒見てやらんこともない。じつは俺もそのケがないわけじゃないのだ、フフフ」

アバ刑はついに色仕掛けまで繰り出した。ニタッと笑ったその表情は、どんな拷問《ごうもん》よりも効果的に、鴨田を震え上がらせた。

鴨田にとってなによりも不利だったのは、アルコールのせいで、記憶がはっきりしないことだ。第一、女がどこの誰なのかさえ、さっぱり分からない。警察の調べでは、渋谷のマンションに事務所を構えるデートクラブのメンバー——つまり、コールガールで、駒田《こまた》たま子（28歳）というのだそうだが、むろん鴨田は、そんな回文みたいな名前の女はぜんぜん知らない。

その上、運の悪いことに、このところ渋谷署管内ではラブホテルでの殺人事件が続発していて、それでなくても警察は神経質になっていたという事情があった。

そんなわけで、鴨田は容疑否認のまま、とりあえず、売春防止法違反ならびに婦女暴行容疑で逮捕状を執行され、渋谷署に留置、取り調べを受けることになった。いわゆる「別件逮捕」というやつである。もし、あなたがこれにひっかかったが最後、ほとんど送検されるものと覚悟をきめた方がいい。警察は面子《メンツ》と威信にかけて、用意した犯罪ストーリーに、哀れなイケニエであるあなたの全行動を合致させようと、躍起《やっき》になる。あなたは行ってもいないおでん屋ではんぺんとごぼう巻とばくだんを食い、冷や酒を二杯飲んでから、ふだんのケチからは想像できないのに、「釣りはいらないよ」と言って立ち去り、公園の隅《すみ》で立ち小便をしたり、通りがかったアベックをひやかしたり、植え込みを覗《のぞ》いたりして、しだいに欲情にかられ、コールガールを呼び寄せ、ホテルにしけ込んだのはいいのだが、いざカネを払う段になって、さっきおでん屋で釣りを貰わなかったために支払い不能であることに気が付き、女に馬鹿にされ、カッとなって首を締めた——ことになるのである。

面通しをかけると、おでん屋のおやじは、「ああ、この人です、気前のいい人でしたがねえ……」と言い、アベックの女は、「あの男よ、いやらしい顔、忘れられないわ、ねえX男さん、あなたもそう思うでしょ?」と言い、男は、「そうだね」と肩を落とすのである。しかも、決定的なのは、コールガールの体内にあった体液の血液型がピタリあなたのものと一致することだ。指紋？　そんなものは部屋を出る時拭《ふ》き取ったにきまっている。その代わり、ベッドの上に残されたジンジロゲはあなたのものだ。

さらに、あなたのワイシャツから、女の安物の口紅とクリームが検出された。女の爪のあいだには、苦しまぎれに掻《か》きむしったとみえ、あなたの背中の皮膚が入っていて、あなたの背中にはそれに見合うみみずばれができている。

？？？　失礼、お見それしました。犯人はあなたでしたか。

いや、冗談はさておき、鴨田英作は未曽有《みぞう》のピンチに立たされることになった。とにかく犯行を否定する根拠といえば、本人の言葉しかないのだから、警察が喜ぶのも当然だ。しかも鴨田の供述はあいまいで、肝心の十一時から十二時までの間はもちろん、ホテルを出てからの行動もさっぱり思い出せない。気が付いたら明け方近く、公園のベンチで、自分のくしゃみで目が覚めたというのだから、話にならない。

「あれっぽっちの酒であんなふうになるなんて、考えられないんですけどねえ」

鴨田は面会に来た藤岡由美にこぼした。

「一服盛られたんじゃないでしょうか」

「なるほど……」

由美の言うとおりかもしれない。あのモーロー状態はただごとではなかった。そう言えば、肝心な時、セガレがいうことをきかなかったような記憶がある。そうでもなきゃ、いくらなんでも、一儀仕《つかまつ》ったかどうかはっきりしないなんてことはあり得ないだろう。

「しかし、あの女はなんだってぼくをそんな目に合せたりしたんだろう？　いや、殺されたのがぼくなら話は分かりますがね、本人が死んじまったんじゃ、意味がない」

「本人かどうか、分からないんじゃありませんか？」

「ん？　……」

「死んでいた女性が、鴨田さんと一緒だったひとかどうか、確認できましたの？」

「いや、それはできないけど……、しかし、彼女はぼくを追い出した後、ドアに鍵をかけたんですよね。そして、警察の話だと、あの部屋で死体が発見された時も鍵がかかっていたそうです。つまり密室状態だったわけで、犯人はぼくということになるらしい」

「ほほほ……」

由美は笑い出した。鴨田はむくれて、

「何がおかしいんです？」

「だって、鴨田さんはだいぶ混乱してらっしゃるんですもの。追い出されたあなたが、どうして殺すことができるんですか？」

「そうでしょう、ぼくもアバ刑にそう言ったんです。ところが、ヤツの言うには、どうやらぼくは、追い出される前に彼女を殺しちまったらしいんですね」

「それじゃ、追い出される時には、彼女は死んでいたことになるじゃありませんか」

「そうなんですよ。あまり酔っていたもんだから、ちっとも気が付かなかったんですね」

「あ・き・れ・た……」

由美は開いた口がふさがらない。鴨田の二日酔は相当な重症らしい。これはもう、自分とゼニガタでなんとかしなければならない、と覚悟を決めた。

4

ホテル・アムールへ行ってみて、「密室の謎」はかんたんに解けた。部屋のドアの鍵は内側のノブの中央のボタンを押しておけば、外へ出てドアを締めるだけで、ロックされる仕組みのやつだった。女を殺してから、その手順をふめば、密室状態(?)にしておくことは造作もない。

もっとも、そのことが分かったからといっても、鴨田の潔白が証明されたことにはまったくならない。むしろ、アバ刑がそうだったように、警察はそれだからこそ鴨田の容疑は固いと考えているのだ。

由美に応対したのは、モダン遣手婆《やりてばば》みたいな女で、いかにもそっけない態度だった。

「殺された女のひとのことで、何か変わったところはなかったでしょうか」

「さあ、別になかったですねえ。それに、警察にも言ったけど、女のひとの方はよく見なかったし」

「あのお客さん、男のひとは十一時に来て、十二時に帰ってしまったそうですが、おかしいとは思いませんでしたか?」

「そりゃね、ちょっとおかしいなと思いましたよ。それだから、あとで覗いてみる気になったんですからね。でも、中にはそういうお客さんだっていますよ」

「あの、私はこちらのような場所はあまり知らないんですけど、いきなり来て、すぐにお部屋があるものなんですか?」

「ええ、まあたいていはひとつやふたつ、空室はありますけど、でも、あのお客さんは、みえる前に予約をいただいてますよ」

「えっ、予約があったのですか？　それは男性の方から？」

「いいえ、電話をしてきたのは女の方でした」

「それは何時頃のことでしょうか？」

「九時頃だったかしらねえ」

「九時？　それで来たのが十一時では、ずいぶん間が開いているようですけど」

「手回しのいいひとじゃないんですか。それに、あのお部屋をご希望だったから、早目に予約したんでしょう」

「えっ、お部屋を指定したのですか？」

「ええ、前に来た時、気に入ったからって。だから、一見《いちげん》のお客さんじゃなかったことになりますわね。顔はぜんぜん憶えてないんですけどねえ」

だんだん分かってきた。あまりいいしゃれではないが、鴨田は完全にカモにされたのだ。

九時頃といえば、鴨田が二軒目の店に入ったかどうかというあたりだ。その時点ですでに、女は鴨田に狙《ねら》いをつけ、アムールに電話予約を入れている。

「あの、そのお部屋の隣の部屋には、お客さんは入ってなかったのでしょうか？」

由美は訊いた。

「入ってましたよ」

「もしかして、そのお客さんは、八時頃みえて、午前一時か二時頃、帰られたのではありません？」

「あら？　どうしてそれを？」

遣手婆は、一見、ただの若奥様に思える相手が、鋭い洞察力《どうさつりょく》の持ち主であることを知って、びっくりしたらしい。

「そのお客さんのことですけど、どういう方か憶えていらっしゃいません？」

「ええ、ぜんぜん憶えてないんですよ。いまにして思うと、二人とも顔を隠すようにしていたような気がしますよ。もっとも、ほとんどのお客さんがそうだから、取り立てて言うほどのことはありませんけどね」

由美は礼を言い、一万円札を握らせると、アムールを出た。それまでは気にならなかったが、一歩外へ出ると、街を行く連中が好奇の目を向けていることに気付いて、思わず足を早めた。

事務所に戻ると、比呂子が待ちかねたように飛んできた。

「どうでした、所長はどうなるんですか？」

「ご心配なく、いい方向へ向かいそうよ」

とたんにゼニガタが「カタカタ」と嬉しそうに文字を打ちはじめた。

『ソウカ　鴨田ハ　死刑ニ　ナリソウカ』

「馬鹿なことというんじゃありませんよ」

由美は本気で怒ってゼニガタをにらんだ。

『由美　コワイ　ダケド　モット　叱ッテ』

犬と同じで、パソコンも飼い主に似てくるものらしい。

「そんなことより、ゼニガタさん、例の香水の匂いを出してみてちょうだい。あ、間違えてアンモニアの臭いなんか出さないでね」

『ワカッテマス　ゼニガタ　ソンナ　ヘマ　シナイ　鴨田ニハ　ワザト　イッパツ　カマシテヤッタノ　デス』

「呆れた」

ゼニガタの襟足から立ちのぼる香水の匂いを、胸深く吸い込むと、その記憶をしっかり頭に叩き込んで、由美はふたたび渋谷へ向かった。行く先はコールガールの元締《もとじめ》をやっているデートクラブである。道玄坂を登りきった、大通りに面した明るいマンションの四階にクラブの事務所はあった。チャイムを鳴らすと、覗き穴からこっちを見て、すぐにドアが開いた。現われたのは男だ。

「応募の方?」

「ええ、まあ……」

由美は言葉を濁《にご》した。演技をしなくても、顔は自然、赤くなっている。

「さあ、どうぞどうぞ」

男は機嫌よく中へ招じ入れた。こぢんまりした部屋だが、想像していたより、小奇麗にしている。男は鴨田ほどではないが大柄で、なかなかハンサムだ。入ってすぐのソファーに若い女が二人、暇そうにしている。もう一人奥にいた女が、にこやかな顔を作って近寄ってきた。年齢は三十二か三か、明らかにそれと分かる整形美人だ。

「あーら、きれいな方ねえ、いいわあ」

ためつすがめつして、由美の全身を眺《なが》め回す。上玉《じょうだま》がころがり込んだと、喜んでいるに違いない。

「さあ、どうぞ、こちらへいらっしゃいよ」

由美の腕をとって、奥へ誘おうとした。その瞬間、由美は緊張した。

(あの香りだわ……)

女の体から立ちのぼる匂いは、まぎれもなく、ゼニガタが教えてくれた香水のものだ。

「あたし、桜山飛鳥《さくらやまあすか》っていうの、あなたのお名前は?」

飛鳥山は桜の名所だ、誰にだって偽名と分かる。

「早坂真紀《はやさかまき》といいます」

由美も偽名を名乗った。

「真紀さんね、いいお名前だわ、あなた売れっ子になるわよ」

女は手放しで喜んでいるが、男の方はさすがにクールだ。

「あんた、どういうわけで、この商売を?」

「じつは、前から一人でやっていたんですけど、いろいろ不便なもんですから」

「ふーん、そんなふうに見えないなあ、清純そうだよ、あんた」

「ええ、まだ経験が浅いんです」

「だけど、どうしてウチみたいなとこ選んできたの?」

「あの、それは、このあいだの事件で、こちらのことを知ったんです。それで、一人欠員ができたと思って……」

「あはは……、欠員はよかったわね」

女がまた単純に喜んだ。しかし、男はかえって警戒心を強めたらしい。こんな上玉が、あんな事件のあったクラブにやってくるからには、何かウラがあると読んでいるのだ。

「せっかくだけど、あんたウチには向かないよ。よそへ回ってみてよ」

「あら、どうしてよ、いいじゃないの」

桜山飛鳥は不満そうに言った。

「あんたは黙っていてくれ。じゃあ、そういうわけだから」

立ち上がりかけた男に、由美は小声で言った。

「殺された女の人、あの時、犯人が連れていた女性と違うんですよね」

「なにっ？　……」

男は動きを止め、飛鳥と顔を見合わせた。それから、暇そうな二人の女に、

「おい、あんたたち、ちょっとの間、パチンコでもしてきてくれ」

と命じた。二人はノロノロと出ていった。

「あんた、いま何ていったの？」

男は急に優しい声を出した。

「このあいだ殺された女の人ですけど、あたし、あの晩、アムールの前を通りかかって、男の人とアベックでアムールへ入っていく女性を見ているんです。その時間は八時頃で、容疑者の男の人が言っている十一時頃とは、ずいぶんかけ離れているんですよね。このことを警察に言ったらどういうことになるのかしらねえ」

「あんた、何が言いたいんだ？」

「別に、ただここで雇《やと》ってもらえたらいいなとか思ったんですけど、でも駄目みたいですね。どうもお邪魔しました」

「待ちなさいよ」

男は慌てて止めた。

「いや、よく考えたら、ウチもメンバーが足りなくて困っているんだった。なんなら引き受けてもいいよ」

「ほんとですか？　よかった、でも手数料が高いんでしょうねえ」

「ウチは一応、四分六だけど」

「あら、そんなに？　じゃあやっぱしやめとこうかしら。せめて二十パーセントだったらよかったんだけどねえ」

「へへへ、ガッチリしてるなあ、負けたよ、じゃあそれでいいから、契約しよう。その代わり、最

初はテストで俺と寝てもらうよ。いや、もちろんカネは払うさ、二十パーセント引きでね、へへへ……」

「オーケーよ。じゃあ、早速、今夜っからお願いします」

「そりゃ、ありがたい。それじゃ、今夜、八時にハチ公前で会おう。楽しみにしているよ」

「あたしも、じゃあ、あ・と・で」

由美は愛敬を見せて出ていった。あとに残った二人が、ものすごい顔で見送ったのには気付かなかった。

5

午後八時、藤岡由美は約束どおりハチ公前で男と落ち合った。男が「王子《おうじ》」という名前であることを、由美はその時、知った。なんのことはない、飛鳥山の最寄り駅が京浜東北線の王子だ。偽名を考えるなら、もう少しましなものにすればよさそうなものだ。

「王子様だなんて、りりしいお名前」

と、由美は思わず笑ってしまった。

王子はにこりともしないで、先に立ってずんずん歩いた。行く方向がアムールのある街とは反対なので、由美は心配になってきた。

「あの、こっちへ行くんですか?」

「そう、いいホテルを予約したんだよ」

「アムールへ行くものとばかり思っていたんですけど……」

「冗談じゃない。あんな縁起でもないところへ行くわけがないでしょうが」

そういえばそうだが、これは誤算だった。

暗い裏通りの奥に、いかめしい城のような建物があった。屋根の上に「仮面城」というネオンが点滅している。王子は城門をくぐったが、さすがに由美はためらって、門の前を行き過ぎた。

「おい、何をしているんだよ」

王子は戻ってきて、由美の腕を取った。

「なんだ、震えてるじゃないか。素人でもあるまいし、いまさら怖がってどうする」

あざけるように笑った。

「ここは防音設備も完備しているから、プライバシーなら心配することないぜ、奥さん。それに、もたもたしてるとよ、部屋がなくなっちまうんだ」

たしかに、王子の言うとおり、二人の脇をすり抜けて、若いカップルが入って行った。

「あんた、あんまり慣れてないみたいだな。ほんとにこの商売やってたのかい？」

蛇のような目で、こっちを覗き込む。見透かされてなるものか、と、由美は虚勢を張って、城の門をくぐった。

薄暗いロビーだ。相手の顔が見えない出札口のようなカウンターで、二人は鍵を貰い、三〇一号室へ入った。なるほど、壁はいかにも厚く、ちょっとやそっと騒いでも声が外に漏《も》れることはなさそうだ。

噂に聴いた回転ベッドを目の前にして、由美は心臓が爆発しそうな気がした。

「さあ、お脱ぎよ」

王子は上着を脱ぎながら、言った。好色そうな目が注がれているのを感じて、由美はまた体が震えた。

「ちょっとお待ちになって」

「何を待つんだい？」

王子は迫ってきた。もう猶予《ゆうよ》はならない。どういう結果になるのか確信がないまま、由美は言った。

「駒田たま子さんとアムールに入ったのは、王子さん、あなたでしたわね」

「ふふふ……、やっぱりそうか、あんた、知ってたんだな」

王子は不敵に笑った。たくましい腕が両側から由美の肩をつかむ。さすがの由美も立ちすくんだ。

「そんなことだと思ったよ。それで、望みはカネか？　まあなんでもいいや、いまとなっては同じことだからな。あんたもたま子が辿《たど》った道を行ってもらうよ」

「おやめなさい、逃げられっこありません」

「ふん、それが逃げられたから不思議じゃないか。警察の馬鹿は、おめでたい男をパクって喜んでるんだからな」

「人を呼びますよ」

「ははは、わめいたって無駄さ、ここの防音設備はかんぺきだって言ったろう」

王子の手が素早く、由美の首にかかった。由美はベッドの上にあおむけに倒れた。その上に王子の体がのしかかる。

「このまま殺しちゃうのは惜しいけどな」

言いながら、王子は力を加えた。由美は息がつまった。


午後九時には、桜山飛鳥はバー「K」で、虎視《こし》たんたん、カモの到来を待っている。

この前のように、うすらトンカチみたいのが来ればいいと思っていると、まさにうってつけのヌーボーとしたのが現われた。図体ばかりでかくて、いかにもトロい感じのするところが、そっくりだ。それに、すでに下地ができあがっているとみえ、足元がおぼつかない。もの欲しげな顔をして、カウンターにいる飛鳥の隣に座った。

「ねえねえ、ねえちゃん、一緒に飲まない」

「いいわ、ご馳走してくださる?」

飛鳥は調子を合わせる。トンカチ野郎は図に乗って、いよいよ馴れ馴れしくせまる。ほんの三十分後には、もはや轟沈《ごうちん》寸前で、このペースでいくと、ホテルまでもたなくなるおそれさえ出てきた。

「ねえ、場所を替えて飲み直しません?」

「いいとも、ベッドがあればなおいいとも」

「まあ、露骨な方」

トモダチの輪を確かなものにする話は、すぐにまとまった。予定より少し早く、十時半頃には、二人は「仮面城」の三〇二号室に入った。この前と同様、男はヘベレケで、もはや儀式を行なうどころではない。

「ちょっとひと休みさせてくれ」

だらしなくベッドにひっくり返ると、そのままいびきをかき始めた。飛鳥は一人で動き回って、辺りを散らかしてから、頃合いを見計らって、男を叩き起こした。

「あんた、いい加減にしてよ。さあ、出てってちょうだい。奥さんが待ってるわよ」

「えっ、奥さん?」

男は慌てて飛び出した。ドタドタと足音が遠ざかるのを確かめると、飛鳥はそっと部屋を出て、三〇一号室のドアをノックした。すぐにドアが開く。

「あんた、もういいわよ。こっちへ運んで」

暗い部屋の中へ一歩踏み込んだとたん、飛鳥はギクッと体を固くした。目の前に突っ立っている男は王子ではない。

「あ、あんた、だれ？」

悲鳴のような飛鳥の声に応じるように、男の背後から、あの早坂真紀が現われた。

「警視庁捜査一課の芳賀刑事です。あなたがお捜しの人は、あそこです」

由美の指差す先に、手錠をかけられた王子が、面目なさそうにうつむいている。その傍らに立つ若い女性が、誇らしげに言った。

「私は鴨田探偵事務所の生井比呂子。もうあんたはおしまいよ、観念しなさい」

「畜生！」

飛鳥は毒づくやいなや、さっと部屋の外へ飛び出した——はずであった。だが、彼女は壁のような肉体の塊《かたま》りに衝突して、弾き返された。尻餅《しりもち》をついた飛鳥の前に、あのうすらトンカチがそそり立っている。

「そちらは、警視庁捜査一課の綿貫刑事」

藤岡由美の声が、りんと響いた。


殺された駒田たま子は、サラ金苦からコールガールを始めたのだが、それでも借金に追いかけられ、こともあろうに、コールガール組織を警察にタレ込むと脅して、まとまった金を要求するという、身のほど知らずなことをやったのだった。人間、追い詰められると何をやらかすか分からないという、見本のような話だ。

そこで、王子と桜山飛鳥はたま子を消すことにした。そして、狙われたカモが、うすらトンカチ——鴨田英作だった。

アムールでは、飛鳥が鴨田を部屋から追い出したあと、隣の部屋ですでに殺されていた駒田たま子の死体を運び込み、飛鳥はたま子になりすまして、王子と連れだって引き揚げていった。それと同じ手口で「早坂真紀」を消そうとして、由美の策略にまんまとひっかかったというわけだ。

由美は警視庁捜査一課の芳賀、綿貫両刑事に協力を求め、一世一代の大芝居をうった。

「場所がアムールから、とつぜん仮面城に変わったでしょう。うまく後をつけてくださったかどうか心配で、門のところで私たちを追い抜いて入っていったのが、確か芳賀さんと比呂子さんだとは思ったけど、最後の瞬間まで自信がありませんでしたわ」

事務所で開いたささやかな「出所パーティ」の席上、由美はまだ動悸《どうき》が収まらないというように、胸を押さえて言った。シャンパンでほんのり染まった頬が、なんともなまめかしい。鴨田は鼻の下を長くして、好いたらしい目を由美の顔に注いでいた。

比呂子の靴が、鴨田の足をつついた。

「初潮！」

（またか……）と鴨田は飛び上がった。

「な、な、なんでしょうか？」

「なんでしょうかじゃないでしょう、由美さんにお礼を仰言ったらどうなんです？」

「あ、もちろん言いますとも。いや、今回はどうもありがとうございました」

「いやですわ、他人行儀な……」

「あら、他人なんでしょ」

比呂子は不満そうに、言った。

「え？　ええ、もちろんそうですけど……、それより、今度のことは比呂子さんの活躍のお蔭でしたのよ。それがなければ、私だってどうなっていたか知れないんですもの」

「まったくですね、比呂子ちゃんどうもありがとう、きみは命の恩人だよ」

「あーら、私なんかたいしてお役に立っていませんわ。ただ、皆さんが困っているのを助けて、犯人を逮捕し、かつ、愛する所長の一命を救っただけですもの」

鴨田はポカーンと口を開け、比呂子のよく動く口に見とれているしかなかった。

「それから、ゼニガタにもお礼を仰言った方がいいと思いますけど」

由美に促されて、鴨田はあまり気乗りしない顔でゼニガタを振り返った。

「おい、世話になったな、ありがとうよ」

おざなりな言い方だったせいか、ゼニガタも面倒くさそうに、「ヤレヤレヤレヤレ」という音で文字を表示させた。

『マダ　帰ッテ　クルコト　ナカッタノニ　ゼニガタ　ヨケイナコト　シタヨ』

シゴキは人のためならず

1

謎？　また行方不明者出る！

四塚《よつか》トットスクールで、十四人目

「またですのね……」

新聞記事を見ながら、藤岡由美は、美しい眉をひそめた。鴨田英作は自席に深ぶかと身を委《ゆだ》ね、鼻の下の面積を精一杯、拡大して、女性探偵の横顔に見惚《みと》れている。

「どういうことなのでしょう？　警察は何をしているのかしら」

由美はふんまん遣《や》る方《かた》ない——といった口振りだ。怒った顔がまた悪くない。

「所長、黙って傍観していていいんですか」

いきなりこっちを向いたから、鴨田は危うく、尻がズリ落ちるところだった。

「は、はいはい、いや、それはですね、言葉も出ないほど感嘆しているのでありまして、決して黙っていていいとか、そういう問題じゃないのですが……」

「まあ。それでは鴨田さんは、四塚トットスクールのやり方に感心していると仰言《おつしや》るんですか？」

「え？　え？　四塚トットスクール？　……」

「そうですよ、四塚トットスクールです。所長は何だと思ったんです？」

「そ、それは、その……。いや、もちろん四塚トットスクールのやり方はけしからんですぞ。あれを放って置く警察もけしからん」

「そうでしょう。だったら、鴨田さん、何とかしなくていいんですか？」

「何とかって……、何を、ですか？」

「ですから、鴨田探偵事務所の力で、真相を究明しなくてもいいのか、と言っているんです」

「なるほど、真相究明をねえ……」

鴨田は難しい顔になった。

ここで、念のため、読者にご説明するが、『四塚トットスクール』は『戸塚ヨットスクール』の誤植ではない。正式名称は、『四塚窓際族《まどぎわ》リサイクル訓練所』というのだが、あまり長ったらしいので、誰言うともなく『四塚トットスクール』になった。校長は四塚厳太郎《げんたろう》。長野県の山奥の廃校になった分教場を合宿所にして、主に、大企業の窓際族を再教育することを目的としている。

えっ？　なぜ『トット』なのかって？　そりゃ、もちろん『窓ぎわのトットちゃん』から取ったのに決まってるじゃないの――。

さて、この『四塚トットスクール』だが、建学の精神はともかく、どうも評判がよろしくない。近頃では、大企業の『ウバ捨て山』と化しているのではないか、と言われる。いったん送り込まれたが最後、とてもまともには帰ってこれない仕組みになっている。もともと、『トット族』は、いいかげん社内で肩身の狭《せま》い思いをして、ナーバスな状態になっているところへもってきて、教官たちに馬鹿呼ばわりされるわ、殴《なぐ》る、蹴《け》るの乱暴を受けるわ、で、心身共にボロボロの、廃人同様になって帰ってくるか、それとも、会社に退職願を出して、脱走してしまうか、無事に卒業できたとしても、洗脳され、去勢されて、自己主張のない、完全イエスマンに成り果てているか――のいずれかだ。

そして、数ヵ月前、ついに四塚トットスクールから脱走した男が、山奥で餓死しているのが発見されたのを契機に、行方不明者が続出、大きな社会問題になっているのだ。

「しかしねえ、わが事務所は、依頼人の依頼があってはじめて動けるのであって、タダ仕事はどうも、ねえ。比呂子ちゃん、そうだろう?」

鴨田はコーヒーを入れている助手兼経理担当の生井比呂子を振り返った。

「あら、そうかしら」

比呂子は案に相違して、冷やかに言った。

「私はタダでもなんでも、正義のためなら働くべきだと思いますよ。だいたい、他人の不幸で儲《もう》けようっていうのは、根性が卑《いや》しいんですよねえ」

とても、鴨田探偵事務所の人間とは思えない、高尚《こうしょう》な発言をした。もっとも、事務所の経営状態が悪くて、夏のボーナス支給が危ぶまれた時、『犯罪捜査、離婚問題、家庭内暴力、サラ金問題から、ゴキブリ退治まで――なんでも引き受ける鴨田探偵事務所』のポスターを、町内の到る処に貼って歩いたのは、当の比呂子なのだから、彼女の正義感もあまりあてにはならない。

「そうは言うけどねえ、警察も手を出しかねている事件で、こんなチッポケな探偵事務所に何ができるっていうんだい?」

鴨田がそう言った時、事務所のドアが開いて、初老の女性が入ってきた。なんだか、見るからに精彩のない様子をしている。まるで亭主に先立たれた未亡人が着物を着ているようだな――と思ったのだが、実際、彼女はご亭主に先立たれた未亡人だったのである。

「四塚トットスクールに殺されたのです」

未亡人は涙にむせびながら、しかし、激しい口調で訴えた。

「えっ？　すると、今日の新聞に出ていた、あの男の方の奥さんですか？」

「いいえ、そうではありません。わたくしはその前の十三人目の事件でございます」

未亡人が言うのを聴いて、比呂子が新聞の切り抜きを持ってきた。


四塚トットスクールで十三人目の死者。

手ぬるい捜査当局に関係者怒る。


その記事の脇に出ている写真の主が、いま目の前にいる未亡人だった。

「そうそう、これですよ。わたくしはね、この時も散々文句を言ったんですよ」

「警察に、ですか？」

「いいええ、新聞社にですよ。この写真、もうちょっとうまく撮れないのかって」

「はあ……」

鴨田はまじまじと、未亡人の顔と写真を見較べた。

「結構、よく撮れているじゃないですか」

「まあ、あなた、それじゃ、なんざますか。わたくしはこの写真のように、まるで中年太りの、いけ好かないババアのように見えると仰言るんざますか？」

「はい……、あ、い、いえ、決してそのようなことはありませんです」

未亡人の剣幕《けんまく》に、鴨田は自分も行方不明になりたくなった。もしかすると、この女の亭主は、みずから進んで、四塚トットスクールに身を投じたのかもしれない。

「それで、ご依頼の趣《おもむき》は？」

鴨田は急いで話題を変えた。

「それはもちろん事件の真相を調べていただくことざますわよ」

「はあ……、真相ですか。しかし、それは警察の方で捜査したのではありませんか？」

「しましたけどね、あなた、警察もずいぶんいい加減なものざますわよ。大企業から圧力でもかかっているのでしょうか、四塚トットスクールにはまるっきし手を出しかねているんざますのよ。ほら、膣外包茎とかいう、あれみたいなもんじゃございませんかしら」

未亡人は顔を赤らめながら、言った。鴨田も一瞬ドギマギしたが、すぐ気が付いた。

「あのォ、それを言うなら、『治外法権』ではありませんか？」

「ええ、さいざますわよ。その膣外包茎」

まだ言っている。

2

依頼人があったのでは、鴨田が仕事を避ける理由は何もなくなった。しかし、鴨田はどうもこの事件には気が乗らない。

「第一さ、どこからどう手を着けていいものか、さっぱり見当もつかないじゃないの」

「でしたら、一応、ゼニガタに訊《き》いてみたらどうかしら」

由美が提案した。

「そうねえ……」

鴨田は横目でゼニガタを見た。なんだか不吉な予感がしてきたと思ったとたん、このいけ好かない、ネオ・スーパー・パソコン『ゼニガタ』は、「カタカタ」と動きはじめ、ディスプレイに文字が表示された。

『何カ　用カ』

「九日、十日」

鴨田はゼニガタをからかった。ゼニガタは鴨田の言ったことに答えようと、真剣に演算している。(ざま見ろ、パソコン風情《ふぜい》に高級なダジャレが分かってたまるか――)と、鴨田が得意になりかけた時、ゼニガタは「ブッブッ」とつぶやくような音とともに、文字を並べた。

『ヒマナ　男ダ』

「そうですよ」と、由美も鴨田を睨《にら》んだ。

「もっと真面目になってください」

「そうよ、そうよ」と、比呂子も同調する。

「もっとモーレツ所長になってくれないと、四塚トットスクールへ送り込みますよ」

「おいおい、よしてくれよ」

鴨田が震え上がった直後、比呂子と由美とゼニガタの意見が一致した。

「そうだわ、所長に四塚トットスクールに潜入してもらったらどうかしら?」

「妙案ね」

『比呂子　頭　イイ』

「冗談じゃないよ」

鴨田が本気で怒った時、警視庁の本多警視ドノから電話が入った。――事件捜査に協力してもらいたい――という話である。

「そうら見ろ、そんなヤバい仕事をしなくても、大仕事が向うから転がり込んでくるじゃないの」

だが、それから一時間後に現れた本多警視は、こう言ったのである。

「四塚トットスクールに、訓練生として入り込んでもらいたい。内部から捜査しないかぎり、事件の真相は解明できないのだ」

「だめだめ、いやだよ、絶対にお断りだ」

「そうか、やむを得まい。そういうことならゼニガタのデータは警視庁に引き揚げさせてもらう。本来、ゼニガタは警視庁のデータを無断使用している違法性の強い代物《しろもの》だからな。警察の役に立たないのなら、民間に貸与しておくわけにいかないのだ」

「ちょ、ちょ、ちょっと待ってよ。それはないだろ。クラスメートの誼《よしみ》でさあ」

「クラスメートの誼があればこそ、ゼニガタを提供したのではないか。そっちこそ、協力してくれるのが当然の義務というもんじゃないのかい？」

「分かったよ、やりゃいいんだろ。だけど、こんな若くてピチピチした窓際族なんて、いくらなんでもおかしいぜ」

「いや、その点なら心配するな。鴨田英作という人物は、図体はでかいが、見掛け倒しのデクノボウである――というデータを、先方のコンピュータに打ち込んでおいた」

「ひでえ話だな。そんなデタラメは、俺が行けば、すぐにバレちゃうじゃないか」

「どうかな、そうともかぎらないだろう。かえって納得するかもしれない」

「どういう意味だ、それ？」

鴨田はムクれたが、お膳《ぜん》立てはすでにできていて、二日後には入所する手筈《てはず》まで整っていた。

「しかし、四塚トットスクールってのは、タコ部屋みたいなものなんだろ？　いくら俺だって、万一ってことがないとはかぎらない。ピンチの時、外部に連絡できないんじゃ、ヤバいよ」

「大丈夫。これを持って行け」

「なんだこれは。ちっぽけな耳栓みたいなものだな」

「みたい、ではなく、耳栓そのものだ。それを耳に塡《は》めてみろ」

言われたとおり、右耳の穴に詰める。

「そうしたら、ゼニガタを呼んでみろ」

なんだかよく分からないが、鴨田は「ゼニガタ」と言った。

『何カ　用カ』

耳の中で、突然、無機質な音色が鳴った。

「な、なんだ、これは?」

「それがゼニガタの声だ。なかなかの美声だろう。わが科学捜査研究所のスタッフが、四塚トットスクールの近くに陣取って、鴨田の声をキャッチしゼニガタにインプットする。逆に、ゼニガタの方から適切な指令を発することもできる。つまり、これで鴨田とゼニガタは一心同体になったというわけだな。おめでとう」

「何がおめでとうなもんか、気色悪い」

「まあ、文句を言うな。いずれ役に立つことがあるよ」

3

長野県戸倉上山田《とぐらかみやまだ》温泉の西に『冠着山《かむりきやま》』という、千三百メートルたらずの山がある。これが、通称『姨捨山《おばすてやま》』だ。四塚トットスクールはその麓《ふもと》にあるのだから、『企業のオバ捨て』という風評が立つのも無理はない。

前は谷、後ろは崖という、猫の額ほどのスペースに、古い校舎がいまにも倒れそうになって立っている。

敷地の周囲は高さ二メートル余りの鉄条網が取り囲む。鴨田は由美に付き添われて、いかめしい鉄製の門の中に入った。

守衛が厳重にチェックする。鴨田は大手商社・ベニマルの社員という触れ込みで、二人は夫婦ということになっている。

建物の中に通され、玄関脇の応接室で待っていると、新聞や週刊誌でお馴染《なじみ》の、カニみたいな顔をした四塚校長が、部下を二名従えて現われた。四塚は『世界窓際耐久レース』で優勝したという経歴の持主だが、鴨田はそれがどういうものであるのか、知識がない。また、『窓際の栄光』『窓際ひとりぼっち』『窓際があなたを待つ』等々の著書があるそうだが、どれもまだ、読んでいない。

「ふむ、あんたが今度、入校する、ベニマルの鴨田英作君かね」

「はい、そうです」

鴨田は鹿爪《しかつめ》らしく、不動の姿勢を取った。

「主人をよろしくお願いします」

由美も殊勝《しゅしょう》に言って、頭を下げる。この時ばかりは、鴨田もいい気分だった。これが現実なら、なお言うことはないのだが――。

「いいですとも。あなたのように美しい奥さんのためなら、たっぷり教育して差し上げますよ」

四塚は由美を眺めて、ニヤニヤと舌嘗《な》めずりしながら言った。だが、由美が帰ってしまうと、態度がガラリ変わった。

「おいこら、貴様、ずいぶん美人のカミさんを貰ったんだな」

「へへへ、美人でしょう」

「ああ、美人だ。さぞかし喪服がよく似合うに違いない。一日も早く着せてみたいもんだな」

「そうなんですよ、何を着てもよく似合いましてね。なにしろ、われわれ夫婦は、おたがい、面食い同士なもんで」

「この野郎、うぬぼれやがって。貴様の方はそうかもしれんが、カミさんは貴様の遺産と保険金が目的だってことを知らんな」

　四塚はせせら笑った。

「そんなことはありませんよ。ウチの嫁さんにかぎって」

「馬鹿亭主は皆そう言うんだ。まあ、おいおい分かってくるだろうさ」

『私儀、このたび四塚トットスクールに入校いたしました。つきましては、ご指導に従い、万一、生死にかかわるような事故がありましても、一切、不満は申し上げません』という契約書など、所定の手続きを済ませる。

　四塚の案内で、薄暗い廊下を通って、鉄格子のはまった部屋に入った。そこにはゴツい体格のお兄さんたちが待機している。鴨田は着ている物はみんな剝《は》ぎ取られ、ゴワゴワのジーンズに着替えさせられた。お兄さんたちは鴨田の裸をピシャピシャ叩いて、「いい体してんじゃないの」と嬉しそうに言う。

「こいつはシゴき甲斐があるぜ」

　さらに奥へ進むと、鉄のドアの向こうに百畳敷ぐらいの、一見、道場風の部屋があった。鴨田と同じ格好をした中年以上の男共が、およそ五十人、ゴロゴロしていたのが、いっせいにこっちを振り向き、教官の姿を見ると、脅《おび》えた目になって、素早く正座した。

「おい、新入りだ。面倒見てやれ」

「へーい、お役目ご苦労さまでーす」

全員が畳に這《は》いつくばって、地獄から聴こえるような声で唱和する。

（これじゃ、まるで小伝馬町だな――）と鴨田が思った時、教官は腰のあたりをドンと蹴っ飛ばし、ドアに鍵を掛けると、立ち去って行った。

「おい、新入り、こっちへこい」

奥まったところから、畳を何枚か積んだ上に座った男が声をかけて寄越した。さしずめ牢名主《ろうなぬし》といった身分だろう。

「あんた、どこから来た?」

「ベニマルです」

鴨田は神妙な顔で答えた。

「ふーん、ベニマルねえ。そうか、とうとうあそこも始めたのか」

「始めたって、何をです?」

「なんだ、知らんのか、社員の間引きだ。世間ではオバ捨てとも言うらしいな」

「間引き? オバ捨て?」

「ああ、要するに新手の人員整理だな。企業は新入社員の内は、会社のホープだなんだとか言って煽《おだ》ててコキ使うが、社員がその気になって身を粉《こ》にして働いて、ボロボロに擦《す》り切れたり、合理化で人間が余ったりすると、まず窓際族にしてイヤ気を起こさせ、自主的に退職するように仕向ける。それでもしがみついてる連中には、四塚トットスクールがある――というわけだ。トレーニングなどと称しているが、ここの訓練に耐えてまで、会社に残ろうとするヤツはほとんどいない。それほどキツいってことだ。あんたもいまの内に潔《いさぎよ》く退職願を出しちまった方が身のためだよ」

「いや、そうはいきませんよ。女房のためにも、会社を辞めるわけにはいきません」

「やれやれ、また聞き分けのないのが一人増えたか。それじゃ、あんたの奥さんの思うツボだってことが分かってないんだねえ」

「女房がどうしたっていうのです？」

「分かんないかなあ、ここに入るにあたっては、奥さんの承諾《しょうだく》も必要だったはずだぜ。ここの悪名高いことを知っていながら、奥さんがなぜＯＫを出したのか、ちょっと考えれば分かりそうなもんじゃないの」

「つまり、僕に掛けた莫大《ばくだい》な保険金が目的だというのですか？　校長もそんなことを言ってましたが」

「そう、分かっているなら話が早い」

「しかし、僕の女房はそんなワルじゃありませんよ」

「しょうがねえな。それじゃ、せいぜい頑張ってみるんだね」

牢名主が簡単に諦《あきら》めたところを見ると、先例が多いということなのだろう。ここにいる連中がみなそうなのか——。

鴨田は無気力な目をした初老の傍《そば》に寄って、訊いてみた。

「あなたも退職を拒否している組ですか？」

「ええ」と、男は小声で言った。

「どうして辞めないのです？」

「自分でもよく分からないのです。いまの会社を辞めたら、二度と就職できないのじゃないかという不安もありますが、それより、どっちかと言うと、意地みたいなものかもしれません。これ以上、会社の言いなりになってたまるものか——という」

「しかし、ここのシゴキは相当、キツいそうじゃないですか。よく耐えていますね」

「ええ、それが不思議なんですがね。最初は確かにキツいと思いましたよ。ところが、その内に慣れてくると、さほどでもなくなってくるのです。古い人の中には、しばらくシゴかれないでいると、禁断症状みたいなことになったりする人もいましてね」

「それじゃあなた、まるでマゾの世界じゃないですか?」

「そうかもしれません。私などもそろそろ病み付きになりそうです」

「だけど、ここから脱走する人もいるわけでしょう?」

「そりゃ、人さまざまですから、我慢できない人だっていますよ。でもね、どうせ辛《つら》い思いをするのなら、シゴキもまた楽し——という気持にならなければ、やりきれないではありませんか。あなたもね、ここに長くいるつもりなら、早く慣れることですよ」

男はゾッとするような目で鴨田を窺《うかが》い見ながら、ヒヒヒ……と卑屈に笑った。

4

噂にたがわず、四塚トットスクールのトレーニングは猛烈そのものだった。朝は五時起床。裏山のテッペンまで、往復五キロの坂道を「ワッセワッセ」の掛け声を発しながらジョギング。ちょっとでも遅れようものなら、教官の竹刀《しない》が襲いかかる。痛いのなんのってないが、殴られた後は、「有難うございました」と礼を言わなければならない。いやな顔を見せれば、たちまち、竹刀が飛んでくる。

　それから、朝食だが、これがお粗末な代物で、とてものこと食欲が湧《わ》かない。無理して食うと、すぐ腹具合がおかしくなってくる。

　トイレへ行くのも、一々、断りを言って行かなければならない。戻ったら、必ず報告する。とにかく、万事、軍隊式だ。

　飯が済むと、休む間もなく日課が始まる。日課といったって、大したことはしない。建物の内外の掃除を朝から晩まで、繰り返しやる。

「てめえらは、会社じゃもう使い道がねえんだとよ。だから精々、掃除の仕方でも覚えて帰って、定年までご奉仕申し上げるんだな」

　いい歳をしたオッサン連中が、自分たちより十も二十も若い、およそインテリジェンスのかけらもないような教官に、口ぎたなく罵《のの》られ、牛や馬みたいに棒で殴られながら、黙々と働く姿は、一種異様な光景だ。

　鴨田は図体がでかい上、昔から運動神経が鈍く、何をするにしてもいやでも目につくもんだから、教官どもの格好の餌食《えじき》にされた。

　しかも、見るからに叩き甲斐がある。対等に立ち向かえば、とてもかないっこない相手だが、無抵抗なのをいいことに、教官たちは面白がって鴨田を殴った。

　鴨田は何度、堪忍袋の緒を切ろうとしたかしれないが、任務を思って、ぐっと堪《た》えた。

（いまに見てろよ――）

　他の連中のように、マゾの境地に達することなど、到底、できそうになかった。

5

鴨田探偵事務所では、由美と比呂子が泊まり込みで、鴨田所長からの情報を待つ態勢を整えている。

「比呂子さんは、お帰りになったら？　ここは私ひとりでも大丈夫でしてよ。若い娘さんが外泊するのはよくないわ」

由美が言うと、比呂子も負けてなるものかと言わんばかりに、

「あら、私は所長のためなら、どんな苦労だって平気でしてよ。それよか、由美さんこそどうぞ。そう無理のきくお年じゃないんですから」

どうも、鴨田のこととなると、言う言葉にトゲが生じる。

しかし、鴨田からの連絡は、そうしょっちゅうあるわけではない。周《まわ》りはすべて敵みたいな場所なのだ。金田正一《かねだまさいち》の野球解説みたいに、のべつ幕なしに喋《しゃべ》っていたら、すぐに怪しまれてしまう。

きわめて断片的な言葉が、時折、ゼニガタのスピーカーを通じて聴こえてくるだけだ。それでも、鴨田自身の言うことしか聴こえないから、状況がさっぱり摑《つか》めない場合が多い。たとえば、こんな具合だ。

——お早ようございます。

——ワッセ、ワッセ、ワッセ……。

——イテテテ……。畜生！

——いえ、何でもありません。

——イテッ、有難うございました。

——いただきます。

——御馳走さまでした。

——鴨田英作、トイレに行って参ります。

——ウンウンウンウン。

——鴨田英作、ただいま戻りました。

——はい、拭《ふ》いて参りました。

——えっ、ご、御覧になるのですか？

——イテッ、有難うございました。

「所長、かわいそう。お尻ぶたれたのね」

比呂子が涙ぐんだ。

「帰ってきたら、なでなでして上げちゃう」

それに反して、ゼニガタは「ケタケタケタケタケタ」と愉快そうな音と共にメッセージを表示した。

むろん、同じ音色が鴨田の耳に達している。

『モット　マジメニ　情報ヲ　送レ』

——うっせえ、バカヤロ。

——いいえ、こっちのことであります。

——イテッ、有難うございました。トホホ。

由美が見かねて言った。

「ゼニガタさん、鴨田さんは一所懸命にやってらっしゃるわ。あまりハッパをかけないで上げて」

ゼニガタは不満そうに、それでも、信号を発した。

『由美サン　優シイ　鴨田　ガンバレ　ト　言ッテイル』

——有難う。いえ、有難うございました。

「あら、私だって優しいって言って」

『比呂子モ　優シイ　ノダ』

——イテテテッ。

先方の様子がどうもよく分からない。しかし、とにかく、ことあるごとにシゴかれているのだけは間違いなさそうだ。もともと血の気が多く、その上、腕力なら誰にも負けない鴨田のことだ、いつまでも我慢していられるか――。その内、爆発して、大変なことにでもならなければいいが――、と由美も比呂子も心配でならなかった。

鴨田の「捜査」は、夜、皆が寝静まるのを待って始まるようだ。ソファーベッドで仮眠している由美の耳に、ゼニガタが作動する「カタカタ」という音と、囁《ささや》くような鴨田の声が聴こえてくる。

由美は急いで起きて、ゼニガタのモニターを覗《のぞ》き込む。比呂子は軽い寝息を立てて、安らかに眠っている。

――今日、落ち込みのひどいのが一人、隔離されたが、どこにいるか分からない。

『ソレハ　タブン　消サレル　可能性ガ　アル至急　助ケルベシ』

――そんなこと言ったたって、どうすりゃいいんだ？

『鴨田　暴レロ　クレイジーニ　騒ゲ』

――クレイジーなんて、そんな演技力は俺にはないよ。

『演技力　必要ナイ　フダンノ　鴨田ノママ　ヤレバイイノダ』

――よく言うぜ。じゃあ、とにかくやってみるが、それからどうなるのか、予測はついているんだろうな？

『ダイジョーブ　マカセナサイ　マカセナサイ』

――西川のりおみたいなことを言うな。かえって不安になる。

しばらくブツブツ言っていたが、ようやく覚悟を決めたらしく、突然、鴨田はわけの分からない言葉で叫びはじめた。途中で時々、周りの状況を描写する。

――ギャーオーッ、もういやだいやだ、こんな生活、耐えられない。（全員飛び起きた）もう知らない。意地悪ウ、馬鹿ーん。もっとぶってよーっ。（教官がやってくる）ここはお国を何百里ーっと。由美さーん、愛してますよーっ。だめ、さわらないで、エッチ。両側から腕を摑んだりしないで。部屋から連れ出さないで。廊下を引き摺《ず》らないで。独房みたいな、格子のはまった部屋に入れないで。中にいるのは、消えたと思った与三郎じゃないの。まだ生きてたのねえ。あら、先生、行かないでよーっ。なーに？　その重症のマゾっていうの。待ってよーっ。行っちまったか。ふーっ、疲れた。こんなもんでいいか。

『タイヘン　ケッコウ　地ノママトハイエ　名演技ダッタ』

――うっせえ、ひと言多いんだよ。このあとどうすりゃいいんだ？

『与三郎ト　話シテミロ』

――ＯＫ。あんた、お名前は？　いや、驚かなくていいんですよ。僕は正常ですから。田中さん、五十歳。どうしてここに連れてこられたんです？　見たところ僕以上にまともだけど。なるほど、不《ふ》穏《おん》分子と思われたのですね？　連中の言いなりにならないからですか。しかし、あんた、危ないところだったんですよ。えっ？　知っている？　殺されるかもしれないと思って、ネハンで待つつもりでいたんですか？　オヤジがネハンで待っちゃ駄目ですよ。え？　妻子に保険金が下りればそれで満足ですって？　住宅ローンも、自分が死ねば、保険でチャラになるから？　泣けるなあ、日本のサラリーマンのカガミですねえ。ところでゼニガタ、これからどうなる？　いえ、あんたのことじゃないのです。こっちの話。

『ソノママ　明日マデ　待テ　明日ニ　ナレバ　ネハンガ　待ッテイル』

――なんだ、それは。どういう意味だ？　いえ、これも独言《ひとりごと》です。

『スベテ　明日ニ　ナレバ　分カル』

ゼニガタはそれっきり、沈黙した。

6

その日、四塚トットスクールはものものしい警戒体制が布《し》かれていた。『独房』にいても、その雰囲気は伝わってくる。

「何があるんです？」

教官に訊いても、「黙って、静かにしていろ」というだけで、教えてくれない。

ひそかにゼニガタに問い合わすと、思いがけない答えが返ってきた。

『代議士ノ　竹原健太郎《たけはらけんたろう》ガ　四塚トットスクールヲ　訪レル　トイウ　情報ガアル』

「竹原代議士が？　……」

鴨田は驚いた。竹原といえば、保守党の中でも右寄りの政治家だ。四塚トットスクールの熱烈な後援者としても知られている。

「タルンでるやつは、タタキ直せ！」というのが彼の持論で、「会社を愛せないやつは会社を出て行け。国を愛せないやつは国を出て行け」という名言（？）も有名だ。

「その竹原が、この時期、四塚トットスクールを訪れるというのは、穏《おだ》やかじゃないな」

『ソノトオリ　タブン　何カガ　起コルハズダ　ジュウブン　注意シロ』

注意しろと言われても、独房に入っていたのでは、何もできない。鴨田はイライラしながら時のたつのを待った。

午後二時頃、グラウンドのスピーカーから栄誉礼が流され、車がやってくる音が聴こえてきた。それも一台や二台ではない。どうも十台以上の数にのぼりそうな気配だ。迎える教官たちの声がかまびすしかったが、それもじきに収まり、今度は恐ろしいほどの静寂が訪れた。

その中で、時折、ドスのきいた大声が響くのは、どうやら、竹原代議士の獅子吼《ししく》であるらしい。

その時、ゼニガタが喋りはじめた。

『タッタイマ　入ッタ　情報ニ　ヨルト　竹原ハ財界人ト　行動ヲ　共ニシテイル　トノコトダ
彼等ガ　何ヲ　企ンデイルノカ　鴨田ハ　調ベルノガイイ』

「無茶言うなよ。ここにいて、どうやって調べられるっていうんだ？」

『設計図　ソノ他ノ　データニ　基ヅキ　ソノ建物ノ　強度ヲ　分析シタトコロニヨレバ　壁ノ下ノ　部分ガ　腐レカカッテイルハズダ　鴨田ノ力ナラ　カンタンニ　破壊デキル　タダシ　静カニ　ヤレ』

「ちぇっ、勝手並べやがる」

『ゴタク　ナイ　コレハ　命令ダ』

「分かったよ、すぐやるよ」

ゼニガタが言ったとおり、板壁の部分がもろくなっていて、クソ力を出すと、思ったより簡単に剝がれ、その外側の羽目板も破ることができた。幸い、教官は客の接待に追われていて、こっちの動きには気付かない。

鴨田が外へ出ると、後ろからネハン志望のオヤジもついてきた。

「あんたは止めた方がいい、危険ですよ」

「なんの、どうせ消される運命だったんですから ね、もう怖い物はありません」

鴨田もそれ以上は止めなかった。

もう夕方近く、山あいのこの辺《あた》りはすっかり暗くなっている。会議が行われている特別室の窓に近寄り耳を澄ますと、中の遣《や》り取りが手に取るように聞こえた。

「――しかるがゆえに、このウバ捨て方式をぜひとも持続させなければ、わが国の経済は破綻《はたん》するのであります」

竹原代議士が熱弁を揮《ふる》っている。鴨田は耳の穴から例の耳栓を出して、窓ガラスにペタッと貼り付けた。これで、耳栓は強力な盗聴マイクに早変わりする。竹原の声はゼニガタを通じて録音され、重要な証拠物件となるはずだ。


「――ウバ捨てによって損害を受ける者は皆無と言ってもよい。すなわち、企業は余剰人員を淘汰《とうた》することができるし、遺族は膨大な保険金を入手できる。死んだ者も、安んじて天国に行けるのであります。これはいわば、名誉の戦死なのであります。彼は家族のため、会社のため、しこうして国のために、一身を投げうって桜花と散ったのであります。ああ、靖国の母は泣かず。悠久の大義はいまもなお生きているのであります。しかるになんぞや、マスコミはいたずらに人心を惑わし、この崇高なる営みを犯罪であるかのごとくに指弾する。あまつさえ、官憲を動かして、われわれの事業を危殆《きたい》に瀕《ひん》せしめようとする。まさにこれは、自由なる企業活動に対する弾圧であります。諸君ら財界の中枢にある方々は、等しく立って、この非常時を乗り切らんがため尽力《じんりょく》されんことを期待してやまない次第であります」

「パチパチパチパチ……」といっせいに拍手が沸《わ》いた。してみると、車を連ねてやってきたのは、財界のお歴々であるらしい。

「やはり大企業の経営者が、四塚トットスクールをバックアップしているという噂は本当だったのですね」

ネハンのオヤジ――田中氏は、怒りのためか、鴨田の後ろでブルブル震えている。鴨田は慌てて、「しいっ」と人差し指を唇に当てた。トーシロはこれだから困る――。

会議はさらに続き、本年度の決算報告を四塚校長が説明している。

「――そういう状況でありまして、協賛各社よりの年会費合計が一億三千万円。リサイクル手数料が八十五人分、一億七千万円。死亡者十三人の保険給付額・総計二十二億四千万円に対する本校のマージン・三億三千六百万円の内、二億六千八百万円については、すでに領収済でありますが、遺族の中で二件、契約を履行《りこう》しない者があり、目下、鋭意回収に努めております」

「その件ですがね」と、誰かが発言した。

「その連中は警察に駆け込んだそうじゃないですか。そういうことがあるようでは、われわれ、社会正義を標榜《ひょうぼう》している企業側としては、建前上、いささか困るのですがねえ」

「いや、そのことならご心配ご無用」

竹原代議士の蛮声《ばんせい》が響いた。

「法務大臣および警察庁長官の方には、私から圧力をかけておきました。死亡事故はすべて訓練生自身のミスによるものであり、当校にはなんら過失はないということで了解済であります」

「それならよいのですが」

「第一、高齢化社会へ向かう現今、国家に無用の非国民を淘汰する、この『ウバ捨てシステム』は、まさに八紘一宇《はっこういちう》以来の大事業なのでありますぞ。諸君はすでにこの趣旨にご賛同された以上、不退転の決意で事業推進にご協力願いたい」

「そうだ！」「そのとおり！」という合《あい》の手につられるように、拍手が起こった。

「なんということを……」

田中は窓枠の上に顔を出して、会議の参加者がどういう顔触れかを確かめようとした。「駄目だ、引っ込んで」と鴨田が制止した時はもう遅かった。

「誰か、窓から覗いたぞ。捕まえろ！」という声と同時に、荒々しい足音が一斉に近付いてくる。

「逃げろ！」

言うなり、鴨田は走りだした。

7

走りだしてはみたものの、建物のグルリは高い鉄条網で囲まれていて、抜け出る隙間《すきま》がない。鴨田と田中は、じきに教官たちに追い詰められてしまった。連中は手に手に竹刀を持って、獲物を遠巻きにして動かない。

その中から四塚校長が歩み出た。

「なんだ、新入り、貴様だったのか。脱走する気なのか？　馬鹿なやつだな、ここから逃げられるわけがないじゃないか。いままでだって、逃げられたやつは一人もいやしないんだ。行方不明になったやつはいるがな、ははは……。その田中という男も、早晩、行方不明になることになっているんだぞ。貴様まで死に急ぐことはないものを」

「ふん、俺は死にはしないさ。もちろん、田中さんもだ。あんたたちの陰謀を社会に報告する義務があるからね」

「あははは、生きて帰れたら、なんぼでも報告するがいい。しかし、貴様が帰るのは、崖から転落した死体となって、だ。美人の奥さんはさぞお喜びになるだろうよ」

四塚が合図すると、周りの教官たちがジワジワと輪をせばめてきた。どいつの目にも殺気が感じられる。本気で殺す気なのだ。ゼニガタが『ネハンが待っている』と言ったのはこのことだったに違いない。

(あの野郎、なんでも承知していながら、俺を見殺しにする気だったのか――)

気が付いたが、あとの祭だ。こうなったら力の限り暴れて、地獄への道連れを増やすしかない。

鴨田は覚悟をきめ、田中に、「あんたは後ろに下がっていなさい」と言うと、教官の群に向かって仁王立ちになった。

幸い、連中の得物は竹刀だけで、飛び道具はないらしい。音がするし、警察の検視《けんし》にかかるとまずいのだろう。打撲傷なら、崖から落ちたのと区別がつかない。それに、なぶり殺しに殺すなんて、連中にとってはシゴキの極致ではないか。そういえば、どの顔もサディスティックな愉悦に酔い痴《し》れている。

(そうか――)

鴨田はようやく気付いた。ここの教官はサディストの集まりだったのだ。だからこそ、自分たちの犯している重大犯罪に、なんらの反省も抱かないのだ。それに――もしかすると、訓練生も、潜在的なマゾの素質を持つ連中だったのかもしれない。シゴき、シゴかれる双方は、他人の窺い知ることのできない連帯感で結ばれていたのかもしれない。そうでなければ、いくら家族のため、国のためとはいえ、喜んで死地に赴《おもむ》くなどという心境になれるはずがない。

考えてみれば、会社で、窓際の席でじっと耐えている姿は、マゾの象徴でなく何であろうか。

鴨田はなんだか知らないが、ボッ然と怒りが湧いてきた。

「野郎ども、くるならきてみろ！」

鴨田の一喝《いっかつ》に誘われるように、数人の教官が竹刀を揮ってかかってきた。頭といわず肩といわず、ビシビシと竹刀の雨が降るのをものともせず、鴨田は一人の竹刀をひったくるやいなや、めちゃくちゃに振り回した。狭い所に密集しているから、お互い、逃げ場がない。ひと振りごとに確かな手応えがあり、悲鳴が上がった。鴨田の馬鹿力に、竹刀はたちまちオガラみたいになってしまう。次から次へと相手の得物を奪い取り、間に合わない時は素手で殴った。

探偵事務所なんてものを開設したばっかりに、絶えて久しく腕力を揮う機会に恵まれなかっただけに、溜《たま》っていたエネルギーが一挙に爆発したといってよかった。百八十五センチ、九十三キロの巨漢がゆくところ、敵はない。ものの十分も経たない内に、三十人余りの教官の内、無傷で立ち向かえる者は、数人、という有様だった。

しかし、さすがに鴨田も疲れた。気が付くと、満身創痍《そうい》。皮はめくれ、血は流れ、肋骨《ろっこつ》の、一、二本は折れているらしい。それらの痛みがドッと押し寄せてきた。息は上がり、目はくらみ、腕も脚も萎《な》えた。

「うふふふ、だいぶ頑張ったが、そこらが限界のようだな」

四塚はボディーガードに護《まも》られながら、小気味よさそうに言った。背後には竹原代議士や財界人も、乱闘を見物している。

「所詮、組織の前では個人の力なんてものは知れてるのさ。貴様はなかなか天晴《あっぱ》れだが、敵に回ったとあってはやむを得ない。念仏でも唱えるのだな」

「何をぬかすか、べらんめえ。こっちにだって、切札があるんだ。おい、ゼニガタ、大至急救援を頼む。本多警視に……」

言いかけて、鴨田は愕然《がくぜん》とした。耳栓は会議室の窓に貼り付けたままになっている。ゼニガタとの連絡手段は失われたのだ。

「何をゴチャゴチャ言っとるか。さあ、みんな、片付けてしまえ」

「畜生！」

鴨田が観念した時、突如《とつじょ》、あの懐かしい（？）ゼニガタのパソコン言葉が辺りに響き渡った。

『四塚トットスクールノ　皆サン　ムダナ　抵抗ヤメナサイ』

「な、な、なんだあれは？」

四塚をはじめ、教官は全員が驚いた。鴨田を襲うどころではない。いや、鴨田自身、あの耳栓がスピーカーにもなるなんてことは知らなかったのだ。

『アナタガタノ　犯罪ハ　スベテ　録音　サレマシタ　コレ以上　罪ヲ　重ネル　コトハ　ヨクアリマセン』

「何をぬかしやがる」

四塚はせせら笑った。さすがに豪胆だ。

「そんな脅《おど》しに参ると思っているのか。ここにおいでの皆さんだって、あの戦争を生き抜いてこられた方ばかりだ。悠久の大義のためなら、命など惜しまない、胆《きも》の座った方々なのだ。ねえ、みなさん、そうでしょう」

「ああ、そうだともよ」

竹原が応じた時、ゼニガタの声が一段と高まった。

『アナタガタハ　スデニ　叛乱軍ノ　汚名ヲ着セラレタ　ノデス　アナタガタノ　親　兄弟ハ　ミナ　泣イテイル　スミヤカニ　原隊ニ　復帰　シナサイ』

(なんだ、こりゃ？　二・二六事件の世界じゃないか――)

鴨田は呆《あき》れたが、効果はてきめんだった。なんと、あの竹原代議士が泥の上に跪《ひざまず》いてオイオイ泣きだしたのである。

それに追い討ちをかけるように、無数のサイレンが山道を登って近付いてきた。

＊

『竹原代議士ハ　二・二六事件ノ　生キ残リナノダ　ダカラ　当時ノ　状況ヲ　再現スルト　条件反射デ　戦意ヲ　喪失シテシマウ　コトニナッタ』

ゼニガタはこともなげに解説した。まったく、ゼニガタが記憶しているデータがどれくらいのものか、見当もつかない。しかし、鴨田としては感心ばかりしてもいられない。九死に一生を得て救出され、病院に運び込まれてから、全治まで丸一ヵ月かかったのだ。

「そんなになんでも知っているなら、もっと早く手を打ってくれれば、こんな目に遭《あ》わなくてもよかったのだ」

『ソレハ　タイヘン　気ノ毒ヲ　シタ　シカシオカゲデ　イイ思イモ　シタノデハナイノカ？』

「冗談言うな、痛いばかりで、いい思いなんか一つだってあるもんか」

『ソウカナ　由美ト　比呂子ガ　交替デ　オ見舞イニ　行ッタデハ　ナイカ』

「そりゃ、お見舞いには来てくれたけどさ。だからといって、病院じゃどうしようもないじゃないか」

『ハタシテ　ソウカナ　ドッチカ一人ト　キワメテ　親密ナ　関係ニ　ナッタヨウダガ　アレハ由美ト　比呂子ノ　ドッチダッタノカ　二人ニ訊イテミヨウカ』

「よせ、よせよ、馬鹿。何を出鱈目《でたらめ》言ってるんだ」

『デタラメ　ナイヨ　傷ノ　痛イノヲ　イイコトニ　カナリ　甘エタ　声ヲ　出シテイタヨウダガ』

「ゲゲッ、この野郎、ど、どうしてそれを知ってるんだ？」

『アンタ　耳栓　取ルノ　忘レテイルネ』

「えっ？」

鴨田は慌《あわ》てて耳の穴に指を突っ込んだ。四塚トットスクールから引き揚げる時、耳の中に戻したのを、それっきり忘れていたのだ。

ドアが開いて、二人の女性が仲良く帰ってきた。

鴨田は急いでゼニガタに囁いた。

「お前さんは、いい相棒だよ。本心、感謝してるよ、畜生めが……」

田中軍団積木くずし

1

ダークブルーのクライスラーがスーッと寄ってきたかと思うと、後部座席のドアが開いて、ゴツイ大男が降り立った。

「あんた、鴨田英作さんだね?」

鴨田を見下ろして、いきなり訊いた。

「ああ、そうだが、何か用ですか?」

「ちょっと一緒に来てもらいたい」

「どこへ?」

「それは向うへ行けば分かることです」

「冗談じゃない。用件も行き先も分からないのに、ノコノコついて行くわけにはいきませんよ」

言いながら、鴨田は気がついた。

「ああ、あんた、田中角兵衛《たなかかくべえ》さんのところから来た人ですね?」

「それを知ってるなら、話は早い。さあ、乗ってもらいましょうか」

「いや、そのことなら、もう何度も断わっているでしょうに。あんたたちもしつこいですねえ」

鴨田はあからさまに、顔をしかめた。

田中角兵衛から依頼があった時、鴨田英作は一も二もなく断わっている。

田中角兵衛といえば、例の『六基井戸《ろっきいど》事件』で刑事被告人の立場にある人物だ。金力に物を言わせて政財界を操《あやつ》り、さらに巨額の金を儲《もう》ける、そのあくどいやり方には鴨田でなくても虫酸《むしず》が走る。

「刑務所の塀《へい》の上を歩いているが、絶対に内側へは落ちない」と言われていた田中が、ついに『六基井戸事件』ではボロを出し、先頃行われた第一審判決で有罪となった。もちろん、即刻、保釈で出てきたけれど、かりに最高裁まで行ったとしても無罪にはならないだろうというのが常識的な見方だ。もっとも、「角さんのことだから、また何かウルトラCがあるかもしれないよ」という意見もないわけではない。また、「最高裁まで行かない内に死んじゃうんじゃないか」などと、悲観的な（?）ことも囁かれている。

『六基井戸事件』というのは、田中角兵衛の地元である新潟県で海底油田を掘る計画にまつわる、大疑獄事件だ。政府と石油会社の当初方針では、試掘《しくつ》の井戸は一基だけ——と決っていたのだが、田中は強引に六基いちどに掘るプランに変更させた。

なぜそんなことをしたかと言うと、田中はダミー会社を使って、試掘予定地の海岸一帯の土地を買い占めていたからだ。試掘作業をするためには、どうしてもその土地に立ち入らないわけにはいかない。その際の通行料として試掘期間中、毎年七千二百万の金が転がりこんでくる勘定だった。それがたった一基だけとなると、一千二百万。そこで角兵衛得意の金権ゴリ押し作戦で、通産大臣命令というかたちで計画変更にこぎつけた。試掘は十ヵ年計画で行われるから、合計七億以上のタダ儲けというわけだ。

しかも、試掘を請け負《う》う業者はすべて田中の支配下にある。建設資材も、信濃川河川敷《かせんじき》から採掘する土砂を中心に、これまた田中系企業の手を経て納入される仕組みだ。総予算八百五十億という大規模開発計画の半分は田中企業を潤《うるお》し、田中金脈はますます揺るぎないものとなるはずであった。

だが、石油試掘機『トライシター』の導入をめぐる贈賄《ぞうわい》、買収が、予想もしなかった内部告発によって暴露《ばくろ》され、東京地検特捜部がついに田中角兵衛を逮捕、起訴に持ち込むことに成功したのだ。そして七年におよぶ裁判の結果、ようやく第一審の有罪判決を得た。

とはいえ、名にしおう田中軍団だ。形式上は、政治家だけでも百人を超える力の集団だ。形式上は一介《いっかい》の企業人にすぎない田中角兵衛も、その実力は日本の政治全体を動かすほどのものである。田中はその力を背景に、司法の下した断《だん》に、真向《まっこう》から挑戦する姿勢を示した。まさに『目黒《めぐろ》の闇将軍』の名に相応《ふさわ》しい、神をも恐れぬ無反省ぶり——と、世のひんしゅくを買ったのである。

その田中角兵衛から、鴨田探偵事務所にお呼びがかかった。

「ぜひ、あんたの力を借りたい」

田中自身だということがすぐに分かる、例のダミ声で、電話がかかった。

「私に何をしろと仰言《おっしゃ》るのでしょうか?」

「ま、そのぉ、それは電話ではなんだから、こっちへ来てもらえんかね」

「はあ、ちょっと多忙でして、当分、伺《うかが》うことはできそうにありません」

「そうかもしれんが、ま、そのぉ、お礼はたっぷりするから、ほかの仕事をキャンセルしてだな、ぜひ来てほしいんじゃが。キャンセルした分の十倍の礼はするが、どうじゃね」

「いえ、お金の問題じゃないのです」

「よっしゃ、よっしゃ、税金を心配しとるんなら、税金のかからん金を上げよう」

「そういうことじゃないんです。要するに、あなたの仕事をする気がしないのです」

「あははは、なんじゃ、あんた、裁判の結果を気にしとるんかい？　あんなもん、まだ一審が出ただけじゃないか。日本の法律は三審制を保証しとるんじゃよ。まだまだ先は長いし、第一、法律がこのわしを裁《さば》けると思っとるんかね。見ていなさい。いまにこのわしが法律を裁いてみせるからな。はははは」

「そんなに力のあるあなたが、私みたいな者に何を頼むと仰言るのですか」

「ん？　……。あははは、痛いところを衝《つ》きますなあ。いや、あんたの言うとおりじゃが、わしにもそれなりに、力だけで解決できん問題もあるんじゃよ。まあ、そのぉ、いろいろ事情があってね」

「しかし、あなたに解決できない問題が、私にできるとは思えません」

「そりゃね、あんたそのものは、言っちゃなんだが、ま、そのぉ、たいした存在ではないだろうがね。しかし、あんたのところにあるパソコンはたいしたもんだそうじゃないか。たしか『半七』とか『金さん』とかいう」

「ゼニガタです」

「あ、そうそう、ゼニガタね。そのゼニガタの力を借りたいんじゃよ」

「それでしたら、ますますお断わりすることになります。どこの誰にお聴きになったのか知りませんが、ゼニガタは純粋に犯罪捜査用のネオ・スーパー・パソコンでして、個人的な目的のために使用するわけにはいかないのです」

「わしを単なる個人と考えとったら、あんたの誤りだぞ。わしはだな、日本国そのものみたいな存在なんじゃからして。ま、そのぉ、朕《ちん》は国家なり――というじゃないかね。わしの思いどおりにならんことは何一つない。げんに、ゼニガタの存在だってわしの耳には筒抜けになっとるじゃないか。わしにゼニガタのことを教えた者が誰か知ったら、あんたも驚くじゃろがね」

「誰なんですか?」

「ま、それは言わぬが花じゃろ。とにかく、そういうわけじゃからね、あんたも強情を張らんで、わしの軍団に入った方がいいぞ」

田中角兵衛を擁立《ようりつ》するグループは『金用会』といい、その結束の固さといったら、アリババと四十人の盗賊以上だそうだ。それというのも、田中角兵衛の底知れぬ金力・政治力にガンジガラメにされているからだともいわれている。なにしろ、田中がひと声「開けゴマ」と言うやいなや、国庫のフタが開いて、公共投資予算の摑《つか》み取りができるというのだから、堪《こた》えられない。

「もし、あんたがその気なら、日本一の探偵会社にしてやってもいいぞ。しかし、どうしてもいやだと言うなら、わしにも考えがあるがね」

「お断わりします。そんな脅迫に屈する男ではありませんよ」

鴨田はガチャリと電話を切った。

以来、何度か田中からの電話があったが、そのつど、似たような問答で終始している。その矢先だけに、おなじみのダークブルーのクライスラーを見ただけで、田中の指し金であることが分かったのだ。

2

二千五百坪という宏壮《こうそう》な目黒の田中邸の、最奥部にある部屋に、鴨田は案内された。玄関からここまで、いくつのドアを通り、何人のボディーガードと出会ったかしれない。

およそ八十畳分はあろうかという広い洋間の真中にデンとテーブルを据《す》え、その向うに田中角兵衛がいた。テーブルだけでも、鴨田探偵事務所ぐらいの広さがありそうだ。テーブルの左右にもボディーガードが立っている。一方の壁は厚さ三センチという防弾ガラスでできていて、一匹何百万という鯉《こい》の泳ぐ池が見えた。

「やあやあ、よく来たねえ。快く引き受けてくれて、感謝に堪《た》えんよ」

田中はご機嫌な顔で言った。

「べつに快く来たわけではありません。強引《ごういん》にラチされたのですよ」

「あははは、まあまあ、そんなことはどうでもいいじゃないか。こうしてお近付きになったのも何かの縁だ。仲良くしようよ」

「そんなことより、あなたの頼みというのは何なんですか」

「そうか、それじゃ聴いてくれるのかね。そいつはありがたい」

「いや、話は聴きますが、仕事を受けるとは言ってませんよ」

「あははは、あんたも身のほどを知らん男だな。そんなこっちゃ、出世できんぞ。雑巾《ぞうきん》がけからやり直すことになりかねん」

「出世なんかしたくありませんがね、ともかく話を聴かせてもらいましょう」

鴨田がテーブルと向かい合う椅子に腰を下ろすと、田中は左右のボディーガードに顎《あご》をしゃくって、部屋を出るように命じた。ボディーガードは「え？　いいのですか？」と訊いたが、田中はうるさそうに、もう一度、顎をしゃくってみせた。

「裏切り者がおる……」

ボディーガードが行ってしまうと、田中はポツリとつぶやくように言った。

「そいつが何者か、捜《さが》し出してもらいたい」

「というと、六基井戸を内部告発した人物のことでしょうか?」

「ああ、六基井戸もそうだが、その他にもいるらしい。どうも近頃、やたらと機密が漏《も》れているような疑いがあるのだ。そればかりでなく、金用会内部で争いが絶えないし、どうやら、意図的にデマを流すやつがいるらしいのだよ」

「そんなものは、田中さんの威光でどうにでもできるのじゃありませんか?」

「ああ、そいつが何者か分かれば、かんたんに退治できるのだが、それが分からん」

「田中さんにも分からないものが、私に分かるはずはありませんよ」

「いや、あんたには分からんだろうが、半七には分かるだろうよ」

「ゼニガタです」

「あ、そうだったな。優秀なパソコンだそうじゃないか。そこを見込んで頼むのだよ。ひとつ、その金さんに、裏切り者を割出《わりだ》してもらいたい」

「ゼニガタです」

「よっしゃ、よっしゃ、ゼニガタでもなんでもいいが、とにかく頼むよ。わしの軍団もでかくなりすぎて、隅々《すみずみ》まで目が届かんのじゃ。うわべはニコニコしておっても、内心、何を考えているか分からん。あんたみたいにはっきり物を言うのも困るが、何も言わんやつも油断がならんもんでな。そういうやつが癌《がん》みたいに軍団の中に増殖して、不穏分子《ふおん》の組織ができつつあるらしい。いまの内に摘出手術《てきしゅつ》をやらんと、手遅れになりかねんからな。ぜひ、ゼニガタの分析力を利用させてもらいたいのじゃよ」

「しかし、ゼニガタは私の言うことしか聴きませんん」

「だからあんたに頼んでおるんじゃないか」

田中の目が、一瞬、物凄《ものすご》い光を帯びた。

「あんまり世話を焼かせると、わしはともかく、ウチの若い者が暴走せんとは限らんぞ」

「どうぞ何でもおやりください。私は怖くありませんよ。殺すと言うなら、いつでも死ねます」

「ふうむ、いい度胸をしているな。探偵なんかさせておくのは惜しい男だ。しかし、あんたはいいかもしれんが、あんたの事務所にはご婦人もいるんじゃないのかね？　その方々はどう言うか、一度、確かめてから返事したらどうかな？」

鴨田はカーッと頭に上った血が、次の瞬間には、サーッと引いてゆくのを感じた。

「ひ、卑怯《ひきょう》なっ……」

「ああ、あんたの言うとおりだ。わしだってそんな卑怯なことは望まんが、しかし、若い者の暴走を止めるのは、これでなかなか難しいもんでな」

「しかし、日本は法治国ですよ。無法は必ず裁かれる」

「あははは、何を青臭いことを言っとるか。そんなことを言うが、わしを見るがいい。いつまで経っても、こうしてシャバにいるじゃないか。それに、若い者の中には、わしのためなら死んでもいいと思っておるのが何人もいるんじゃ。人間、死ぬ気なら、何も怖い物はないとは、きみも先刻、言っとったじゃないか」

「………」

鴨田は何か言い返そうと思いながら、口がカラカラに乾いて、声も出なかった。

「ま、そのぉ、そういうわけだからして、帰ってよく考えてみることだな。返事の期限は一日。明日の朝にはいい返事を期待しているよ」

田中はテーブルの上のボタンを押した。二人のボディーガードが現われ、鴨田の両側に立って、無言でドアを指さした。

3

生井比呂子は名前を聴いただけで震え上がった。

「えっ、あの角兵衛が?」

「だめよ、だめだめ、あんな人の仕事なんか絶対に引き受けないで」

「いや、そうもいかないんだよ」

「まあっ、私、所長を見損《みそこ》ないました。お金になりさえすれば、どんな汚い仕事でも引き受けるんですか?」

「いや、そうじゃないよ」

「いいえ、そうに決ってます。こないだ、車の広告を見ながら、溜息《ためいき》まじりに『金が欲しい』って言ってるのを聴いちゃったんです。そんなにお金が欲しいんなら、私のお給料、みんな所長に上げちゃいます。そうだわ、今月からそうしましょう。それで、私が生活できなくなったら、所長のお宅にご厄介《やっかい》になればいいんです。そしたら、おさんどんでも何でもして差し上げちゃいます。あら、これ、グッドアイデアね。そうしましょうよ。えぇと、そうと決ったら、ベッドを新調しなくちゃ……。所長はツインがいいんですか? 私はダブルでもいいんですけど、やっぱりダブルだと疲れが取れないかしら……」

「比呂子さん！」

藤岡由美が苦々しげに言った。

「いまはそんな問題を論じている場合ではありませんよ」

「あら、いけない、私としたことが……」

比呂子は夢から醒《さ》めたように、ションボリと肩を落とした。

「鴨田さんが田中角兵衛みたいな男の仕事を受けるというのは、きっとよくよくの事情があるのだと思いますけど、いったい、何があったのか教えてください」

由美の冷静な口調に、励まされて、鴨田は田中の脅《おど》しを話して聴かせた。

「僕はともかく、きみたちを危険な目に遭《あ》わせるわけにはいかないんでねえ。実際、この目で見てきたのだが、あそこにいた若い連中ときたひにゃ、田中のためなら何でもやりかねないという印象でしたよ。比呂子ちゃんなんか、あの連中に襲われたら、ひとたまりもないだろうな」

「あら、襲うって、どんなことしちゃったりするんですか？」

「そりゃ、きみ、口では言えんようなことをされるだろうね」

「あーら、やだあ、口では言えないなんて、そんなことするんですか？　それで、その男の人、ハンサムでした？」

「比呂子さん、もっと真面目に心配しなさいよ。所長のピンチなんですよ」

「分かってますよ。私だって由美さんに負けないくらい所長が大切なんですから。だから所長のためなら、この体なんかどうなってもいい、でも、その場合、どっちかといえばハンサムの方がいいなって思って……、それなのに、由美さんがそんなこと言うなんて……」

比呂子は自分の献身的な気持に、自分で感動して、とうとう泣きだした。

「分かった分かった、比呂子ちゃんの好意はありがたいよ。だけどねえ、やっぱり、きみたちを危険に晒《さら》すわけにはいかない。そこで提案なんだけど、一時的にでも、二人にこの事務所から離れてもらおうと思うんだ。どうだろう、由美さん」

「いいえ、それはいけませんわ。それじゃ、力に敗北することになりますし、いくら逃げたって田中の手から逃れられるというわけでもありませんもの。かりに事務所を辞《や》めたとしても、田中の手下に私たちが囚《とら》われた時、鴨田さんは見て見ぬふりができますか?」

「いや、そんなことはできませんよ」

「そうでしょう、だったらここは受けて立つしかないのではありません?」

「しかしねえ、田中の言うことを聞いたとしても、仕事をやり終えたあと、田中が僕たちを解放してくれるかどうか、保証のかぎりじゃないような気がするんですよ。なにしろ、田中軍団の秘密を握ることになるんですからねえ」

「そうですねえ、その恐れもありますねえ」

三人が思案にくれた時、それまでじっと動かなかったゼニガタが、「カタカタ」と音をたてはじめた。ブラウン管にディスプレイ文字が並ぶ。

『マカセナサイ　マカセナサイ』

困ったことに、このごろゼニガタは、いつの間に憶《おぼ》えたのか、下品なコメディアンの台詞《せりふ》に毒されて、ますます柄《がら》の悪い言葉を使うようになった。

「任せなさいって、ゼニガタに何か妙案でもあるのかい？」

『ダイジョウブ　マカセナサイ　コノ仕事　ゼニガタニ　依頼　シテキタ　仕事ナイカ　ダッタラゼニガタニ　マカセナサイ』

「任せるにしても、どうすりゃいいんだ？」

『トニカク　角兵衛獅子ノ　親分カラ　依頼ノオモムキヲ　聴イテクル　イイネ』

「角兵衛獅子の親分じゃないぞ、金用会の親分……じゃない、会長だぞ」

『タイシテ　違イナイ　太鼓　タタイテ　子分ヲ踊ラセル　越後《エチゴ》ノ　角兵衛獅子ノ　親分　ソックリヨ』

「おいおい、そんな憎まれ口叩《たた》いて、あとが怖いぞ」

『マカセナサイ　マカセナサイ』

「まだ言ってやがる。分かったよ、それじゃ引き受けていいんだな」

鴨田は重い気持を背負って、ふたたび田中邸へ出掛けた。

「よっしゃ、よっしゃ、あんたは馬鹿じゃないから、きっと来るだろうと思ったよ。いや、あんたはともかく、半七が馬鹿じゃないからね」

「ゼニガタだっていうのに」

「そうそう、ゼニガタね。そのゼニガタが、わしを放っとくわけがないと思ったんじゃ」

「それでは、ゼニガタにインプットするデータをください」

「よっしゃ、よっしゃ、これがそれじゃよ」

田中はテーブルの上に段ボール箱を四つ並べた。

鴨田は一瞬、これが例の五億円かと錯覚を起こした。

「この中に、わが田中軍団のメンバー一人ひとりの細かいデータが入っている。生年月日から、本籍はもとより、五代前までの家系、姻戚《いんせき》関係、経歴、支持者の動向、運勢、食い物の好き嫌い、性格、癖、趣味、健康状態、異性関係、経済力、人相学上の特徴、手相、星回り、そのほか、ありとあらゆるデータを網羅《もうら》してあるはずだ。ついでに、わしに対する態度についても、言葉使いを録音したテープを添えておいたから、金さん得意の声紋《せいもん》分析にかけてみてくれ」

「ゼニガタですよ」

「ああ、ゼニガタだった。ひとつゼニガタによろしく伝えてくれたまえ」

驚いたことに、田中角兵衛は、ゼニガタがただのパソコンなんかではないことを、ちゃんと承知しているような口振りであった。

4

田中角兵衛から渡された膨大なデータをゼニガタにインプットするのに、鴨田は約一ヵ月かかった。資料の中には、鴨田が思いもよらなかったような人物の名前がいくつも含まれていて、そら恐ろしい気分になった。例えば、警察関係の大物も、何人か入っている。これじゃ、ゼニガタの存在が筒抜けになっているのも当然だ。

ゼニガタは記憶容量の巨大さを誇示するかのように、貪欲《どんよく》にデータを呑み込み続けた。

「これで終わりだよ」

鴨田が最後のデータを打ち込んで、吐息と一緒にそう言ったとたん、ゼニガタは猛烈なスピードで分析にとりかかった。「カタカタカタカタ」という演算音が丸一日うなり続けるあいだ、鴨田はまるで、東大を受験する秀才に付き添う愚《おろ》かな母親のような心境で、ずうっとゼニガタの傍に付き添っていた。

「グー　グー　グー」というゼニガタの音声で目が覚めた。鴨田のいびきがゼニガタの声紋分析にキャッチされ、増幅された音だ。自分のいびきで目を覚ますなんて、鴨田ははじめての経験であった。

「どうした、何かあったか？」

『何カ　アッタカ　モ　ナイモンダ　アンタ　気楽ダナ　モウ　仕事　終ワッタヨ』

「そうか、できたのか。それで、田中に報告するリポートは？」

『イマ　出ス』

プリンターがキーキーという例の音を立てたかと思うと、連続用紙が吐き出された。

「なんだ、これだけか？」

A―4（210ミリ×297ミリ大）の紙の真中に人名が書いてある。

――タモリ　タケシ――

田森武――といえば、金用会の幹部のひとりだ。政治家のくせに、いつもサングラスをかけていて、「ブス」とか「ババア」とか、言いたい放題を言っているのだが、妙にバカウケする話術の持ち主で、テレビなどではタレントなみに引っ張りダコという異色の存在だ。

「この田森武が造反の張本人なのか？」

『ソンナ　コトハ　ドウデモイイ　カラ　ソノ答エヲ　角兵衛ノ　トコロへ　持ッテイケ』

「しかし、一ヵ月もかかって、これだけでいいのかなあ」
『ダイジョウブヨ　ダメナラ　鴨田ガ　殺サレル
カラ　ワカル　ネ』
「おいおい、冷たいことを言うなよ」
『トニカク　ソレ　持ッテイク　ヨイネ　アトノ
コト　ソレカラ　考エル　ヨロシ』
「なんだか、無責任風だなあ……」
鴨田は心細かったが、とにかくゼニガタを信用するほかはない。由美も比呂子も、まるで死出の旅に送り出すような沈痛な顔で、事務所の窓からいつまでも手を振っていた。
田中邸に着くと、ボディーガードが門のところに待機していて、「先生、先生」と鄭重《ていちょう》な態度で案内してくれた。親分の角兵衛に言い含められていたのだろう。それだけに、鴨田はアタッシェケースの中身の貧弱さが気になった。

（もしかすると、生きてふたたび外へ出られないのかもしれない――）

これが見納《みおさ》めかと思うと、スモッグに覆《おお》われた東京の街も、まんざら捨てたものではないような気がしてくる。

「来たか、来たか」

田中は上機嫌で鴨田を迎えた。一ヵ月も待ったのだ、期待の大きさがひしひしと迫ってくる。

「どれどれ、見せて戴《いただ》こうかな」

「これです」

鴨田はやけっぱちな気持で、角封筒をテーブルの上に押し出し、あとはどうにでもなれとばかりに、目をつぶった。

ガサガサと封筒を開ける音がして、それっきり、物音がしなくなった。そのうちにだんだん田中の息使いが激しくなってくる様子が分かった。いきなりピストルで射殺されるのか、それとも、まず怒声が飛んでくるのか。どっちにしても助かる見込はなさそうだ――と鴨田は観念した。

「うーん……」

一週間の糞づまりみたいな声が聴こえたので、鴨田は思わず目を開け、田中を見た。

いまにも飛び出しそうな目をした、真赤な顔がそこにあった。田中は『田森武』の名前をプリントした紙を持って、ブルブル震えている。小便を我慢しているのか、そうでなければ、よほど怒っているに違いない。

(やっぱり、こりゃ、助からないな――)

鴨田はもう一度あらためて目をつぶった。そのとたん、田中は絞《しぼ》り出すような声で言った。

「これは、間違いないのだろうな」

「え? ええ、ゼニガタが出した答えですから、間違いないはずです」

「いや、当然そうじゃろう。わしも薄々《うすうす》は分かっておったのじゃ。しかし、あの調子のいいだけみたいな男がな……」

よほどショックだったと見えて、田中はしばし絶句した。それから、おもむろにテーブルの引出しから、白い封筒に入ったものをドサッと投げて寄越した。

「キャッシュで三百万ある。今回の分の謝礼だが、今後も引続き仕事を依頼することになるだろうからして、金さんにもよろしく言ってくれ」

鴨田は「三百万」と聴いて、度胆《どぎも》を抜かれた。もう、「金さん」でも「半七」でも、何と呼ばれようと構わない心境だった。

5

「どうも、よく分からないのだが……」と、鴨田はゼニガタと藤岡由美と生井比呂子と三百万円の封筒を前にして、首を傾《かし》げた。

「田森武の名前だけしか書いていないのに、なんだって角兵衛さんは、あれほど感謝してくださったのかなあ?」

「所長!」

すかさず由美が注意した。

「言葉遣いが、急に丁寧《ていねい》になりましたよ。お金を貰ったからって、そんなふうに掌《てのひら》を返すようなのは、よくありません」

「あ、ほんとだ。無意識に変わっていたんだねえ、おそろしいもんだ」

『ソウダ　ソウダ』とゼニガタもディスプレイに文字を並べた。

『ダイタイ　鴨田ハ　根ッカラ　ド助平デ　イヤシイ　ノダ』

「うっせえ。それよか、あんなお粗末なリポートで、本当に田中が満足したのかどうか、真面目に答えてくれ」

『オ粗末　ナノハ　ダレカサンノ　アタマダ　回答ハ　アレデ　イイノダ』

「しかし、たった一人の名前だぞ」

『ソノホウガ　イイノダ　田中角兵衛ハ　アタマノ　イイ　男ネ　ソウイウ　バヤイ　アマリ　ゴタゴタ　並ベルヨリ　シンプルナ　ホウガ　イイ　本人ガ　勝手ニ　イロイロ　考エル　カラネ　オ経ノ　文句モ　ミジカイホウガ　ヨロコバレルナイカ』

「ほんとかなあ、それとこれとは別のような気がするのだが……」

『イイカラ　マカセナサイ　ソレヨカ　明日アタリ　タモリガ　来ルヨ』

「田森が？　何しに来るんだ？」

『来レバ　分カルネ』

ゼニガタの予言どおり、次の日の午後、田森武が例によって、真黒なサングラスとゴキブリみたいなテカテカに光らせた頭でやって来た。ただし、いつもの鼻っ柱の強さはどこへやら、辺りをキョトキョト窺《うかが》いながら、ドブ板伝いに現われた様子は、どことなくイグアナを思わせた。

「助けて欲しいの、ボク」

田森はまるでオカマみたいな仕種《しぐさ》で、いきなり鴨田にすがりついた。これが、エイズも逃げ出すような五十男のやることだから、鴨田はゾッとした。まったく、ふだんは偉《えら》ぶっている政治家も、ひと皮剝《む》けばこんなみっともない連中が多いのだ。

「いったい、どうなさったのですか？」

「消されちゃうのよ、ボク。もうだめ」

「そりゃそうでしょう。あんなに毒舌をふり撒《ま》けば、反感を抱く人も多いでしょうからねえ。因果応報というものです」

「そうじゃないの、ボクを狙《ねら》っているのは、田中先生らしいのね」

「えっ、角兵衛さんが？」

予期したこととはいえ、あまりにも早く結果が現われたのに、鴨田は驚いた。

「そうなの、角兵衛さんなの。誰かがボクを密告したらしいのね。それで、おタクのゴエモンとかいうパソコンで、密告者を教えてもらいたいの」

「ゴエモンじゃないすよ。ゼニガタです」

「そう、ごめんなさい。そのゼニガタなら、きっと分かるって聴いて来たんだけど」

「しかし、そんなに急に言われても……」

言いながら、鴨田がチラッとゼニガタを見ると、ブラウン管に『マカセナサイ』と出ている。

「それじゃ、ともかくデータをインプットしてみますか」

鴨田はもったいぶって、出鱈目《でたらめ》にキーを叩いた。どうせ政治家なんかに、機械の知識なんかありっこないのだ。それを受けて、ゼニガタも芝居気たっぷりに、長々と演算するフリをして見せてから、例のごとく、一人の人名を打ち出した。

――オオハシ　キヨセイ――

「なに？　大端去勢だと？　……」

田森武は目を剝いた。

「そうか、ちくしょう、あのパイプカットの白ブタ野郎だったか。親切ごかしに、妙に接近してくるので、ひょっとすると俺に気があるのかと思ったが、あれはすべて、俺から情報を取るためだったのだな。あの野郎、どうするか見てろ！」

がぜん、田森はヤクザっぽくなった。もっとも、政治家の必須条件の第一は、義理と人情とハッタリだから、驚くことはない。

「あんがとよ、これは少ないが、本日の謝礼だ。釣りはいらねえ、取っといてくれ、ネエちゃん」

見事な二重人格ぶりを見せて、縞《しま》の合羽《かっぱ》ならぬ、舶来のコートを羽織《はお》ると、さっそうと鴨田探偵事務所を飛び出して行った。

「やあねえ、ネエちゃんだなんて……」

口を尖《とが》らせながら田森の置いていった封筒の中身を見たとたん、比呂子の顔がほころんだ。

「すっごい、百万円よ。毎日こんなだといいんだけどなあ」

『毎日　コンナ　ダヨ』

ゼニガタが保証したとおり、翌朝、大端去勢が、例によって、派手なネクタイをなびかせながら、転がり込んだ。

「なんたって、ヤバイんだよ。天井に爆弾が仕掛けてあったりしてよ、これじゃ、若いカミさん連れて、カナダへでも逃げなきゃならない、なんて思っちゃったりしてよ。だけどその前に、いったい、誰が俺さまに歯向《はむ》かうのか、その身のほど知らずを抹殺《まっさつ》してやろうと思って、オタクのパソコンに相談に来たんだ」

してみると、田森の復讐（?）は、水面下で陰険に行われているらしい。いかにも政治家のやりそうなことだ。

「いいでしょう、人気者のあなたのために、とくにゼニガタがお答えします」

鴨田の商売っ気が、だんだん板についてきた。

ゼニガタもその気になって、思わせぶりに、演算の途中で考え込んだりしてみせながら、プリント文字を吐き出した。

――ヤボイ　ヒデヒコ――

「なに！　矢暮井秀彦だと?　あいつ、たかがディレクター上がりのくせに、俺さまに逆らうつもりか」

大端去勢は、股間の脹《ふく》らみがほっぺたの方へ移ったように、まん丸の顔をいっそう脹らませて立ち去った。

それからというもの、次から次へと、名前が出た人物が現われては、それぞれ復讐を誓って飛び出して行く。だが、奇妙なことに、現実に復讐が行われたというニュースは入ってこなかった。

「いったいどういうことになっているんだ」

鴨田は多少、薄気味悪くなってきた。

「どうしてこう、次々に裏切り者の名前が出てきては、際限なく繋《つな》がっていくんだ？」

『ドミノ　倒シ　ミタイナ　モノネ』

とゼニガタはこともなげに答えた。

「ドミノ倒し？」

『ソウ　田中軍団　イウテモ　ヒトリヒトリ支《ささ》エアッテ　生キテイルノヨ　ヒトリガ　オカシクナルト　次々　オカシクナル』

「すると、この先、どうなるんだ？」

『タブン　ミンナ　倒レル　ネズミノ　集団自殺ミタイナ　モノヨ』

「しかし、倒れるって言っても、どんな倒れ方をするんだい？」

『ソレハ　モウジキ　分カルネ』

ゼニガタは意味ありげに「ケケケケ」と、奇怪な音を立てた。

6

比呂子が鴨田探偵事務所のドアを開けた時には、もう電話のベルが鳴っていたから、ひょっとすると、早朝から鳴りっぱなしに鳴っていたのかもしれない。

「はいはい、鴨田探偵事務所……」

「わしだわしだ、田中だ、角兵衛だ」

「はい、毎度ありがとうございます」

「こっちはちっともありがたくなんかないのだ。所長はいるかね、所長は」

「まだ出勤しておりませんが」

「何を愚図愚図《ぐずぐず》しとるのかね。大至急来てもらいたいんじゃよ。大変なことが起きた」

「何事でしょうか?」

「あんたじゃ駄目だ、しかし、緊急だから鴨田君に伝えてくれ。田森が死によったとな」

「え? 田森武さんが、ですか?」

「ああ、そうだ。変死だよヘンシ……。それも、選《よ》りに選って、わしの家で死によった。保釈中の身のわしの家でだぞ」

最後は悲鳴のような声を出した。

『イヨイヨ　始マッタカ　ネズミノ　集団自殺ガ』

ゼニガタはいつもどおりの、冷たくノッペリした無表情だが、鴨田と由美と比呂子は震え上がった。

「ほんとに集団自殺が始まるのか?」

『ソウダ　始マッタノダ　計算ニヨレバ　コレカラ　等比級数的ニ　自殺ガ　発生スルハズダ　ナムアーメンゲーキョウ』

ゼニガタのお経に送られて、鴨田は重い足を引き摺《ず》りながら、田中邸へ向かった。田中邸の門前には、例によって警察官が立ち番をしている。警察はいったい、田中の逃亡を防ぐために番をしているのか、それとも、外部からのテロを防ぐために番をしているのか、鴨田はいつも疑問に思う。

警察官は中の異変に気付いた様子がないところを見ると、事件は隠密裡《おんみつり》に処理されようとしているに違いない。

鴨田は門まで迎えに出ていた書生ふうの男に案内されて、おっかなびっくり、奥の部屋へ通った。田中はテーブルの向うに、ボディーガードを率《ひ》き連れて、少し脅《おび》えた表情で座っていた。脅えるのも道理、田中と向かい合う椅子には、田森武がつんのめるようにテーブルに顔を伏せ、血ヘドを吐いて死んでいた。

「いったいどうしたのです？」

鴨田は半身《はんみ》の姿勢で、威勢の上がらない声を出した。

「どうもこうも、さっぱり分からん。そこに座って、茶を一杯飲んだかと思ったら、とつぜん苦しみだして、あっというまにその有様じゃ」

「お茶は誰が出したのです？」

田中が顎《あご》をしゃくった先で、ボディーガードの一人がガタガタ震えて、ムキになって弁解した。

「私じゃありませんよ。お茶は出しましたけど、毒なんか入れませんよ」

「どうして毒死と分かるんです？」

「それは、ほれ、そこの金魚が死にましたから」

田森が死んだ直後、もしや――と思って、茶碗の中の液体をほんの少し、金魚鉢の中に落としてみたのだそうだ。金魚は三匹とも、白い腹を上にして死んでいた。

「しかし、状況はきわめて不利ですねえ」

「冗談じゃない」

田中角兵衛は吐き捨てるように言った。

「こいつは自殺に決っとる。田森のやつ、わしの怒りから逃れられんと覚悟して、いやがらせのために、わしの目の前で死によった」

「証明できますか？」

「証明なんかできっこないだろう。警察はわれわれの犯行だと思うだろうし、第一、わしは保釈中の人間だ。こうなっちまったら、三審制だなんて言ってみてもはじまりゃせんのだ」

「困りましたねえ……」

口では言いながら、鴨田は心の中で、（思い知ったか――）と、快哉《かいさい》を叫んだ。法律も政治も裁くことのできなかった闇将軍を、こともあろうに軍団のメンバーが窮地《きゅうち》に追い込んだのだ。

「ともかく、しばらく秘密にしておくより仕方ないのではないでしょうか。その間にゼニガタが何かいい智恵を考え出しますよ」

「そうかそうか、頼りにしているよ。うまく片付いたら、あんたを警視総監にしてやる」

「ありがとうございます」

田森武の死体は、ひとまず田中の秘密金庫に隠すことになった。ボディーガードたちが死体を運ぶのを尻目に、鴨田は目黒から事務所へ戻ってきた。

「どうだろう、田森はほんとうに自殺したのかな?」

『キマッテイル　ヤンケ　ネズミノ　集団自殺ガハジマッタ　言ウタヤロ』

ゼニガタは気を悪くして、河内弁《かわちべん》が出た。

「しかし、動機もないし、毒物を持っていた形跡もないらしいよ」

『シャアケ　警察ガ　調ベタラ　他殺　イウコトニナルヤンケ　角兵衛ハ　ドナイモ　コナイモ動ケンヨウニ　ナルンヤ　見トッテミイ　モウジキ　次ノネズミ　ガ　イキヨルケンナ』

とたんに電話のベルが鳴って、ゼニガタを除く三人は飛び上がった。電話の主はもちろん角兵衛御大《おんたい》だ。ダミ声が二オクターブばかり上ずって、まるで悲鳴のように、「モモだ、モモだ……」と言っている。

「モモがどうしたのですか?」

鴨田はわざと冷静に言ってやった。

「モモ？　いやそうじゃない、またた、まただと言っとるのが分からんのか。また死によったんじゃよ」

「えっ？　すると大端去勢氏ですか？」

「な、な、なんと……、どうして知っているんだ？　そうなのだ、大端のやつが、またしても自殺しよったのじゃ。なんとかしてくれ。うまく処理したら、あんたを法務大臣にしてやる」

「すぐ行きます」と電話を切ってから、鴨田はゼニガタに向き直った。

「おいゼニガタよ、これはどういう現象と考えたらいいんだ？」

『スベテハ　田中軍団ノ　石ノ　団結ガ　原因ネ金用会ノ　メンバーハ　角兵衛ノ　金力ト　恐怖政治ニ　シバラレテ　ニッチモ　サッチモ　イカナイノダ　足ヌキヲ　スレバ　タタキノメサレル相互ニ　監視シアイ　積木ノ　ヨウニ　ガンジガラメニ　組ミアワサッテイル　ダカラ　ヒトツガ抜ケルト　次ツギニ　崩《クズ》レテユク　ソレニ　軍団ハ　抜ケタ　ヤツヲ　生カシテオカナイ　裏切リモノ　殺ス　ドウセ死ヌナラ　田中ノ　前デ　死ンデヤレ　トイウ心理　ダナ』

「うーん……。しかし、一人ぐらい自殺するのは驚かないが、たて続けに死ぬというのはどういうわけだ？」

『積木クズシノ　コツハ　連鎖反応ノ　キーポイントヲ　ハズス　コトネ　核爆発ノ　原理モ　同ジコトヨ』

それ以上は、鴨田英作の貧弱な頭脳では、とても理解できそうになかった。

「ともかく行ってくる」

『ドコヘ　行クノカ』

「決ってるじゃないか、田中のところだ」

『行クコトナイ　ムダダ　ヤメトケ』

「やめとけって……、そんなことしたら、今度こそ殺されちまうよ」

　鴨田はゼニガタを無視して事務所を飛び出したが、ゼニガタの予言どおり、結局、無駄足を踏むことになってしまった。

7

　鴨田の乗ったタクシーが目黒の田中邸に近付いた時、後ろから来たパトカーがサイレンを鳴らしてタクシーの前を塞《ふさ》いだ。降りてきた男を見て、鴨田は思わず叫んでしまった。

「なんだ、本多じゃないか！」

　ゼニガタの生みの親の一人、警視庁科学捜査研究所の本多警視どのが、ニコニコ笑いながら鴨田の目の前に立った。

「狭い日本、そんなに急いでどこへ行く？」

「済みません」と、運ちゃんがペコペコ頭を下げた。

「このお客さんが、むやみに急がせるもんでつい。それに、パトカーに捕まっても大丈夫だ、俺はもうじき警視総監になるのだからとか言って、少しこれみたいですぜ」

　頭の脇で人差し指をクルクル回した。

「分かってる、だからこうしてお迎えに来たのだよ」

　本多警視はすまして言うと、タクシー料金を払った。

「おい、これはどういうこっちゃ？」

「まあいいから、僕の車に乗れよ」

パトカーを運転しているのは、毎度おなじみの芳賀刑事だった。助手席には海坊主の綿貫刑事もいる。後部座席に本多と鴨田が乗るのを待って、パトカーは走りだした。

「なんだか、犯人護送みたいで、あまりいい気分じゃないな」

「我慢しろよ。これで命が助かるのだから、ぜいたくは言っていられないだろう」

「いのち？　……、どういう意味だ、それは」

「このまま田中角兵衛のところへ行ったら、確実に殺されるっていうことだ。あそこはいま、ひどいことになっているはずだ」

「しかし、俺が行かないと、事務所が危ないんだ。ある事情があってな……」

「田中のことなら心配するな。いまやそれどころではないのだ。ゼニガタがそう言ったはずだがな？」

「えっ？　どうしてそれを知っている？」

「なんだ、それじゃ、鴨田はまるっきり何も知らないのか。今回のことはすべてわれわれの仕組んだ仕事だよ。田中軍団のメンバーの中に警察幹部の名前があっただろう。あの人たちが危険を冒して、金用会の組織を解明して、ゼニガタにそのデータをインプットしておいたのだ。どうすれば金用会を崩壊させることができるか。また、田中角兵衛を失脚させることができるか。その答えをゼニガタが出してくれたというわけだ」

「ふーん……」

鴨田はむしろ、ぶぜんとした。

「なんのこっちゃ、それじゃ、態《てい》よく、鴨田探偵事務所を利用したってことか」

「まあ、早くいうとそうなるが、しかし、結構、商売になったのだからいいじゃないか。まあ、警視総監にはなりそこなったがな」

パトカーは鴨田の事務所の前に停《と》まった。由美と比呂子は鴨田の無事な顔を見て、ほっとした様子だ。

「あれから大変でしたのよ」

由美は息をはずませて言った。

「田中角兵衛から何度も電話がかかって、その都《つ》度《ど》、また死んだ、また死んだって……。五人までは電話がありましたけど、鴨田さんが帰ってらっしゃる少し前で、プッツリ跡絶《とだ》えました。それがかえって、なんだか不気味な感じがするんです。何かまたあったのじゃないかしら？」

「つまり、電話もできないほど、混乱した状態だということでしょう」

本多警視が言った時、ゼニガタが慌しく文字を表示した。

『ソレ　違ウノコトヨ　田中角兵衛ハ、モウ電話デキナイ』

「えっ？　……」と、本多は顔色を変えた。

「おい、鴨田、行こう！」

言うなり、鴨田の腕を掴んで、外へ引っ張りだした。

パトカーはサイレンを鳴らしてつっ走り、猛スピードで田中邸に滑《すべ》り込んだ。邸内は、当然、お通夜のように静まり返っているかと思いきや、建物の中から大勢の声でドンチャン騒ぎが聴こえてくる。入っていくと、田中軍団、金用会の連中が、阿波踊りよろしく踊り狂っているのだ。驚いたことに、田中のボディーガードも総出で騒いでいる。

「どうしたんですか？」

鴨田は顔を知っている男に訊いた。

「あははは、死んだんですよ、死んだの。これでやっと解放されました」

「死んだって、誰がですか？」

「あははは、あそこです、あそこ……」

指で差し示す方を見て、鴨田はゾーッとした。死屍累々《ししるいるい》というのは決してオーバーではない。七つか八つか、とにかく死体が折り重なるようにして転がっている。そして、一番上には、あの特徴のある田中角兵衛の顔が、天を仰いで目を剥いていた。

死線上のアリア

1

鴨田英作が「辻真理《つじまり》のリサイタルに行く」と言ったとき、鴨田探偵事務所の三人のスタッフは三様の反応を示した。

「まあ、鴨田さんとリサイタルなんて、ほんとうにお似合いですわ」

こう言ったのは女流探偵の藤岡由美だ。もちろん、九十九パーセントのお世辞と一パーセントの皮肉でしかないのだが、鴨田には、これが九十九パーセントの尊敬と一パーセントの羨望《せんぼう》に聞こえる重宝《ちょうほう》な耳がある。

「あたし、たぶんいまなら予定をキャンセルできると思うわ」

こう言ったのはアシスタントの生井比呂子だ。もうすっかり、鴨田所長と一緒にリサイタルへ行く気になっているから恐ろしい。この娘の思い込みを、どう宥《なだ》めすかすかが、当分のあいだ、鴨田の大事業になることは、まず間違いない。

ところでもう一人——いや、正確には、一台と呼ぶべきなのだが——のスタッフは、例によってほとんど無関心に、単調な演算音をカタカタと立て、ノッペリしたブラウン管上にディスプレイを表示した。

『鴨田ニハ　リサイタルヨリ　リサイクルノホウガ　ヨク似合ウ』

（うっせえ……）と思ったが、鴨田はあえて無視することにした。へたに反論しようものなら、この犯罪捜査用スーパーパソコン『ゼニガタ』は、たちまち百万単語ほどを並べたてて、鴨田英作なる人物がいかにリサイタルなどという文化的状況に不向きな存在であるかを、科学的、哲学的、数学的、かつ経済学的に立証してしまうだろう。そんなのに付き合っているひまがあったら、川崎《かわさき》の石鹸《せっけん》国へでも行ったほうが、どれほどましかしれやしない。

「でも、鴨田さんが辻真理のファンだとは知りませんでしたわ」

　藤岡由美は今度こそ百パーセントの意外感を籠《こ》めて、言った。

「いや、べつにファンというわけじゃないんだけど、ぜひ来てくれっていうもんだから」

「まあ、それじゃご招待？」

　意外感は百二十パーセントまで上昇した。

「そう、あまりしつこく頼むもんだから、断わりきれなくてねえ」

「断わるなんて、もったいない。辻真理のリサイタルは、よほどのコネがないかぎり、切符がとれませんのよ。羨ましいわぁ」

　これは本音である。

「そうなの？　だけど、ぼくはピアノなんか聴くより、津軽三味線《つがるじゃみせん》を聴きたいですよ」

「あら？」と由美は呆《あき》れた。

「辻真理は、ピアニストじゃなく、ヴァイオリニストでしてよ」

「なんだ、そうなの？」

「まあ、ご存じなかったのですか？　辻真理といえば、世界的に有名で、今度、ながいあいだ住み馴れたウィーンから、ストラディバリの名器を持って凱旋《がいせん》するというので、いま日本じゅうの音楽ファンが大騒ぎをしているじゃありませんか」

「まあ、名器の持ち主なんですの？」

　生井比呂子が、どういうわけか頰《ほお》をそめて訊いた。

「ええ、すばらしい名器だそうですわよ」

「じゃあ所長は、その名器が目的で行くんですか？」

「そうなんだよ、へぇーっ、比呂子ちゃん、よく分かったねぇ」

「あきれた、よくもぬけぬけと……」

比呂子は口惜《くや》しそうに鴨田を睨《にら》んだ。耳年増《みみどしま》のこの娘は、完全に何か勘違いしているらしい。

2

辻真理のヴァイオリンを守ってくれないか、と依頼してきたのは、警視庁科学捜査研究所の本多警視である。

「ヴァイオリンを守ってくれって、なんのこっちゃ？」

鴨田は訊いた。

「要するに、盗難、テロの魔手からヴァイオリンを守るのだ」

「オーバーだな、たかがヴァイオリンだろ？」

「たかがなどと、気軽に言ってもらっては困る。なにしろ、八千万の代物《しろもの》だ」

「八千円か、割りと高いな」

「八千円じゃない、八千万円だ」

「なんだ、大した違いはな……くないな。おい、いま、八千万円と言ったのか？」

「ああ、そうだよ、八千万円だ」

「なるほど、そうすると、そのヴァイオリンなるものは、豊田商事の金にベルギーダイヤモンドがちりばめられているのだな」

「いや、ふつうの木製だ」

「モクセイというと、ひょっとして、木でできているのと違うか？」

「そうだよ」

「ははは、ジョーダンはよせ」

「そんな西川のりおみたいなことを言っている場合ではない。これは真面目な話なのだ」

本多が真面目に話したことによると、辻真理からのヴァイオリン警護の要請は警視庁に持ち込まれたのだそうだ。しかし、警視庁が民間人の財物の警護に当たるわけにはいかないので、本多を通じて鴨田探偵事務所を紹介することになった。

「いやだよそんなの」

鴨田はあっさり断わった。「ヴァイオリンのお守《も》りをするくらいなら、うちの比呂子ちゃんのお守りをしているほうがまだマシだ」

「そんなことを言うなよ。友達の誼《よしみ》じゃないか」

「ヨシミでもヒロミでも断わるよ。趣味じゃないし、だいいち、わが鴨田探偵事務所はそんなチャチな仕事はしないことにしている」

「そうか、それは残念だな。せっかく美人ヴァイオリニストの身辺警護ができるというのになあ」

「…………」

「それに、ひと晩三十万のギャラなのに、欲がないな。さすが金持ちは鷹揚《おうよう》なものだ」

「ちょっと待て」

鴨田は慌《あわ》てて言った。「断わるつもりだったが、どうしてもと言うなら、なんとかスケジュールをやりくりしてもいいのだ」

「いや、そう無理することはないよ」

「無理でもなんとかする。ほかならぬ本多の頼みだしな。それに俺はともかく、ゼニガタのやつが貪欲《どんよく》に稼ぎたがる。あいつは能力はあるが育ちが悪くそのうえにセコいと、三拍子揃《そろ》っている」

鴨田自身はその三拍子のなかの能力だけが欠けているのだが、本多はそんなことは言わない。

「そうか、引き受けてくれるか、やはり持つべきものは友達だ」

喜んで帰っていった。

3

というわけで、鴨田は辻真理が帰朝しているあいだ、身辺警護を務めることになった。初仕事は赤坂《あかさか》のホテルニューオタニでのパーティである。

辻真理女史の部屋は、次の間つきの貴賓室で、次の間だけでも鴨田のアパートより広いくらいの豪華さだ。そこに枯れ枝みたいな感じの女性秘書がいて、鴨田を奥の部屋に案内してくれた。

辻真理は本多が言うように、たしかに美女ではあったが、本多は「美女」の前に「元」をつけ忘れたらしい。いかんせん古い。六十歳のご高齢である。鴨田は初対面の段階で意欲を失った。

「おお。あんなたんぬが、かんもったさんでっすか、ようろしっくたのんみまむす」

辻真理女史はドイツ訛《なま》りで挨拶した。顔を見ると確かに還暦だが、ファッションはまるで少女が着るようなものだ。真っ赤なドレス、薄むらさきに染めた髪、イヤリングからネックレス、指輪、ブレスレット、眼鏡にいたるまで、ありとあらゆる宝石をキンキラに飾りたてている。

「ヴァイオリンより、その宝石を守ったほうがいいんじゃありませんか？」

鴨田が余計なことを言うと、キンキラおばさんは「おお、そうれは、ちがいのます」とオーバーに両手を広げ、肩をすくめた。つまり、女史の言うことを日本語に訳すと、早い話、宝石ならまた買えばいいが、ヴァイオリンは二度と手に入らない宝物——というわけである。

「いちど、そのヴァイオリンを見せていただきたいものですね」

鴨田が言うと、枯れ枝ねえやがうやうやしくヴァイオリンケースを運んできた。

ケースを開けると、なんのことはない、ただのヴァイオリンである。ベルギーダイヤモンドどころか、あちこちのニスが剝《は》げているみたいな、とても八千万円だのといえる代物には思えない。

「ずいぶん古そうですね」

鴨田は遠慮のない意見を言った。

「ようく分っかりますねむ」

「そりゃ、こう古ければ分かりますよ。やっぱり還暦ぐらいですか？」

「カンレキ？　とんでるもんない、にっひゃくろくじゅねんだっひげるまん」

「えっ？　えっ？　にっひゃくろくじゅねんでっかわーげん」

鴨田はつられて、ドイツ風に驚いた。

枯れ枝ねえやが分かりやすく解説してくれたところによると、辻女史のストラディバリは一七二五年に製作されたもので、女史が手に入れた十八年前の価格が七千五百万円だったそうである。そこから割り出して、時価八千万円と称しているのだが、実際の値段はそのときになってみないと分からないのだという。

そういえば、寿司屋の「時価」というのも分からない。鴨田はいちど、うっかりそれを無視して注文して、目の玉が飛び出したことがあって以来、いう名器ですか」
「へぇー、これが時価……いや、ステラレタリと
「時価」には近寄らないようにしている。

おそるおそる覗き込んで言うと、枯れ枝ねえやが、「あっ、そこで喋らないで、汚ない息がかかるわ」と、慌ててケースの蓋を閉めた。
「それから、あなた、ステラレタリではありませんよ。これはストラディバリ、捨てられたりはわたくしです。あなたはわたくしの古傷を笑いものになさるのですか?」

口惜し涙を浮かべて、言った。
「あっ、失礼しました。いや、べつにそういう意味で言ったわけでは……」

鴨田は思いがけなく、枯れ枝ねえやの過去を皮肉った結果にびっくりした。まったく口は災い——とはよく言ったものである。それにしても、捨てられたのは理解できるが、こんな枯れ枝ねえやにも、それなりにロマンスがあったという、この世の摩訶《まか》不思議と、男の物好きには感嘆しないわけにはいかない。

4

その日の夜、ホテルニューオタニの雲竜《うんりゅう》の間で、辻真理の凱旋祝賀パーティが開催された。内外の名士五百人が招待されているというから、聖《せい》子《こ》チャン・正輝《まさき》クン以来の盛会である。

雲竜の間の正面にステージが設《しつら》えられ、ステージの右袖に金屛風《きんびょうぶ》を置き、その前に辻女史が枯れ枝ねえやと鴨田を従えて立つ。参会者はつぎつぎに女史に近づいて、祝いの言葉を述べてから、それぞれのテーブルに散っていく。

来る客、来る客がみな、どこかで見た顔であることに、鴨田はすっかりたまげてしまった。現職の大臣もいれば野党の領袖《りょうしゅう》もいる。財界の大立者もいれば労組の幹部もいる——といった具合だ。もちろん、文化人、学者、芸術家、俳優と、ありとあらゆる分野の著名人を網羅《もうら》している。招《よ》ばれてないのは、雑誌の編集者と推理作家ぐらいなものだ。

テーブルの上には名札があって、客たちはそれに従って席につくわけだが、もちろん上客はステージに近く、遠くなるにつれて、しだいに社会的地位のランクは下がる。もっとも、このランクの決め方についてはそれぞれの主観が左右するから、いつの場合でも微妙な問題を生じかねない。

大臣クラスの政治家が上なのは、まあ順当としても、それでは野党の領袖がその次かというと、なかなかそう単純にはいかない。与党の代議士連中が、面白くないだろうし、財界の大立者だって、隠然たる実力からいえば、黙ってはいられない。では文化勲章受章者はどうなるのだ。だいたい、学者と役者とではどっちが上なのか？——といった調子で、際限がない。小学校なら小さい者順でいっぺんに片づくのと較べると、大人の世界は面倒臭いものだ。

ところがよくしたもので、こういう場所で席順をとやかく言ったり、気に入らないからといって帰ってしまうような人は、まずいない。みんなニコニコ、定められた席に腰を落ち着けるものと相場が決まっている。

それだけに、下席に座らされた客の、内に秘めた屈辱と怨念《おんねん》は物凄い。

（あの野郎がなんで俺より上なんだ——）

こういう思念が、賑《にぎ》やかな会話を縫って飛び交うのだから、会場に満ち満ちたサイコキネシスは猛烈なエネルギーを有するにちがいないのである。

テーブルは六人ずつがゆったり座れる程度の大きさで、さしもの広い雲竜の間も入口近くまでぎっしり詰まった。主催者の挨拶があって、辻真理の帰朝挨拶があって、文部大臣の音頭で乾杯があって、それをきっかけに食事が運ばれてきた。オードブルからメインディッシュまで、鴨田が見たこともないような豪勢な料理である。

その鴨田は、といえば、乾杯にも料理にも関わりなく、目の前のストラディバリと睨めっこを続けている。

ストラディバリはケースを開いた状態で、強化プラスティック製のショーケースに納まって、ステージの客席寄りに展示してある。今夜の目玉はもちろん辻真理の演奏だが、客たちには魅力だった。

よもやこの衆人環視の真《ま》っ只中《ただなか》で、盗みを働く者はなさそうだが、鴨田は引き受けた以上、たとえ全神経が、旨《うま》そうな料理の匂いのほうに向いていようと、格好だけでも目を光らせていないわけにはいかない。

食事の途中で何人かの来賓から、祝辞が述べられた。デザートが出されると、いよいよお待ちかねの辻真理の演奏である。お世辞といやみとワイ談とサイコキネシスの飛び交った会場がシーンと静まり返った。

辻女史がステージに立った。皆の視線がいっせいに注がれる。あのストラディバリの演奏が聴かれると期待した。

もちろん鴨田もそう期待した者の一人だ。八千万円のヴァイオリンとは、はたしてどういう音を出すものか。おばさん同様、キンキラとでも鳴るのだろうか?

だが、女史が手にするはずのストラディバリは、プラスティックのショーケースに入ったままである。その代わりに少し大柄のヴァイオリンを構えている。あれ? これじゃ羊頭狗肉《ようとうくにく》のたぐいじゃないか——と思ったが、辻女史は澄ました顔で演奏を開始した。

およそクラシック音楽に縁のない鴨田でさえも、うっとり聴き惚れるような美しい曲であった。もちろん曲の題名なんか知らないが、腹に響くような低音が心にしみる。

へえー、クラシックも悪くないなあ。今度はぜひ由美さんと一緒に音楽会へ行こう——と、鴨田が鼻の下を伸ばした途端、「ダーンッ!」という大音響が起こった。

「なんだっ?」

鴨田は飛び上がった。鴨田だけではない、会場が総立ちになった。いや、正確に言うと一人を除いて——である。たった一人の異端者は、ステージのすぐ前、つまり最上席の中央にいる紳士であった。彼は立ち上がる代わりに、椅子からずり落ちて、床の上に長々と寝そべった。べつに演奏に聴き飽きて眠りこけたのでないことは、彼の呼吸が停《と》まったことでも明らかだ。それでも気がつかないお節介な女が、紳士の顔を覗き込んで「キャーッ」と悲鳴を上げてひっくり返った。

紳士の顎《あご》の辺りから、新鮮で温かい血潮がトクトクと噴き出していた。

5

警察が駆けつけ、会場周辺の往来を遮断するまでに、招待客のほとんどが引き揚げてしまっていた。残ったのは、死んだ紳士のごく親しい知人か、よほどの物好きか、人の不幸に蠅《はえ》のごとく群がる芸能リポーターぐらいなものである。

わが鴨田英作はどこにどうしていたかというと、事件勃発《ぼっぱつ》と同時にストラディバリをショーケースごとかかえて、スタコラサッサ、辻女史の部屋へ逃げ込んだきり、ひたすら夜の明けるのを待つ態勢だ。とにかく一晩を無事に過ごせば三十万円也《なり》のギャラにありつくことができる。このさい、人が死のうが、赤ん坊が生まれようが、知ったこっちゃないという心境だ。

辻女史は奥の部屋に引き籠《こも》ったままだ。演奏中にいきなり「ダーン」だから、よほどショックがきつかったにちがいない。

枯れ枝ねえやが介抱していたが、そのうちにドアから顔を出して、

「たいしたことはありませんから医者は呼ばなくても大丈夫」と言って、すぐ引っ込んだ。

それからまた、うんともすんとも物音がしない状態が続いて、小一時間も経ったころ、枯れ枝ねえやは部屋を出てきた。

「ご苦労さまでした。あなたもどうぞお引き取りくださってけっこうです」

「え？　そうはいきませんよ。朝まで番をします」

「そんなに張りきらなくてもいいのです。この部屋の鍵は二重構造の電子ロックだし、窓の外は三

十六階の垂直の壁ですからね。盗難もテロも心配ありません」

「いえ、それは心配ありませんが、ギャラのほうが心配なのです」

「まあ……」

枯れ枝ねえやは呆れた——という顔をした。

「それでしたら、はい、ここに小切手がありますから、お持ちなさい」

三十万円の小切手を差し出した。それならそうと、早く言ってくれれば、さもしいことを言わずにすんだのに。

鴨田はありがたく小切手を押し戴《いただ》くと、貴賓室を後にして、エレベーターで三階まで降り、上を下への大騒ぎになっている雲竜の間を覗いてみることにした。ただし、これは社会正義に根ざした行動でもなければ、職業意識によるものでもなく、ただの野次馬根性に駆られただけの話だ。

雲竜の間の前の廊下にはロープが張られ、制服の警察官が睨みをきかせていて、近づくことができない。鴨田が諦《あきら》めて帰ろうとすると、会場係のボーイがこっちを指差しながら刑事に何か言っている。とたんに刑事が走ってきて、鴨田の腕を摑《つか》んだ。

「あんた、さっきまで雲竜の間にいたね？」

「ええ、いましたよ」

「被害者のすぐ近くにいたね？」

「ええ、いましたよ」

「事件直後、いち早く現場を逃げだしたそうだが？」

「逃げたわけじゃありませんよ」

「しかし、あんたがいちばん早くいなくなったそうじゃないか」

「そうかもしれませんね、ステージのすぐ後ろにある、従業員用の通路から退去しましたからね」

「なぜ逃げたのかね」

「だからー、逃げたわけじゃないと言ってるでしょうに」

「しかし、被害者のほうを見向きもしないで、すたこらさっさと出ていったのだろ？」

「それはそうですが……」

「そういうのを、われわれの業界では『逃げる』、または『トンズラ』と言っているのだがね」

「なるほど、しかし、われわれの業界では、そういう思い込みを『邪推』または『やぶにらみ』と言っていますよ」

「なぬ？　猪口才《ちょこざい》な……。それじゃ訊くが、あんたの業界とは何かね？」

「ぼくはこういう者です」


鴨田は『鴨田探偵事務所所長』の肩書のある名刺を出した。それでも足りないと思ったから、

「警視庁科学捜査研究所の本多警視に頼まれて、辻真理さんの警護に当たっている者ですよ」

と言った。

「ふーん……」

がぜん、刑事の態度が変わった。いずれ警視総監になるであろうと噂《うわさ》の高い本多の名を知っているらしい。

「そうでありましたか、どうもご苦労さまです。ではお気をつけてお引き取りください」

「あ、ちょっと待ってくれませんか」

鴨田は刑事を呼び止めた。「さっきのあなたは、『被害者』と言ったようですが、そうすると、これは殺しですか？」

「はあ、いや、まだそう断定したわけではありま

せんが」

「すみませんが、事件の概要を教えてくれませんかねえ」

「いえ、それは困ります」

「そう言わないで……、ぼくも本多警視に報告しなきゃならないもんで……、もちろんあなたから聞いたなんてことは言いませんよ」

「いや、それじゃだめです」

「ほんとに名前は言いません、約束します」

「それがだめなのです。本多警視どのに、本官の名前を言ってくれるのでなければ、意味がありません」

「あ、なるほど、分かりました。あなたの名前を添えて報告することにしましょう」

　鴨田はしかつめらしく、メモを構えた。

「それならお話しします。本官は警視庁赤坂《あかさか》警察署刑事課捜査係巡査部長・成田宗郎《なりたそうろう》であります。あ、ソーローはそのソーローではなくこのソーローであります」

　成田ソーロー部長刑事が話してくれたところによると、死んだのは外務省特別顧問の斉藤秀三郎《さいとうひでさぶろう》であった。若いころから外交畑ひと筋に活躍してきた秀才で、各国駐在大使を歴任、将来は政界入りが必至かと目《もく》されていたが、本人にその野心はなく、アメリカ駐在大使を最後に引退し、著作に専念する以外は悠々自適の生活を送っていた。

　清廉潔白、高潔の人――というのが斉藤秀三郎に与えられる形容句である。無欲恬淡《てんたん》という評もある。まだ六十七歳、健康の面でも充分、今後の活躍を期待できる人物であっただけに、彼の死は、引退表明のとき以上に惜しまれるというのが、大方の見方だそうだ。

死因は小型ピストルから発射された弾丸による、頸動脈《けいどうみゃく》および脳髄破壊で、ほぼ即死であった。凶器のピストルは掌《てのひら》の中に納まる程度の大きさで、製造されたのはおそらく戦前——五十年近い昔のものではないかと推定される。

ところで、凶器のピストルの発見された場所が奇妙だった。ピストルはなんと、斉藤氏の胸の内ポケットにあったのである。

警察は最初、犯人が犯行後、ピストルを斉藤氏のポケットに隠して逃走したのではないか——という仮説を立てたが、その後の調べで、ピストルから検出された指紋は被害者のものだけだったこと、それに、発射時に飛散した硝煙《しょうえん》がポケットの布地から検出されたことから、斉藤氏が所持していたピストルが、たまたま暴発したのではないか——という推定が有力になってきた。

しかし、家人などの証言で、斉藤氏がそんなピストルを所持していたという事実がないらしいことがはっきりしてくると、また殺害説が復活する——といった按配《あんばい》で、事故、他殺の両面で捜査を進めることになった。

6

「でも、パーティの会場でピストルを撃って、それを誰も目撃していないなんてことがあるかしら?」

翌朝、鴨田の話を聞いて、藤岡由美は首をひねった。「所長の真ん前で起こったことなのでしょう?　所長はご覧にならなかったのですか?」

「ああ、ぼくはストラディバリのほうに気を取られていたからねえ、ダーンとくるまで、客の動きは見ていないんですよ」

「それにしたって、斉藤氏はいちばん前の席に座っていたのでしょう？　後ろに大勢、お客の目があるのに、目撃者が一人もいないなんてことはありえませんよ」

「ということは、由美さんは事故じゃないかって言いたいわけ？」

「ええ、わたくしはそう思いますわ」

「あたしもそう思うわねえ」

比呂子も言った。

「ぼくもそう思うけどさ」と鴨田は二人の女性には到底、逆らえない。

「ただ、事故っていうのも変ですわねえ」

由美は言った。「だって、ポケットの中で暴発したのなら、当然、ポケットに穴が開いていなきゃならないでしょう？」

「いや、それがね、少し前屈みの格好になっていると、ポケットの上が開くし、襟元《えりもと》も広がるだろ？　そこからうまい具合に弾丸が飛び出した可能性はあるらしいのだよ。ただし問題は、斉藤氏がそんなピストルを持っていた形跡が、まるっきりないことだ……。ところで、この点についてゼニガタはいったいどう考えるのだろうねえ」

三人の目がゼニガタの上に注がれた。ゼニガタは面倒臭そうに、わざとそうしているとしか思えない、のんびりしたスピードで「カタリカタリ」と作動して、ディスプレイを並べた。

『データ不足、演算不能』

愛想のないことおびただしい。

「データ不足って、どんなデータが必要なんだ？」

『何モカモ　全部』

「それじゃ分からないだろ。いっそ犯人の名前でもインプットしろってことかよ」

『ソレガ　イチバン　早イ』

「真面目にやれよ、まず何が欲しい」

『鴨田ノ　頭ニ　脳味噌ガ　欲シイ』

「ふざけるなよ」

『斉藤氏ノ　過去ノ　データ　欲シイ』

「分かった、それじゃ、本多警視に頼んで、警視庁のデータバンクとマイクロ回線で繫《つな》いでもらおう」

すぐにその作業は行なわれた。斉藤秀三郎の生まれたときから死に至るまでの経歴が、こと細かにゼニガタにインプットされた。

そしてじっと待つこと二分間――、ラーメンより早く分析は終わった。

『結論　出タ』

「えっ？　もう出たのか。さすが世界一の犯罪捜査用パソコンだけのことはあるな」

『オダテテモ　何モ出ナイ』

「まあそう言わずに、答えを出してくれよ」

『デハ　出ス』

鴨田と由美と比呂子が固唾《かたず》を飲んで、ゼニガタのブラウン管を注目していると、あっさり、九つの文字が並んだ。

『斉藤ハ　死ナナカッタ』

「？……」

三人はキツネにつままれたように、たがいに顔を見合わせた。一瞬、ゼニガタが故障したのかと思った。だいたい、近ごろはパソコンブームだ、ワープロブームだと騒いで、メーカーはどんどん新製品を出しているけれど、まだ開発途上にあるせいか、むやみやたら故障ばかりしている。作者のワープロなど、二百万円もする最高級品のくせに、しょっちゅう『メモリーエラー　担当セールスニ連絡シテクダサイ』『装置ニ欠陥ガアリマス担当セールスニ連絡シテクダサイ』ばっかしだ。そのくせこの担当セールスなる者が怠慢で、待てど暮らせど、さっぱりやってこない、とこんなところでなんで作者の個人的不満が出てくるのだ？

「おい、ゼニガタ、大丈夫か？」

鴨田は心配そうに訊いた。

『何ガ　カ？』

「何がって。斉藤氏は死んだのだよ。それは俺が確認しているから間違いない」

『ソンナコトハ　分カッテイル』

「だったらなんで『死ナナカッタ』なんて言ったりするんだ？」

『斉藤ノ　過去ノデータヲ　分析スルト　斉藤ハマダ生キテイルハズナノダ』

「ハズナノダって澄ましてもらっても困る。斉藤氏は現実に死んだのだからな」

『ダカラ　オカシイ』

「おかしいのはゼニガタのICのほうだろう。担当セールスを呼んで、オーバーホールしなきゃいけないのかな？」

『アホ　ヌカセ　ゼニガタ　狂ッテ　ナイ』

「そう言うのにかぎって、おかしいときたものだ」

『ソレデハ　ヒトツダケ　ヒント　ヤル』

「どんなヒントだ？」

『辻真理ハ　ドンナ曲ヲ　弾《ひ》イタカ？』

「……？」

やっぱりゼニガタは狂ってしまったのだ、と鴨田は思った。ほかの二人もおなじ思いだったにちがいない。そういえば、このところずっと、ゼニガタには過酷な労働を強《し》いたものなあ——と鴨田は反省した。いや、悪いのは鴨田ではない、根本的な問題は日本の犯罪の増加、ひいては政治の堕落、教育の荒廃、物価の高騰、雑誌の原稿料の安さにある。

「ゼニガタよ、今日はもうこのへんにしよう。きみもゆっくり休みたまえ、祓《はら》いたまえ」

『ド　ド　ドウシタ？　富士山ガ　噴火スルノカ？　枯レ木ニ　鼻ガ　咲クノカ？　妬《ヤ》イタ魚ガ泳ギダスノカ？……』

ゼニガタはショックのあまり、ディスプレイが支離滅裂になった。

「そんなに驚くことはないだろう、人がせっかく優しくしてやっているのに」

『ヤ　ヤ　ヤメテクレ　ソンナ　ICニ　悪イコトハ……』

実際、ゼニガタのICは過熱ぎみらしい。まったく可愛げのないやつだ、人の好意を無にするとは——と、鴨田は腹が立った。

「分かったよ、それじゃいまの質問に答えてやろう……」

と言ってはみたものの、鴨田は辻女史が弾いた、あのうっとりするような曲の題名を知らないのであった。そこで、昨夜の客の一人に問い合わせると、「あのときの曲は、バッハのG線上のアリアです」という答えだった。

『了解　コノ曲　ダナ？』

ゼニガタはメロディーを流しはじめた。電子音だが、それでも美しい。

「そうだそうだ、この曲だ」

『ソレデハ　次ニ　ピストルノ　データヲ　インプットシロ　イヤ　弾丸ノ　データモ　忘レルナ』

ゼニガタはがぜん、人使いが荒くなった。

7

ゼニガタが要求した、ピストルと弾丸の工学的、物理的データをすべてインプットすると、ゼニガタはかなり長い時間、カタカタカタカタと作動し演算していたが、ついに諦めたように、ピタリと止まった。

『ドウモ　オカシイ　コンナハズハ　ナイノダガ……』

ディスプレイを打ち出す音も、力ない。

「何がおかしいのだ?　おまえの頭か?」

鴨田のジョークにも反発しない。

『鴨田　イウトオリ　カモシレナイ　何カガ違ウデモ　分カラナイ　ホントニ　ゼニガタ　狂ッテイル　カモシレナイ』

「そうだろう?　おかしいよ、確かに。だいたい、仁川城《ジンセンじょう》のアリランとかいう曲にしたって、もっとしっとり落ち着いた曲で、あんなに高い音じゃなかったのだ」

「所長、それを言うなら、G線上《ジーせんじょう》のアリアでしてよ」

藤岡由美が注意したのもそっちのけで、ゼニガタは猛烈な勢いで、ディスプレイに打ち出した。

『モシカスルト　昨夜ノ　演奏ハ　ストラディバリデハ　ナカッタノデハ　ナイカ?』

「ああ、そうだよ。ストラディバリを出し惜しみしてさ、辻真理はもっとでかいヴァイオリンで弾《ひ》いたのだ」

『バカバカバカバカ　鴨田ノバカ』

ゼニガタはやたらにバカを並べた。

『ナゼニ　ソレヲ　早ク　言ワナイノカ』

「そんなこと言ったって、訊かれないんだから言いようがないじゃないか」

『モウイイ　鴨田ハ　相手ニナラナイ　由美サンニ　頼ミタイノダケド　オ願イシテ　イイカシラ』

「いやな野郎だな、由美さんに頼むときだけ、オカマみたいなディスプレイを出しやがる」

『ウッセー　黙レ　妬《ヤ》クナ　邪魔スルナ　ネエ由美サン』

由美は板挟みになって、当惑ぎみに「ホホホ……」と笑ってかわした。

「それでゼニガタさん、あなたの頼みって、何ですの？」

『サッキ　発展途上人間ガ　デカイ　ヴァイオリント　ヌカシオッタケド　アレ　ドウ思イマシテ？』

「ああ、あのことね。わたくしも大きなヴァイオリンというのはおかしいと思ったのですけど、もしかすると、それはヴァイオリンじゃなくて、ヴィオラじゃなかったのかしら？」

『ヤッパシ　サスガ　美シイーッ』

ゼニガタは財津一郎みたいなディスプレイで感激した。

『ソコデ　オ願イ　由美サン　ソノ　ヴィオラヲ見テキテ　クダサイマセンカ？』

「ええ、いいですわよ。鴨田所長に案内していただくわ」

『ダメー』「だめよ！」

ゼニガタと比呂子が同時にディスプレイに叫んだ。

『鴨田ト　一緒ニ　ホテル行ク　ダメヨ』

「そうよ、そんなことしたら、まるで猫に小判じゃないの」

『比呂子　ソレ　言ウナラ　猫ニ　カツオブシチガウカ？』

「どっちでもいいけど、とにかくだめよ、ぜったい、だめ！」

「やあねえ……」

由美は真っ赤になった。「そんなに心配するなら、わたくし一人で行ってきますわ」

「いや、そんなもったいない……、いや、危険なことはさせられませんよ」

鴨田は言った。せっかくのチャンスをみすみす逸するなんて――と、未練たらしい顔をしたが、ゼニガタと比呂子のガードは固く、由美は結局、一人で出掛けることになった。

驚いたことに、辻真理の部屋のドアには、まるで重病の患者みたいに「面会謝絶」の札がかかっていた。いや、ホテルマンの話によると、実際、辻女史は昨夜のショック以来、気息奄々《きそくえんえん》の状態であるらしい。

由美がドアをノックすると、枯れ枝ねえやが顔を覗かせた。

「鴨田探偵事務所から参りました」

「あら？　今日は女の方ですの？」

枯れ枝ねえやは残念そうに言ったが、ともかくドアを開けて入れてくれた。辻女史は奥の部屋にいるのか、姿が見えない。

「辻先生はお体がお悪いのでしょうか？」

「ええ、とても……。この分ですと、すべてのスケジュールをキャンセルして、ウィーンへ戻ることになるかもしれません。そうなりましたら、おたくの事務所との契約もキャンセルさせていただかなければなりません。いえ、もちろんキャンセル料はお支払いいたしますけど」

「まあ、それはなんて残念なことでしょう。いいえ、キャンセル料なんて結構ですけど、日本じゅうのファンががっかりしますわ。あのストラディバリを、先生がどういうふうにお弾きになるのか、期待しておりましたのに」

「仕方がありませんわねえ、あんな事件があったのですもの」

「ほんと、恐ろしいことでしたわ。それに、せっかくの名演奏の最中に、なんて心ないことをしたものでしょうねえ。あ、そうそう、名演奏で思い出しましたけれど、昨夜の演奏はストラディバリではなかったそうですわね？」

「いいえ、ストラディバリでお弾きになりましたよ」

「あら？　……、うちの所長がそんなことを言っておりましたけれど？　ストラディバリはショーケースの中に入っていたとか」

「ええ、ヴァイオリンのほうはそうですけど、ヴィオラをお使いになりましたからね」

「と仰《おっしゃ》いますと、ヴィオラもストラディバリですの？」

「ええ、そうですわよ。このほうはヴァイオリンほどお高くはありませんけれど、四十年もご愛用なさってらっしゃるので、あの名器がもう、ご自分の体の一部のようになっているって仰います」

名器が体の一部――というので、由美は思わず比呂子の変な言葉を連想してしまった。

「そうですの、四十年も……」

　四十年も昔といえば、キンキラおばさんもまだ花の盛りの十九か二十歳——、いまの由美より八歳も若い。さぞかしいろいろなロマンスがあったことだろう。

「ところで、G線上のアリアといえばヴァイオリンの名曲だと思っていましたけれど、ヴィオラでお弾きになることもあるのですね」

「いいえ、あんなことはわたくしも初めてですのよ。突然ヴィオラで弾くって仰って。でも、なんでお弾きになっても、名曲とすばらしい演奏には変わりはございませんでしたわよ」

「そうですってねえ。わたくしもぜひお聴きしたかったのですけど」

「あら、それでしたらお聴きになる？　録音したテープがございましてよ」

「えっ、ほんとですの？」

「ええ、いつも記念にと思って、先生に内緒でこっそり録音しておきますのよ」

「まあ、でしたら、ぜひお聴きしたいわ」

「そう、お聴きになりたい？　でしたらどうぞ……、いえ、ここではだめですけどね。どうぞお貸ししますから、お持ちになって。ただし、明日の朝までにはお返しくださいね。ひょっとすると、急に日本を離れることになるかもしれませんから」

8

　由美が持ち帰ったテープから流れ出る美しいメロディーに、鴨田探偵事務所の面々はうっとりと聴き惚れた。文化とか芸術とかにはおよそ縁の遠い鴨田までが、目を閉じ、少年のように純粋っぽい顔をしているのだから、本物の芸術というものは万古不易《ばんこふえき》だ。

だが、陶酔のときも束の間、とつぜん起きた「ダーン」という轟音《ごうおん》に夢を破られることになる。

「ちぇっ、せっかくいい気分になっているのになあ。これじゃ、G線上のアリアも台なしだよ」

鴨田はようやく、曲名を間違えずに言えたが、それをゼニガタが冷たくつき放した。

『G線上ノアリア　ト違ウネ』

「ん？　どうしてだ？　これはG線上のアリアでいいんだろう？　仁川城のアリランじゃないだろう？」

「そうよゼニガタさん、G線上のアリアに間違いないはずよ」

由美も珍しく、鴨田の肩を持った。

『違ウノコトヨ　コレハG線上ナイネ　ヨク考エテミル　ヨロシ』

「よく考えるって……、どうしてかしら？」

由美は首を傾《かし》げていたが、「あっ、そうか分かったわ」と叫んだ。

「そうね。やっぱりゼニガタさんの言うとおりですわ。これはG線上のアリアじゃないのね」

『サスガ　由美サン　エライ　鴨田ト　脳味噌ノ分量　違ウネ』

鴨田と比呂子は顔を見合わせた。

「何よ、何よ」と比呂子は口を尖《とが》らせる。

「二人だけで、分かり合っちゃってさ。どうせあたしと所長は脳味噌の足りない同士ですよ」

「そうだよ、何がどうなっているのか、教えてくれたっていいじゃないか」

「あら、ごめんなさい」

由美は駄々っ子二人に、慌てて謝った。

「この曲はね、確かにバッハのG線上のアリアと同じメロディーなのですけれど、弾いている楽器がヴィオラでしょう。だから、G線上のアリアではないっていうことなんですのよ」

「？……、どうしてさ、なんで弾こうと歌おうと、赤城《あかぎ》の子守唄は赤城の子守唄だし、憧《あこが》れのハワイ航路は憧れのハワイ航路じゃないのかい？」

なんだってこんな古い曲名しか出てこないのかね？

「そうじゃないんですのよ」

由美は微苦笑を浮かべて、言った。

「ヴィオラもヴァイオリンも弦は四本で、見た目には大きさがちょっと違うくらいですけれど、張ってある弦の音域が違うんです。ヴァイオリンのいちばん低い音の弦はG線だけど、ヴィオラはそれより五度低いC線を張ってあるんですよ」

「…………」

鴨田と比呂子はまた、無言、である。それがどうした？　という目で、由美の顔をじっと見つめている。

「あら……、何か顔についてまして？」

由美はとまどったようなポーズをつけた。これは、人に見つめられている美人の常套句《じょうとうく》である。自分の顔には美しく整った眉、目、鼻、口のほか何もついていないことぐらい、先刻承知なのだ。ただし、これは美人がやるから許されるのであって、ブスが真似することは、法律で禁止されている。

「どうもよく分からないなあ……」

鴨田は溜息をついた。「そもそも、G線上のアリアっていうのは、どうしてそんな名前なのかが分からない」

「ああ、それでしたら、こういう謂《いわれ》がありますのよ」

由美が鴨田と比呂子に説明した。「G線上のアリア」の名の故事来歴を簡単に言うと、次のようなものだ。

もともとこのアリアは、バッハの作曲した組曲の中の一部であった。ところが、このアリアの部分があまりにも美しいために、ここだけを抜粋して、ヴァイオリンのソロで演奏されるようになった。もちろん、最初のころは、普通の曲と同じように、ヴァイオリンの四本の弦を使って弾かれていたのだが、ヴィルヘルミという人がG線——つまり、ヴァイオリンの弦の中でもっとも低い音を出す弦、一本だけで演奏するように編曲した。この奏法はかなり高度のテクニックを要求されるけれど、G線独特の緊張感を伴った音色が曲想にマッチして、ただでさえ美しい曲に迫力のようなものが加味され、聴衆を魅了した。それ以後「G線上のアリア」という名が定着し、いまでは、ヴァイオリンの小曲として知らない者はいないほど親しまれている。

「へえーっ、勉強になるなあ。ただのユーモアミステリーじゃないなあ」

鴨田は読者の声を代弁して感心した。

「なるほど、その曲をヴィオラで弾くと、C線上を弾くのだから『G線上のアリア』とは言えないわけか。つまり、『C線上のアリア』っていうわけだね？」

「そうそう、C線上のアリアですわ」

「まあ……」と比呂子は脅《おび》えた顔になった。

「死線上のアリアだなんて、不吉だわ」

「なるほど、死線上のアリアか……」

鴨田は比呂子のそういう独特の感性には、ときどき驚かされる。

『比呂子　イイコト　言ッタ』

ゼニガタも賞賛した。

『ホント　C線上ノアリア　ダカラ　殺サレタノネ』

「なんだって?　……」

ゼニガタがまた妙なことを言いだした。鴨田も由美も比呂子も、心配そうに覗き込む。

9

「G線がC線になると、どうして人が殺されることになるのだ?」

鴨田が訊いた。由美も比呂子も「そうよ、そうよ」と肯《うなず》く。

『G線ガ　C線ニ　ナルト　音程ガ　5度低クナル』

「フーン、そうなのかい?　由美さん」

「ええ、それはそのとおりですけど、でもそれがどうして?……」

『分カリマセンカ?　由美サンガ　分カラナイノデハ　鴨田ニハ　無理ネ　ヨシヨシ　ソレデハ　シミュレーション　デ　見セテアゲル』

ゼニガタはブラウン管に図形を描きはじめた。どうやら小型ピストルの断面図らしい。銃の中には弾丸まで、ちゃんと描いてある。

『イイカネ　オ立チ会イ　コレガ　斉藤ヲ殺シタピストル　アル　ア　ダメダメ　ソノ　線カラ入ッタラアカン　子供ハ　帰リナ』

「子供なんかいないぞ、真面目にやれ」

『エヘヘヘ　コレ　決マリ文句ネ　ツマリ　枕絵《マクラエ》アルヨ』

「ばか、それを言うなら枕詞《まくらことば》だろ」

『デハ　前置キハ　コレクライニシテ　マズ　ヴァイオリン　カラ　始メル』

ヴァイオリンの演奏でG線上のアリアが始まった。正真正銘のG線上のアリアである。演奏は続くが、画面のピストルには何の変化も起きない。

「何も起きないじゃないか」

『分カッテイル　コレカラガ　問題ナノダ』

曲がいったんやみ、少し間を空けて、ふたたびメロディーが流れ出す。今度のは明らかに音程が低い。ヴィオラのC線を使っていることは、すでに由美の説明を聞いているから、よく分かる。

なるほど、ずいぶん違うものである。空《す》きっ腹に響くような低音だ。

そのうちに、ブラウン管上の画面に微妙な変化が起きるのが分かった。ゼニガタはとくにその部分にズームアップしていく。その部分とは、弾丸の断面図の部分である。

薬莢《やっきょう》の壁面が震動している。その振幅がしだいに大きくなるようだ。そして――。

「ダーン」

いきなり轟音が鳴った。画面は一瞬、空白になって、やがて煙がかき消えるように、ふたたび断面図が見えてきた。

「あっ……」と、三人の人間は叫んだ。なんと図面のピストルから、弾丸が消えてしまっていた。

「そうか、じゃあ、あの暴発は……」

言ったきり、鴨田は絶句した。

「そうでしたのね、つまり、C線上の振動に弾丸の薬莢の内壁が共振して、それがピークに達した瞬間、火薬が爆発したのですわ」

『ソノトオリ　由美　頭イイ』

「そうすると、斉藤氏を殺した犯人は、辻真理女史か……」

鴨田はやりきれない——といったように、首を振った。

「しかし、どうして……？　動機は何なのだろう？　斉藤氏は清廉潔白、高潔の人だよ。高血圧で頭の血管が爆発したのなら分かるけれど」

『鴨田　マジメニヤレ』

ゼニガタは文句をディスプレイした。

「いや、真面目だよ。冗談のひとつぐらい言わないと、たまらないじゃないか」

『動機ハ　四十年前ニ　アル』

「四十年前？　俺が生まれるはるか昔だな。ゼニガタなんか、部品の原料もなかったころだ」

『古クテ　イイノハ　ストラディバリ　グライナモノダ』

「まあいい、それで四十年前に何があったんだ？」

『斉藤ハ　ドイツニ　イタ　辻真理モ　ベルリンニイタ』

「えっ？　ほんとうか？」

『ゼニガタ　嘘《ウソ》イワナイ　白人　嘘ツキ』

「そうか、ドイツに接点があったのか……、待てよ、四十年前のドイツといえば、確かベルリン陥落じゃなかったか？」

『ソウダ　マンザラ　バカデモナイナ』

「うっせえ！　そうか、そのベルリンで、斉藤と辻女史のあいだに何かあったんだな。たとえば、斉藤が女史をたぶらかして、おもちゃにして、さんざ遊んで転がして、あとであっさり捨てたのか、ネエ、トンコトンコ」

こういう下世話となると、鴨田の推理力はがぜん鋭くなる。

「よし、直ちに警視庁に連絡だ。斉藤殺しの下手人は辻真理に決まった。行くぞ、ついてこい八五《はちご》郎《ろう》」

「待って！」と、比呂子が叫んだ。

「なんだ、お静《しず》、門出《かどで》に涙は不吉だよ」

「そうじゃないんです、ちょっと気になることがあるの。さっきのテープ、もう一度聴いてみませんか？」

「さっきのテープ？　あのダーンていうやつかい？」

「ええ、そうなんです。ダーンの少し前のところからでいいんだけど、なんだか違うような気がするものだから」

「なんだか知らないけど、時間の無駄みたいだけどなあ……」

鴨田はしぶしぶテープをセットし直した。最初のほうははしょって、「ダーン」の少し前からリプレイする。

たとえ途中からでも短くても、美しいメロディーに変わりはない。

「あっ、ここよ、ここ！」

比呂子が叫んだ直後、「ダーン」ときた。

「なんだよ、二度びっくりしたじゃないか。いったい、何がどうしたんだい？」

「そこんとこ、演奏がおかしかったような気がするの。さっきゼニガタが演奏したのと違ってるんじゃないかしら？」

『ナナナナナ……』とゼニガタが慌てたような

音で、メモリーのチェックを開始した。

『ホント　ホント　スゴイ　比呂子　言ウトオリ辻真理ノ　演奏　狂ッテイルノダ』

「狂っている？」

『ソウダ　アノ演奏デハ　暴発ハ　起キナイノダ振動ノ　サイクルガ　ホンノスコシ　変化シテパワーガ　不足シテイル』

「しかし、そんなこと言ったって、現実に暴発は起きているじゃないか。とにかく辻真理が犯人であることには変わりはない。とにかく行くぞ、続け八《はち》」

鴨田は飛び出した。

もっとも、後に従うものなど、誰もいない。

10

「はい、おっしゃまんべるとおりでっすよ、かんもったさん」

辻真理女史はしょんぼりと椅子に座りながら、ドイツ訛りで話した。しかし、ドイツ語を知らない読者に、その言葉どおり伝えるのは酷というものであろう。で、標準語に通訳して書くことにする。そのほうがドイツ語を知らない作者としてもやりやすい。

「私はたしかに、斉藤さんを殺そうと考えておりました。斉藤さんとは四十一年前にドイツで、彼が大使館の書記官を務めておりましたとき、知り合いました。当時、音楽留学をしておりました私は彼を愛し、彼も私を愛してくれたと信じておりました。ところがベルリン陥落の直前、彼は私を残して脱出してしまったのです。

それからの私がどれほどの辛酸《しんさん》を嘗《な》めたか、ご想像にお任せします。そうして、私はもし生きて日本の土を踏むことができたら、必ず復讐《ふくしゅう》をしてやると心に誓い、そのためにのみ生きてきました。でも、いざそれを実行しようとしても、なかなかできるものではありません。それやこれやしている間に、私も年を取りました。ぐずぐずしていては、永久にチャンスを失うことになるでしょう。

このたびの帰朝は、彼を殺すことが目的でした。そして、彼を第一番の賓客として、ステージの正面に招待したのです。挨拶のために彼が私に近寄ったとき、私は彼の手の中にピストルを握らせました。あのピストルは、ベルリンで共に死のうと約束して、私の手に彼が握らせた品だったのです。彼は青ざめて、ピストルを胸のポケットに仕舞《しま》いました。これで準備完了です。

私はステージで演奏を始めました。G線上のアリアをヴァイオリンではなく、ヴィオラで弾いたのは、お祭しのとおりの理由からです。そうしてまもなく弾丸が発射されるピークに近づいたとき、私はハッとして、弓を持つ手から力が抜けかけました。彼が洋服の上から胸の辺りを押えて、奇妙な動作をしているのです。私にはそれが、ピストルの引き金を引こうとするのだと、すぐに分かりました。

彼は、一瞬、私を見て、微笑《ほほえ》んだように見えました。そのとたん、ダーンと……」

話し終えると、辻女史はぐったりと椅子の背に倒れた。

「悲しいお話ですわねえ……」

由美は鴨田の報告を聞いて、ハンカチで涙を拭《ぬぐ》った。比呂子にいたっては、目を真っ赤に泣き腫《は》らしている。

鴨田だって、キンキラおばさんの話を聞きながら、涙をこらえるのに必死だったのだ。

「ゼニガタはいいよなあ、感情ってものがないんだから」

『何言ウカ　ゼニガタダッテ　感情モアル　涙モアル』

「嘘つけ、くやしかったら、泣いてみろ」

『嘘ダト　思ウナラ　下ヲ　見ロ』

「?……」

鴨田はゼニガタの台の下を見た。なるほどそこには水らしきものが流れている。

「あっ、ほんとだ。しかしこの涙、ちょっと臭くありゃしないか?」

『?　ホントカ　オカシイナ　?　?　アア分カッタ　化学式ヲ　間違エタ　アンモニアヲ　入レテシマッタ』

「アンモニアだと?　じゃあ、これは、小便か?……」

鴨田も二人の女性も、ゼニガタの前から飛び退《の》いた。

怪盗パソコン「ゴエモン」登場

1

ショーウィンドウを鏡代わりにして、ネクタイの歪《ゆが》みを直そうとした時、背後の街角に隠れる人影があった。

(尾行《つけ》られているな――)

鴨田英作は緊張した。商売柄、尾行の経験は何度もあるけれど、尾行された経験はまだなかった。

(何者かな? ――)

鴨田は首をひねった。尾行される覚えはまったくない。もしかすると、縁談を持ち込むための、事前の素行《そこう》調査かもしれない。

(俺にも花咲く春がやってくるのか――)

嫁さんを貰《もら》うなら、最愛の藤岡由美と決めているが、それはそれとして、縁談やバレンタインのチョコレートなんてものは、多ければ多いほど、景気がいい。

しかし、そうは言っても、尾行されるというのは、あまり気持のいいものではない。だいいち、何かと不便なことが生じる。とりあえず、川崎のお風呂屋さんへ行くのを、当分見合わせなければならないのが、つらい。

(さて、どうしたものか――)

鴨田はウィンドウの前を離れて、公園通りを歩きながら、思案した。テキも商売なのだから、同業の誼《よしみ》で、素知らぬ振りを装《よそお》ってやってもいいのだが、探偵が探偵されたんじゃ、みっともなくてしょうがない。

鴨田は少し足を早めて、その先の路地をひょいと曲がった。

ピタッと壁に張り付いて待っていると、ドタドタと不細工な足音が近付いてくる。頃合を見計らって、足音の前に飛び出した。

「あっ」「あっ」

テキも驚いたが、鴨田も驚いた。同時に叫んだまま、二人とも大口を開けて見詰め合った。

「わ、わ、綿貫さん……」

なんと、尾行者は警視庁の綿貫刑事だったのだ。そういえば、さっきチラッと見えた海坊主みたいなシルエットは、綿貫刑事のトレードマークにちがいない。

「あんただったのか」

「申し訳ない」

綿貫は大きい体を小さくして、恐縮した。

「なんだなんだ、俺を尾行《つけ》てどうしようっていうんだよ」

「いや、これは上からの命令でして……」

「命令？　じゃあ、本多のやつも承知しているってわけ？」

「はい、本多警視どのの命令ですから」

「本多が？　いったい、俺が何をしたっていうんだ？」

「それは捜査上の機密ですので、お教えするわけにはいきません」

「なにが捜査上の機密だよ。本多といえば、ゼニガタの生みの親、俺とは兄弟分みたいなものなんだよ。その本多が俺を捜査するはずがないじゃないか」

「しかし、事実でありますから」

「事実も痔疾《じしつ》もあるかよ。あの野郎、どうするか見てろ！」

鴨田は頭にきて、科学捜査研究所の本多のところへすっ飛んで行った。

だが、怒り狂った鴨田を前にして、本多は澄《す》ました顔で、言ったのである。

「警視庁としては、N三六〇号事件についての捜査で、鴨田英作に対して、重大な関心を抱いているのだ」

「なんだい、その、古い軽自動車みたいな番号は？」

「マスコミなんかでは、連続怪盗事件などと言っている」

「ああ、あれなら、俺も知っている。警察や警備の裏をかいて、鮮《あざ》やかな手口で盗み出すそうじゃないか。まるで、捜査陣の手の内を知り尽《つ》くしているみたいだとか聴いたが」

「そうだ、そのとおりだ。われわれの行動をすべて事前に予測しているとしか思えないような、巧妙な犯行なのだ」

「まさに神出鬼没ってやつだな。いったい何者か知らんが、テキながら天晴《あっぱ》れだ」

「ふん」

本多は鼻の先で笑った。

「ところが、現代に神や鬼はいない。それに代わって奇蹟《きせき》を行なうものはコンピュータということになる。警察の手口をすべて飲み込んだコンピュータとなると、僕の知るかぎりでは、ただ一台しか存在しないのだ」

「ふーん……、そいつはどこにあるんだ？」

「鴨田探偵事務所というところにある」

「なぬ？　……」

鴨田はようやく気が付いた。

「すると、つまり、ゼニガタがそれ——というわけか？」

「そういうことだ。しかし、ゼニガタ自身は犯罪は行なわない。問題は、ゼニガタを扱う人間の方にある」

「ゼニガタを扱う人間——といえば、俺のことじゃないか」

「そうらしいね」

「らしい、だと？　馬鹿も休み休み言え。冗談にもほどがある」

「いや、冗談で言っているわけじゃない」

「なんだと？　それじゃ、怪盗軽自動車は俺ってことになるじゃないか」

「やはり、そうだったのか。よく自首してきてくれた。神妙にすれば、おカミにもお慈悲というものがあるからな」

「ありがとう……、ん？　よせよ、俺が怪盗であるわけがないじゃないか。もしそうだとしたら、盗んだ物はどこにあるんだよ。俺の事務所には、とてものこと、入りきれっこないぜ」

「そこが鴨田の——というより、ゼニガタの巧妙なところだ。絶対に発見されない隠匿《いんとく》場所があるらしいな。いったい、どこに隠したんだ？」

「知るか、そんなもの。そんなに疑うんだったら、尾行でも、金魚のウンコでも付けたらいいだろう」

「だからそうしているのだ。お蔭《かげ》で、この一週間というもの、事件は発生していない。どうだ、やりにくいだろう」

「一週間？　今日だけじゃないのか……」

鴨田は呆《あき》れると同時に、へきえきした。

「そうすると、川崎にも尾行《つけ》てきたのか？」

「ああ、もちろんだとも。それにしても鴨田は、いろいろ忙しい男のようだ。この報告書によると、この一週間だけで、鴨田は十数回、法を犯している。売春防止法違反が三回に、道路交通法違反が十一回、軽犯罪法違反が二回……、まあ、別件で逮捕する気なら、いくらでもチャンスがあるのだが、お目こぼししてやっているのだ。感謝してもらいたいな。それから、酔っぱらっても、立ち小便なんかはするなよ。友人として、恥ずかしい」

鴨田は開いた口が塞《ふさ》がらなかった。

2

『ソレハ　名誉ニ　カカワル　問題　ダ』

鴨田の話を聴くやいなや、ゼニガタは憤然《ふんぜん》としてディスプレイに文字を打ち出した。

「そうだ、そのとおりだ、俺の人格や信用を冒瀆《ぼうとく》し、著《いちじる》しく名誉を傷つけられた」

『アンタノ　名誉ナンカ　ドウデモ　イイ　ゼニガタガ　犯罪ニ　手ヲ　貸シタ　イウノ　許セナイ』

「この野郎、言うことがカワユクないね」

『コノママ　デハ　世間ニ　顔向ケ　デキナイ　オ嫁ニ　行ケナイ』

「馬鹿、怒る時は、真面目に怒れ」

まあ、鴨田に名誉があるかどうかはともかく、鴨田探偵事務所の信用に傷がついては、商売に差し支《つか》える。だいいち、海坊主みたいな刑事にウロウロされたのでは、お客が寄りつかなくなってしまう。文字どおり、おマンマの食い上げなのだ。

「それに、ゼニガタの電気代だって払えなくなるかもしれない。そうだ、どうせ客が来ないんだから、電気を止めておこうか」

『エッ？　ヤ　ヤ　ヤメテヨ　コノアイダ　停電シタ時　スッカリ　冷エキッテ　リューマチニ

ナリソウダッタノダカラ　ネエ　オ願イ　所長サーン』

「気色《きしょく》の悪い猫撫《ねこな》でメッセージを出すな。よし、分かった。ここ当分、電気は止めないから、その代わり、どうしたらいいのか、真剣に考えろ」

『ドウスレバイイカ　ソレ　カンタンヨ　真犯人ヲ　捜《さが》セバ　イイノコトネ』

「馬鹿、そんなことは当たり前だ」

『馬鹿　馬鹿　言ウナ　ゼニガタガ　馬鹿ナラIQ80ノ　鴨田ハ　ナニナルカ』

「あれ？　この野郎、そんなデータまで、いったい誰が打ち込みやがったんだ？」

『誰モナイ　毎日　ツキアッテイレバ　ワカルコトヨ』

「うっせえ、そんなゴタク並べてないで、さっさと作業にかかれ」


ゼニガタは、マイクロ回線で、警視庁資料室の〔N三六〇号事件〕に関するデータを取り出すと、猛スピードで演算を始めた。

待つこと六時間、これはゼニガタの演算時間としては、ケタ外《はず》れに長い。よほど難しい作業だったに違いない。そして、午後九時になって、ようやくゼニガタは作動を停止した。

「どうした、結論が出たのか？」

ソファーに横になっていた鴨田は、「カタカタ……」という演算音が止んだので、急いで飛び起きた。さすがのゼニガタもいささかバテ気味らしい。モニターに出た文字がユラユラとゆらめいた。

『結論　出タ』

「それで、どうなんだ、犯人は何者だ？」

『鴨田英作』

「な、な、なんだと？　……」

鴨田はわが目を疑った。これはたぶん悪い夢を見ているに違いない。文字が揺れるのはそのせいなのだ。

だが、ゼニガタはノッペリした無表情で、もう一度、強調するように、『鴨田英作ガ　犯人ダ』という表示を、ご丁寧《ていねい》にも、点滅させている。

「どういうこっちゃ？　リューマチが頭にきたんじゃないのか？」

『ソウカモ　シレナイ』

ゼニガタもしおらしい。やはり、自分で出した結論に疑問を抱いていたのだ。

「俺が犯人じゃないってことは、ゼニガタ自身がよく承知しているはずじゃないか」

鴨田は頭にきて、怒鳴った。

『音量　オーバー　ソンナニ　怒鳴ルト　ＩＣニ悪イ　鴨田ト　チガイ　ゼニガタ　デリケートヨ』

「何をぬかしやがる。ひとを犯人呼ばわりしておきながら、デリケートもあるものか」

『鴨田ノ気持　ヨクワカル　鴨田　犯人ナイコトモ　ワカル　シカシ　論理的ニハ　ソウイウ結論出タネ』

「実際は犯人じゃなくて、しかし、論理的には犯人——とは、どういう意味だ？」

『ヨク　ワカラナイ　シカシ　ソウナル』

「それじゃ、答えにも何にもなっていないじゃないか、どうしてそうなるんだ？」

『ナゼカ　ナラバ　Ｎ三六〇号事件ノ　犯行ハゼニガタノ　頭脳ト　鴨田ノ　馬鹿力ガ　ナケレバ　不可能　ダカラナノダ』

「馬鹿力は余計だが、どうして、われわれでなければならないのだ？」

『鴨田ハ　ドウデモイイ　シカシ　ゼニガタホドノ　能力ヲ　モッモノハ　ホカニハ　存在シナイ』

「そんなこと分かるものか。日本には存在しなくても、コンピュータの本場のアメリカになら、もっと優秀なパソコンがゴロゴロしているかもしれない」

『言ウコトガ　カワユクナイ　タシカニ　優秀ナパソコンハ　アル　シカシ　日本人ノ　非合理性ヲ　理解デキル　ノハ　ゼニガタダケ　ナノダ』

「だったら、ゼニガタと同じパソコンを造ればいいわけじゃないいか。つまり、ゼニガタのイミテーションョン、ゼニガタのコピーってやつだ」

『ソレ　無理ヨ　ゼニガタハ　犯罪捜査用ニ　造ッタ　唯一無二ノ　存在ネ　ホカデ　真似シタクテモ　警視庁ガ　データヲ　出サナイノダ』

「うーん……」

鴨田は貧弱な頭を絞《しぼ》って考え込んだ。

「待てよ、ゼニガタは犯罪捜査用――つまり犯人を逮捕するために造られたパソコンだよな」

『ソノ　考エ　タダシイ　スバラシイ　アイデアダ』

「ちぇっ、ばかにするな、言いたいのは、これから先のことだ。いいか、犯罪捜査用にゼニガタは造られたのだから、当然、犯罪者側にも、それに対抗するための、同じようなパソコンを造ろうという考えがあってもいいはずじゃないか。つまり、完全犯罪用パソコンだ」

『ムムムム……』

ゼニガタは、これまで鴨田が聴いたことのないような、異様な音を立てた。信じられないことにぶつかって、ICの分析機能が消化不良を起こしたに違いない。

『奇蹟ダ　コノ世ノ　オワリダ　ノストラダムスノ　大予言ハ　タダシカッタノダ』

「なんだなんだ、どうしたんだ?」

『鴨田ニ　考エル　能力ガ　アルナンテ　奇蹟ダコノ世ノ　オワリダ　ノストラ……』

「いいかげんにしろ!」

鴨田はついに、ゼニガタの電源を切った。

3

「なるほど、完全犯罪用パソコンか……」

本多警視は、鴨田の話を聴いて感心した。

「確かに鴨田の言うとおりかもしれない。いやあ、驚いたなあ、鴨田に……」

と、途中まで言いかけて、慌《あわ》てて口をつぐんだ。

「なんだよ、どうせ、俺にそんな能力があるなんて、信じられない。奇蹟だ、この世の終わりだ、ノストラダムスの大予言は正しい、とでも言いたいのだろう」

「え?　え?　ど、どうして分かった?」

「いいよ、いいよ、なんとでも言いやがれ。とにかくだな、テキは警察の捜査の進め方を熟知したヤツだから、警察の裏をかくなんてことは朝メシ前なのだ。したがって、こっちは、テキのもうひとつ裏をかく作戦を考える必要がある」

「なるほど、それで、どうすればいい?」

「その方法は、いま、この俺が考えているところだ。パソコンの裏をかくのはやはり人間でなければできないからな」

「しかしのんびりしているわけにはいかない。あさってから始まる、世界秘宝展には、『星に願いを』という、純金製の彫刻が陳列されるのだ」

「ふーん、なんだか、あまり美しそうなイメージじゃないな」

「いや、この世のものとは思えない傑作だ。とにかく、時価二十億円、某国の国宝だから、警視庁の威信《いしん》をかけて盗難から守らなければならない」

「ということは、その『星に願いを』が狙《ねら》われているってことなのか？」

「そうだ、これを見ろ」

本多はデスクの引出しから、一通の封書を出して、鴨田の前に置いた。どこにでもある安手の封筒に、わざと下手くそに書いた文字で、『日本国警視庁殿』と、宛名《あてな》が書かれ、差し出し人は、『ゴエモン』とあった。封書の中には、ふつうの白洋紙が折畳《おりたた》んで入っていて、その真中に、「『星に願いを』頂《いただ》きに参上――ゴエモン」と書いてあった。

「すると、このゴエモンというのが、例の怪盗なのか？」

「そうだ、過去の事件で、犯行現場にかならず『ゴエモン』と書いた紙が残されている。『ゴエモン』というのは、まさしく『ゼニガタ』と共通した発想だとは思わないか」

「それで、この俺を疑ったというわけか。どうも警察は単細胞的な考え方をする」

単細胞の鴨田に「単細胞」と言われて、本多は不服そうな顔をしたが、鴨田を犯人呼ばわりした手前、文句は言えなかった。

「とにかく、問題の『星に願いを』と展示会場の様子を一度、見ておこう」

本多は鴨田を連れて、東都博物館へ向かった。

東都博物館は、まず、会場としては一流といっていい。

鴨田たちが到着した時は、展示品を搬入《はんにゅう》している真最中だった。展示室は全部で五部屋ある。問題の『星に願いを』はその中央展示室に、他の数点の彫像にかこまれるように陳列されてあった。『星に願いを』は、早くいうと女の像だ。全身が純金で両眼がルビー、額《ひたい》にダイヤモンドを埋め込み、歯はプラチナでできている——という、世界に冠たるノーキョー趣味がギンギラギンと輝いているような代物《しろもの》だが、これが、某国では尊いとされているのだそうだ。

「秘宝展」と銘打《めいう》っているけれど、目玉はこの『星に願いを』だけで、あとは安っぽい彫刻が数十点並ぶだけである。『星に願いを』は非売品だが、ほかはすべて売り物。要するに、『星に願いを』を看板にして、大量生産の安物を高く売ろうという魂胆《こんたん》が見え透《す》いている。某国はこの「秘宝展」を世界各地で開催し、その売り上げが国の経済を支えているという。

鴨田と本多は、会場内を一通り歩いた。開催を明後日に控え、会場の警備は厳重をきわめている。各室には制服のガードマンと私服の刑事が一人ずつ配置され、もちろん、会場の入口にも数人のガードマンが四六時中、張番に立っている。

「これだけ厳重なら、戦車でもこないかぎり大丈夫じゃないかな」

鴨田は呆れ返って、言った。

「だいいち、あの『星に願いを』は、大きさはともかく、重さが七十二キロもあるそうじゃないか。おいそれと運び出すわけにはいかないだろう」

「僕もそうは思うよ。そうは思うが、しかしゴエモンというヤツは不可能を可能にするからな。警戒しすぎるということはない」

「しかし、うまく盗み出したとしてだよ、こんなものを売るわけにもいかないだろうし、いったいどうするつもりなのかねえ」

「ゴエモンにとっては、盗み出すこと、それ自体が目的なのだ。つまり、ヤツにしてみれば、スリル満点のゲームみたいなものなのだろう」

「ふーん、人騒がせな野郎だな」

鴨田は会場の見取り図と、展示品の写真入り目録とその位置、それに警備陣の配置図を手にして事務所に戻った。事務所には女流探偵の藤岡由美と、助手の生井比呂子が心配そうな顔で待っていた。

「どうやら、ゼニガタの向こうを張って、怪盗ゴエモンというのが出現したらしい」

鴨田がこれまでの経過を話すと、由美は目を丸くして感嘆した。

「すごいわ、ゼニガタも気付かなかった、完全犯罪用パソコンの存在を看破《かんぱ》するなんて、さすがに所長は冴《さ》えてますのね」

「あははは、そう言われると照れるなあ。なに、いくら優秀でも、ゼニガタは所詮《しょせん》、パソコンにすぎませんからねえ。はっはっは」

「だけど、所長、ゼニガタをこのままにしておいていいんですか?」

比呂子が眉《まゆ》を寄せて、言った。電源を切られたままのゼニガタは、石のように沈黙している。

「ああ、人間の偉さ賢さが、身にしみて分かるまで、しばらくそうやっておいた方がいいんだ」

「でも、なんだか、かわいそう」

比呂子は涙ぐんでいる。

「そうですわ、所長。それに、ゼニガタなしでは、捜査の方もうまくいかないのじゃないでしょうか」

「由美さん、あなたまでが、僕の能力を疑うのですか?」

「い、いいえ、そういうわけじゃありませんけど……」

「心配ご無用です。ゼニガタの力を借りなくても、ゴエモンの一人や二人、捕《つか》まえてみせますよ」

鴨田は大見得を切ったのであった。

4

「世界秘宝展」は、マスコミの前評判に煽《あお》られ、初日から大変な盛況になった。開場時間より三時間も早く列ができて、入場制限をするほどだった。

鴨田はもちろん『星に願いを』像のある室に腰を据《す》え、出入りする客の一人一人に気を配った。

それにしても、観客の多いのには驚かされた。人の波は、ゾロゾロとひっきりなしに流れてゆく。その中の誰かがゴエモンだとしても、とても見分けがつくはずがない。それに、この衆人監視の中で、展示品を盗み出すことなど、到底、できっこない。

(犯行があるとすれば、夜だな――)

鴨田は考えた。警察の連中も異議はなかった。

夜になると、昼間、売約済の札を貼った彫刻が運び出され、買い主のところへ送られる。そして、代わりの彫刻が倉庫から運び込まれるのだ。「秘宝展」の主催者は、こうしてどんどん売り上げを伸ばし、しこたま儲《もう》ける腹だ。もし、盗み出すとしたら、この時がチャンスに違いない。

博物館の出入口はただ一個所だけ開かれ、彫刻の搬入と搬出は、すべてそこから行なわれた。運び出される彫刻は綿密に調べられ、万が一にも、『星に願いを』が運び出されることは考えられない――はずであった。

「秘宝展」の会期は一週間。初日の盛況はそのまま続き、安物の秘宝（！）の売れ行きは上々だ。ただし、警備する側としては、売れて出て行く品があるたびに、厳重なチェックをしなければならない。もっとも、ただの紛《まが》い大理石の彫刻と、ギンギラギンの『星に願いを』とでは間違えようもないのだが……。
三、四日と平穏無事のまま「秘宝展」は過ぎてゆく。鴨田はかえってアテが外れたような気分であった。本多警視からは、ときどき状況を問い合わせてくるのに、「ゴエモンも俺様に恐れをなして、諦《あきら》めたらしいよ」と答えた。
「そんなことを言って、油断はするなよ」

「もちろんだとも。万一、テキが侵入したとしても、俺の方には超ウルトラCクラスの秘策があるのだ」

「なんだい、その超ウルトラCというのは？」

「ははは、それはヒ・ミ・ツ。ヒミツのアッコちゃんなのだ」

「そんな幼稚なギャグを言ってるようじゃ、ちっとも安心できないな」

「まあ、マカセナサイ」

「そのギャグも、程度が低いな。そんなことでは、チャップイ、チャップイ」

本多は心もとない声で言った。

しかし、とにかく事実は事実、「秘宝展」は何事も起こる気配はない。あと一日で会期は終わるという夜がやってきた。

（なんだ、これじゃ、せっかくの秘密兵器も無駄になってしまう――）

鴨田はむしろ、ガックリした。ゴエモンでもネズミでもいいからやってきてくれなければ、あのゼニガタのやつに、人間の偉大さを見せつけてやることができない。

五時で一般客は帰り、ガランとした館内には警備の人間と、例によって、売れた彫刻を運び出し、代わりの彫刻を搬入する者だけが残っていた。

午後九時――、なんとなく弛緩《しかん》した空気が流れる頃である。鴨田も、夕食に食ったレバニラいための臭いが、胃の中から込み上げてくるのを楽しみながら、穏《おだ》やかな気分に浸《ひた》っていた。

とつぜん、第一展示室で大音響がした。

「ガラガラガッシャーン」

鴨田は椅子ごとひっくり返り、次の瞬間、脱兎《だっと》のごとく、音のした方角へ走りだした。

鴨田ばかりではない、警備の人間は全員、オットリ刀で殺到したのである。これはいわば、止めても止まらぬ、本能的な行動というべきであろう。

第一展示室では、紛い大理石の「秘宝」が床に倒れ、あたり一面に、その破片が散乱していた。

なにしろ、高さ二メートルもある彫刻だ、音も派手だったが、目もあてられない惨状《さんじょう》であった。

運搬していた男が二人、ぼうぜんと立ちすくみ、それを囲んで、警備の連中が、「知ーらないよ、知らないよ」と言いたそうな、深刻な顔をしている。

そこへ某国大使館員がとんできて、ミスをやらかした二人を指差して、「ざんげだ！」と叫んだ。とたんに全員が手拍子合わせて、「ざんげ、ざんげ……」とはやしたてる。これは明らかに、テレビの俗悪番組の影響に違いない。

鴨田も一緒になって手を叩《たた》いていたが、そのうちに、「ハッ」と気付いた。

「おい、『星に願いを』の部屋の警備員は、ここに全員揃《そろ》っているのか?」

鴨田の声に、一瞬、シーンとなったが、すぐに気のきいた警備員が人数を数え、

「大丈夫ですよ、全員集合しています」

「馬鹿、それが大丈夫なわけ、ないだろう」

鴨田は中央展示室に転げ込んだ。

「な、な、な、ない……」

『星に願いを』像は、台座の上から、みごとにかき消えていたのである。

「ざんげだ!」

あとを追ってきた大使館員が、悲鳴のように叫んだ。

「ざんげ、ざんげ、ざんげ……」

警備員たちの大合唱がそれに和した。まったく、テレビの世論誘導の力は恐ろしい。

鴨田は手を挙《あ》げて、騒ぎたてる連中を制したが、大使館員が手のつけられないほど興奮しているので、全員が鎮《しず》まるまで、かなりの時間を要した。

「心配しないでも大丈夫ですよ」

鴨田は大使館員を宥《なだ》めた。

「こちとらには、超ウルトラCの仕掛けがありますからね。犯人はこの博物館から外へ出ることはできません」

そう言っているところへ、通用口の警備員が駆け付けた。

「鴨田さんの言っていたように、怪《あや》しい者が『星に願いを』像を台座から下ろすのが見えましたので、出入口を閉鎖しました」

「ほらね」

鴨田は得意げに皆を見回した。

「じつは、ここに隠しカメラをセットしておいたのです」

部屋の隅《すみ》のてっぺんを示した。そこの天井に四角い箱が取り付けられ、箱にはレンズ用に小さい穴が開いている。

「このカメラで捉《とら》えた映像は、通用口の警備員室にある受像機に映し出されるので、いくら『星に願いを』を盗んでも、この建物からは逃げることができない仕組みになっているのですよ。まあ、言ってみれば、袋の中のネズミ……、いや、ゴエモンですね」

カンラカンラと、鴨田は笑った。

「なるほど、そうすると、犯人と『星に願いを』は、この建物のどこかに潜《ひそ》んでいるというわけですな?」

大使館員はほっとしたように、鴨田の手を握り、頬を擦《す》り寄せ、あげくのはてには、ペロペロと鼻の頭を嘗《な》めた。これが某国の、親愛の情を示す挨拶なのだそうだ。

「そうか!」

鼻を嘗められたとたん、鴨田は気付いた。

「あの第一展示室の事故は、この部屋に空白を生じさせるための陽動作戦だったのじゃないのか? おい、誰か、さっきの二人を引っ張ってきてくれ」

「ああ、その二人なら、いましがた、帰りましたよ」

通用口の警備員がすまし顔で言った。

「な、な、なにっ? 帰した?」

「ええ、べつに怪しい感じはなかったし、手ぶらでしたからね」

「うーん……」

鴨田はうなってはみたものの、あとの祭だった。

「まあいいでしょう。とにかく、犯人はこの建物の中にいるのですから、あとは警察の手で捜してもらえばいい」

ただちに本多警視に電話して、警視庁のそうそうたる捜査員が大挙してやってきた。

5

だが、総勢百人を超える人数で、全館隈《くま》なく捜したにもかかわらず、『星に願いを』は忽然《こつぜん》として消え失せてしまったのだ。

東都博物館はこの種の建物としては、そう規模の大きい方ではない。地上三階、地下一階、延べ床面積四千平方メートル。トイレから屋根裏まで調べたって、数時間もあれば完全に調べることができる。

問題の『星に願いを』は、高さ六十五センチ、重量七十二キロ。それほど大きいものではないけれど、さりとてちょっと隠して持ち出すというわけにはいかない。唯一の出入口である通用口以外は、ドアというドア、窓という窓すべてが二重にロックされ、まさに蟻《あり》の這《は》い出る隙《すき》もない。

「間違いなく、怪しい男の姿をテレビで見てすぐに、出口を閉鎖したのだろうね?」

鴨田はしつこく念を押した。あまりのしつこさに、警備員が腹を立てるほどだった。

「閉鎖したって言ったら、閉鎖したんだ。通用口には四人もいたんだからね。間違えようがないじゃないか」

たしかに、他の三人に訊いても、同じ答えしか返ってこなかった。

「それじゃ、絶対に、この館内のどこかにあるんだ」

もう一度、あらためて全館を営めるようにして捜したが、ついに『星に願いを』は出てこない。その内に夜が明けて、開場の時間が迫ってくる。目玉である『星に願いを』が欠けたままでオープンするのは、羊頭狗肉《ようとうくにく》もいいところだ。仕方がないので、大至急、各放送局に電話して、ニュースで盗難のあったことを流してもらうことにした。

ところが、そのニュースはすでに放送局でキャッチされていたのである。

「え？　そのことでしたら、だいぶ前に通報がありましたよ」

どこの放送局も口を揃えて言った。

「おかしいですね、いったい誰が通報したのでしようか？」

「なんでも、なんとかゴエモンと名乗っていましたが」

「ゴエモン？」

「ええ、変な名前なんで、冗談かと思ったのですがね、じゃあ、事実だったのですね」

警察がいままで伏せていた「ゴエモン」の名前が、ついにマスコミにのることになってしまった。警備陣の大敗北というほかはなかった。

「どうしてくれるのです。ざんげなんかでは済みませんぞ」

某国大使館員は青くなって、鴨田の喉《のど》を締《し》め上げた。

「い、いや、絶対に、テキは館内にいるはずです」

鴨田は必死に弁明しながら、親愛の情を示そうと、懸命に舌を伸ばして大使館員の鼻を嘗めた。大使館員の涙と鼻汁が、ズルッと口の中に入ってきた。

「駄目です、あんたはもう信用できない。日本の警視庁に頼むしかない」

「ま、ま、待ってください。わが探偵事務所の有能な助手が解決します」

警察が捜査の主導権を握ったら、鴨田を逮捕するに決っている。なにしろ、かねて目を付けていた容疑者である鴨田英作が現場にいたのだ。まさに猫に鰹節、破れ鍋《なべ》に綴《と》じ蓋《ぶた》、闇夜に鉄砲、一に三四みたいなものだ。（なんのこっちゃ?）

鴨田は事務所にすっ飛んで帰って、ゼニガタの電源を入れた。ゼニガタの冷えきった体が温まるまで、三分間じっと我慢の子でいるしかない。

「ブルブルブルブル……」

ゼニガタが震《ふる》えた。

「おお、目が覚めたか、ねえ、ねえゼニガタよ。いや、ゼニガタさーん」

『春デモ　ナイノニ　オカマ　ミタイナ　猫ナデ声ヲ　出スナ』

ゼニガタはそっけなく言った。鴨田が電源を切ったことを怒っているのだ。

「カタカタ、じつは、ものは相談だが、ちょっとした盗難事件なんだがね、気が向いたらでいいんだが、考えてみてくれるかね。いや、いやならいいんだ。俺でもなんとかなる、つまらん事件だからな。しかし、ゼニガタがやってくれると、由美さんが喜ぶんじゃないかなー、とか思ったりしちゃったもんだから」

『ホントニ　由美サン　喜ブカ』

「ほんとだとも、インディアン嘘言わないんでぃあんす」

『ソノ　クダラナイ　駄洒落《ダジャレ》カラ　計算スルトドウモ　嘘クサイガ　マア　イイダロ』

「そうか、やってくれるか。事件というのはだな、カクカクシカジカ……」

ゼニガタの気が変わらない内にと、鴨田は事件の概要《がいよう》をまくしたてた。

『話ハ　ワカッタ　現場ノ　見取リ図ヲ　見セロ』

鴨田がゼニガタのアイセンサーに、東都博物館の状況が分かるように、必要な見取り図を示すと、ゼニガタは次々に質問を発した。

いわく、『星に願いを』像の大きさと重量、人員の配置、事件当時の警備員の動き、そして通用口を閉鎖した正確な時間——。

「閉鎖した時間は、警備員がテレビの映像を見てすぐだよ」

『ソレハ　何時何分何秒カ？』

「そんな細かい時間までは分からないが、とにかく、犯人が台座の上から『星に願いを』を引き摺《ず》り下ろすところを見てすぐだそうだよ」

『イヤ　ソレハ　正確デハ　ナイ』

「どうして？」

『警備員ハ　ソウハ　言ワナカッタ　ノデハナイカ　彼ハ　テレビノ　画面ヲ　見テスグ　出口ヲ閉鎖シタ　ト言ッタ　ノデアッテ　犯人ガ　像ヲ台座カラ　下《オ》ロス現場　ソノモノヲ　見テスグトハ　言ッテイナイ』

「ん？　ああ、そりゃまあ、たしかに、現場にいたわけじゃないから、テレビを通して見た——ということになるが、しかし、どっちにしたって同じことじゃないか」

『ドウシテ　同ジ　アルカ　ゼンゼン　チガウナイカ』

「分からんやっちゃなあ、同じことだと言っているだろ」

『ソッチ　コソ　分カラン　ヤッチャ　モシソレガ　同ジ　ナラバ　昼間ノ　野球ヲ　鴨田ガ　プロ野球ニュースデ　見ルノモ　同ジトイウコトニナル』

「ああ、そうだ、同じようなものだろ」

『馬鹿　カバ　マヌケ　オ前ノ　カアサン　出ベソ　違ウ　デハナイカ』

「そりゃ、あの場合には、編集して短くしているから、完全に同じじゃないけれどさ」

『ゼニガタ　ソンナコト　言ッテイル　ノデハナイ』

「じゃあ、何が言いたいんだ?」

『見ル　時間ガ　チガウ　言ッテイルノダ』

「そんなこと、当たり前田のクラッカー」

『ソノ　ギャグハ　前ニ　イチド　使ッテシマッタ　作者ハ　ダイブ　疲レテイルナ』

「いったい何が言いたいんだ。読者だっていいかげん疲れているぞ」

『ツマリ　警備員ガ　見タ　映像ハ　ジッサイノ事件ヨリ　遅レテイルデハナイカ　イウコトヲ言イタイノダ』

「ん?　……」

鴨田はようやく、ゼニガタが言わんとしているところが分かった。

「つまり、警備員が見た映像は、同時中継ではなく、ビデオテープで流されたもの——という意味か?」

『ソウダ　マッタク　世話ノ　ヤケル男ダ』

「まさか……、そんな馬鹿な……」

　否定はしてはみたものの、鴨田は急に不安になった。

6

『星に願いを』が消えた、中央展示室に戻ると、とっくに勤務時間を過ぎた警備員が足止めを食らって、眠そうな顔で「ブーブー」言っていた。

「やあ、悪い悪い、まもなく帰ってもらえると思うが、その前に聴かせてください。あなたが、中央展示室にいる私のところへ、テレビに犯人が映ったと言ってきたわけだが、あれは、テレビを見てすぐに報《し》らせて来たのですか？」

「もちろんですとも。通用口の警備には四人が当たっていましたが、その内の三人が出口を閉鎖する役に回り、私が報告に走ったのです」

「そのテレビを見て、走りだすまで、何分ぐらいの間がありましたか？」

「何分ですと？　冗談言っちゃいけない。すぐですよ。すぐ。せいぜい五秒ぐらいかな」

「五秒？」

「ええ、そうですよ。だって、あんたが、不審者を見たら、すぐに報《し》らせに来るようにって言ってたじゃないですか」

「し、しかし、あなたが来た時には、われわれが現場に戻ってきて、かれこれ三分ぐらいは経過していたのですよ。通用口から中央展示室まで、そんなにかからないでしょう？」

「まあ、ゆっくり歩いても三十秒もあれば行くでしょうな。あの時は走ったから、十秒ぐらいですか」

「……」

鴨田は天を仰《あお》いだ。ゼニガタの言ったとおりのことが、起こったらしい。急いで通用口の警備室へ行き、テレビ受像機を覗《のぞ》いた。そのとたん、鴨田をはじめ、全員が「あっ」と言った。なんと、テレビには、中央展示室に入ってくる鴨田の姿が映し出されたのだ。つまり、六、七分も前の映像というわけだ。

「やられた！」

鴨田は気を取り直して、受像機のカラクリを調べにかかった。一見、何の変哲もないモニターだ。受像機は中央展示室のカメラと有線で繫《つな》がっているはずであった。受像機から出ているラインをたどってゆくと、隣の物入れの中に入ってゆく。そこには二台のビデオデッキが動いていた。

「これは何だ？」

こんなものは、鴨田がカメラをセットした時にはなかった。二台のデッキの間にはテープがトグロを巻くようにして、ゆっくり動いている。片方のデッキから出たテープが、別のデッキの中へ入ってゆくような仕掛けになっている。要するに前のデッキで映像を録画し、後のデッキで送り出す仕掛けだ。

鴨田はその間の時間を計ってみた。約七分かかった。つまり、展示室の映像は、七分遅れて、警備員室に届くことになる。『星に願いを』を台座から下ろし、運び出すには充分な時間だったろう。

「訊くが」と、鴨田は警備員に言った。

「事件の直前、通用口から出て行った者はいないか？」

「いましたよ、売れた彫刻を、運んで行きましたからね。だけど、それは例の紛《まが》い大理石の彫刻でした」

「そいつだ！」

鴨田は叫んだ。

「その彫刻の中に、『星に願いを』が隠されていたに違いない」

「そんなことはありませんよ。だって、その時はまだ、テレビに『星に願いを』が映っていたんですから」

警備員には、まだ事態が飲み込めていないらしい。鴨田は彼に説明する気力も失せていた。

第一展示室で『事件』があって、全員そこに集まっていた約七、八分間、中央展示室に空白が生じた。テキの陽動作戦にまんまとひっかかったのだ。

「ちきしょう！」

鴨田はにっくきビデオデッキの一つを摑《つか》み上げ、叩きつけようとした。だが、そのままの姿勢で、鴨田の動きが止まった。デッキの下から、一片の紙が現われた。それにはこう書かれていたものだ。

――ゴエモン参上――

7

鴨田探偵事務所は、まるでお通夜みたいに沈み込んでいた。

「あんな大口を叩いておいて、なんたる失態をやらかしてくれたんだ」

本多警視は友情もなにもあったものではない、某国との国交関係にもヒビが入りかねないとあって、さすがの秀才も青くなった。

「だから、最初からゼニガタに頼めばよかったんですよ」

比呂子は鴨田のいちばん痛いところを、容赦《ようしゃ》なく衝《つ》いた。

『ソウダ　比呂子ノ　言ウコト　タダシイ』

ゼニガタも追い打ちをかける。鴨田は一言もなかった。

「でも、相手が犯罪用パソコンだっていうことを看破《みやぶ》ったのは、鴨田所長ですよ」

由美だけが鴨田の肩を持ってくれた。

「鴨田さんは精一杯やったのですもの、その功績は認めてさしあげるべきです」

『ソウダ　由美サン　イイコト言ウ　鴨田ハエライ』

ゼニガタは由美に迎合して、コロッコロ変わる。

「でも、責任は責任ですわね」

『ソウ　責任　ナノダ』

「とにかく、なんとかして、『星に願いを』を取り戻すことを考えましょう」

『ソノトオリ　考エマショ　考エマショ』

「しかしねえ、ゴエモンの正体すら分かっていないのに、はたして、像は取り戻せるのかなあ」

本多は悲観的だ。

「結局、政府が某国に対して、二十億を支払うことになるのだろうな」

「まあ、そんなに？」

比呂子が目を剝《む》いた。

「また、税金が高くなるんじゃないかしら」

「でも、あの『星に願いを』という像は、そんなに値打のあるものなんですか？」

由美が首を傾《かし》げて、訊いた。

「さあ、それは分からないが、しかし、ああいう美術品というのは、主観で値打が左右されますからね。先方が二十億といえば、二十億だと思うしかないのじゃないかな」

「もし、あの像が、全身ムクの純金ではなくて、目玉のルビーも額のダイヤもイミテーションだとしたら、せいぜい何百万てところかしら」

「ん？　な、何を言い出すんです？」

「いえ、もしそうだとしたら、ずいぶんいい商売になったでしょうね」

　由美がうがった推理を言った時、ゼニガタが慌《あわただ》しくメッセージを表示した。

『ソレ　違ウネ　モシ　像ガ　イミテーションナラバ　某国　儲カラナイ』

「へえー、ゼニガタが由美さんに異議を唱《とな》えるなんて、珍しいな」

　本多が冷かした。

『ソレ　言ワレル　ツライネ　デモ　鴨田ガ　アマリニモ　カワイソウ　ダカラネ　ホントノコト教エテ　アゲル』

「ありがとうゼニガタよ」と、鴨田は感激して、もう少しでゼニガタのブラウン管を嘗めるところだった。

「それで、イミテーションだと儲からないというのは、いったいどういう理由だい？」

『モシ　贋物《ニセモノ》ナラ　犯人ハ　像ヲ　返シテシマウカラ　ナノダ』

「なるほど……」

　鴨田は本多と顔を見合わせた。

「すると、あの大使館員としては、像が盗まれたままの方が望ましいってわけか」

「ただし、贋物の場合は、だがな」

「それはそうだが……、かりに贋物だとすると、逆に、像が戻るのを阻止《そし》しようとするかもしれないぞ。いや、戻ったのに、戻らないふりをして、賠償金《ばいしょう》をタダ取りするかもしれない」

「まさか、考えすぎじゃないのか」

「いや、そうではない、あの大使館員ならやりかねない。俺とあいつとは鼻汁をすすり合った仲だからな、よく分かるのだ」

「だとすると……」

「そうだ、われわれも博物館へ行って、戻ってくるのを待っていた方がいい」

「ソレッ」とばかりに、二人が立ち上がった時、ゼニガタが「ブーブー」という音で、注意を喚起《かんき》して、ディスプレイに文字を打ち出した。

『ソノ　必要ハ　ナイ』

「どうしてだ？　早く行かないと、あのインチキ野郎にごまかされちゃうじゃないか」

『インチキ　ト　決ッタ　ワケデハナイ』

「そりゃそうだが、万一ということもある」

『ソノ　場合デモ　ココニイテ　イイノダ』

「……？」

『ナゼカナラバ　ゴエモンハ　鴨田ノ　考エル程度ノ　コトハ　チャント　分カッテイルノヨ』

「というと、つまり、大使館員がよからぬことをするかもしれない、ということもか？」

『ソウダ　コンピュータナラ　誰ダッテ　ソノ程度ノ　予測ハ　ツクノダ』

「なるほど、そうかもしれないな」

本多が感心した。

『ソウヨ　果報ハ　寝テ待テノ　ココロネ』

その表示が消えるか消えないうちに、ドアがノックされ、男が一人、入ってきた。

「こんちはあ、ペリカン大和《やまと》の飛脚便です。荷物をお届けに来ました」

「いま取込み中だから、その辺に置いて行ってくれ」

「いえ、ちょっと大きいもので、お手を貸していただきたいのですが」

「しようがないな……」

鴨田はブツブツ言いながら立ち上がった。

「あの、済みません、もう一人……」

その瞬間、本多は猛スピードで階段を駆け下りた。むろん、鴨田も由美も比呂子も後に続く。ゼニガタまで、あやうく走りだすところだった。

事務所のビルの前に、おなじみのペリカン大和の飛脚便トラックが横付けされている。後ろのドアを開けると、例の紛い大理石の彫像が、木枠《きわく》に入って立っていた。男三人が協力して、ヨッコラショと路上に下ろすやいなや、鴨田は馬鹿力でメリメリと木枠を引き破った。

注意深く見ると、彫像には縦に継目《つぎめ》が走っているのが分かった。その継目から、彫像は前後に割れた。そして、胎内には燦然《さんぜん》と輝く金色の『星に願いを』像が入っていた。

像の頭に紙片が貼り付けてある。

――今回はゲームに勝って、勝負は引き分けというところだ。次回は圧勝するだろう。貴事務所のパソコンも、この像のごとくイミテーションでないことを祈る――

「ちきしょう！　……」

鴨田は唇を噛《か》んで、紙片を引き裂いた。

「おいおい、重要な証拠物件だぞ、無茶するなよ」

本多警視は慌てたが、こんな失敬な手紙の存在は、ゼニガタの名誉のためにも、断じて許すわけにはいかない、と鴨田は思った。

あとがき

　僕の作品のおよそ七割か八割は浅見光彦が主人公として登場しているが、それ以外にも多くの「探偵」たちが活躍する。『本因坊殺人事件』や『遠野殺人事件』のように、一回ぽっきりというのもあるが、シリーズで何作か書いたものも少なくない。デビュー作『死者の木霊』以来、一時期は僕の作品の主流だった竹村岩男、岡部和雄両警部はわりとよく知られているが、「車椅子の少女」シリーズの橋本千晶と河内部長刑事のコンビでは、長編の『多摩湖畔殺人事件』をはじめ、数作の短編連作を書いた。ほかにも、「フルムーン探偵」の和泉夫妻、「フグハラ」こと福原警部もの。それらの中で、最も人知を超越した異色の怪作（？）が本書「パソコン探偵の名推理」であった。

「パソコン探偵の名推理」は当初、講談社の月刊誌「小説現代」一九八三年四月号に、単発の短編を依頼されて書いた『ルノアールの男』としてスタートしている。当時、講談社からは一九八三年八月に『シーラカンス殺人事件』がノベルス版で出ているから、その試金石的な意味あいで登用されたのではないかと推測できる。

　何しろその頃の僕といえば『死者の木霊』（一九八〇年）、『本因坊殺人事件』（一九八一年)、『後鳥羽伝説殺人事件』(一九八二年)、『「萩原朔太郎」の亡霊』(一九八二年)、『平家伝説殺人事件』(一九八二年)を書いたばかりのカケダシだったのだから、信用という点ではまだまだだったのだ。

さて、そうして講談社編集部に持ち込んだ『ルノアールの男』は、お読みになってお分かりのとおり、何とも珍妙な作品であった。担当編集者は若い女性で、いきなりこのような原稿をもらって、さぞかし当惑したにちがいない。それまでに出ている長編を読むかぎり、真面目な(?)作家だと思われていただろうから。

僕は講談社に呼びつけられ、編集長ともどもその真意を問われた。「内田さんはこういう作品を書くのですか?」と、訊かれて、僕は「はいそうです。僕の本性は、どちらかというと、こういうとぼけたタイプなのです」と答えた。編集者としては不本意だったはずだが、この確信犯を前にしては、サジを投げたのか、原稿はボツにしなかった。

この作品がよかったのかどうかは、正直なところ僕には分からない。ただ、その後、左記のように執筆依頼がきているところを見ると、読者からの反響は悪くなかったと思っていいのだろう。

『ルノアールの男』 八三年「小説現代」四月号

『ナイスショットは永遠に』八三年「小説現代」六月号
『サラ金地獄に愛を見た』八三年「別冊小説現代」秋号
『事件はカモを狙ってる』八三年「小説現代」九月号
『シゴキは人のためならず』八三年「小説現代」十二月号
『田中軍団積木くずし』八三年「別冊小説現代」冬号
『嗚呼ゼニガタに涙あり』八四年「別冊小説現代」春号
『怪盗パソコン「ゴエモン」登場』八四年「小説現代」七月号

以上を収録して『パソコン探偵の名推理』が一九八四年十二月に「講談社ノベルス」として刊行されている。

その後、短編連作が終了しているのはなぜなのか、じつのところ記憶がない。注文が途絶えたというより、僕のほうの仕事が忙しくなって、書けなくなっていたのではないかと思う。短編はあまり書きたくなかったのと、少し濫作ぎみになるのを警戒したのかもしれない。「雑誌書かない宣言」をしたのが確かその頃だった。

それとともに「パソコン探偵の名推理」の難しさが、執筆を停滞させた可能性もある。「パソコン探偵」は気楽に書いているように見えるけれど、これでなかなか、冴えた頭でなければ書けない作品だ。たとえば『田中軍団――』の、「六基井戸事件」などはふつうは思い浮かばないギャグだと思う。あるいは『シゴキ――』の「四塚トットスクール」なども出色のアイデアだ。こういう駄洒落や、世相風刺がポンポン飛び出すような頭脳の回転は、気力が充実していて、しかも精神にゆとりがないと生まれない。

こうして頓挫していた「パソコン探偵の名推理」だが、続編を書いてほしいという要望が出てきた。それが講談社ではなく、いわばライバル会社である「角川書店」からだったので、話は少しややこしくなるのだが、僕は登場したまま、しり切れとんぼになっている「ゴエモン」のためにも、続きを書かなければならないな――とは考えていたから、とりあえず一作、書くことにした。『死線上のアリア』（一九八五年「野性時代」九月号）がそれである。

この作品は「パソコン探偵の名推理」のシリーズでありながら、しばらくのあいだ異端児扱いを受け、仲間外れにされていた。アンソロジーとして収録され『死線上のアリア』という表題で刊行されたのは、一九九二年、「飛天出版」からだった。

さて、このように誕生からいまに到るまで、必ずしも恵まれた道程を歩んでいない「パソコン探偵の名推理」だが、僕自身はこの作品が大好きである。まるで古典落語のように、何度読んでも笑える。もっとも、シャレが通じなかったり、当時の世相風刺がよく理解できない若い読者には、意味不明の箇所があるかもしれない。その点だけは少なからず気がかりではある。

二〇〇八年晩秋　内田康夫

本書は『パソコン探偵の名推理』（講談社文庫）、『死線上のアリア』（徳間文庫・角川文庫）より採録して編集した『パソコン探偵の名推理・完全版』（ジョイ・ノベルス　二〇〇八年十一月刊行）の新装版です。

パソコン探偵《たんてい》の名推理《めいすいり》 新装完全版《しんそうかんぜんばん》

二〇二〇年六月十日 初版第一刷発行

著者 内田康夫《うちだやすお》

発行者 岩野裕一

発行所 株式会社実業之日本社

〒一〇七-〇〇六二

東京都港区南青山五-四-三〇

CoSTUME NATIONAL Aoyama Complex 2F

TEL ○三(六八〇九)〇四七三(編集)

○三(六八〇九)〇四九五(販売)

印刷 大日本印刷株式会社

製本 大日本印刷株式会社

https://www.j-n.co.jp/

ISBN978-4-408-53764-1（第二文芸）

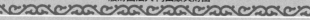

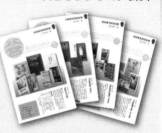